NETIA
MVRAN.
S. Georgio
Magiore
S. Ioan Bat.

MARIANNE LANGEWIESCHE

KÖNIGIN DER MEERE

MARIANNE LANGEWIESCHE

KÖNIGIN DER MEERE

ROMAN EINER STADT

MIT EINEM NACHWORT
VON HEINZ COUBIER

DEUTSCHE VERLAGS-ANSTALT
STUTTGART

CIP-Kurztitelaufnahme der Deutschen Bibliothek

Langewiesche, Marianne:
Königin der Meere: Roman e. Stadt /
Marianne Langewiesche. Mit e. Nachw. von Heinz Coubier.
– Unveränd. Nachdr. d. Ausg. von 1953. –
Stuttgart: Deutsche Verlags-Anstalt, 1984.
ISBN 3-421-06208-0

Unveränderter Nachdruck der Ausgabe von 1953

Gesamtherstellung: Wilhelm Röck, Weinsberg
Printed in Germany

VORWORT

Venedig, das sich bewußt seine Lage in der Lagune gewählt hatte, mußte doch vom ersten bis zum letzten Tage gegen die Ungunst dieser Lage ankämpfen. Es lag außerordentlich günstig am Meere, aber an einem Meer, das von einer Macht, die sich östlich oder westlich dort angesiedelt hätte, jederzeit gesperrt werden konnte. Ein Schicksal, das weder Genua noch Amalfi hätte treffen können.

Die Stadt lag an den Ausläufen der beiden wichtigsten Ströme, Etsch und Po, die für den Staat als Handelsstraßen notwendig waren. Aber die Flüsse gehörten nicht ihm, sondern den Städten, die, wie Venedig selbst, vom Handel lebten und die Flußläufe jederzeit sperren konnten. Wer die Herrschaft über die Flüsse hatte, hatte die Herrschaft über das Meer und damit über Venedig.

Vom Jahre 600 an war Venedig durch die Ungunst seiner Lage gezwungen, klüger zu sein als die anderen, wenn es am Leben bleiben wollte. Durch seinen Geist, nicht durch seine Soldaten, gelang es Venedig, der langlebigste Staat in der Geschichte zu werden: niemals hat ein feindlicher Fuß den Boden der Stadt betreten. Es gibt keinen anderen Staat, der das von sich sagen kann.

Das Genie Venedigs war das kluge Segeln auf dem flüssigen Element der Politik. Denn es war zwar genialer Mittelpunkt in einer ungenialen Welt, aber es war auch eine winzige Stadt in einer Welt ungeheurer Mächte- und Kräfteverteilung.

Morgenland und Abendland, Konflikt und Zwiespalt, bestimmten seine Kindheit, zwei riesige Mühlsteine, zwischen denen es hätte zermahlen werden müssen. Aber Venedig wurde nicht zermahlen.

Machthunger deutscher Kaiser, ihre uralte Sehnsucht, das Römische Reich wieder zu gründen, Heerscharen, die durch das Land Italien zogen, Stürze der Nachbarstädte, wie Genua und Mailand, Reichtum Venedigs, der Eroberer lockte, Wichtigkeit seiner Handelsmonopolstellung für die Kaiser; Machthunger byzantinischer Kaiser, die Venedig ausschalten wollten aus ihrem länderbeherrschenden Ost- und Westhandel; Päpste, die Venedig vernichten wollten – Venedig stellte allen Gefahren nur eins entgegen: seinen Geist.
Zwei Städte auf dem benachbarten Festland hätten genügt, Venedig verhungern zu lassen. Daß diese zwei Städte sich nicht einigten, war die Frucht der Politik Venedigs.
Wie wenn im Jahre 600 ein Mann einen Leitfaden geschrieben hätte für die Politik dieser Stadt, an den sich alle Nachfahren zu halten haben, so handelte Venedig. Seine Genialität war das Ausspielen der Mächte gegeneinander. Seine Macht war, die Kräfte der Gegner so untereinander zu binden, daß ihre Stoßkraft gegen Venedig wirkungslos wurde.
Venedig hatte im Gegensatz zu allen anderen Staaten niemals Hunger nach unerreichbaren Dingen, niemals den Drang, ein Weltreich zu gründen. Dazu war es zu klug. Es eroberte nur, was es brauchte, und hielt das Eroberte nicht mit Waffengewalt, sondern nur durch kluge Verwaltung. Es strebte nicht nach Machtzuwachs, sondern nach Vermehrung und Sicherung des Handels. In seiner Beschränkung auf sich selbst zeigte sich die Meisterschaft Venedigs. Nicht weil es nicht fähig gewesen wäre, gründete es kein Weltreich, sondern weil es wußte, dieses Weltreich hätte keine 1200 Jahre überstanden.
Venedig war ein Paradox. Es ist nicht nur durch seine Lage groß geworden, sondern auch gegen seine Lage. Es ist nicht nur durch seinen Handel mächtig geworden – sondern weil es mächtig war, war sein Handel so großartig. Venedig, beweglich in seiner Außenpolitik, war starr an seine Tradition gebunden im Innern. Venedig sprang nicht wie andere Staaten, es ging. Venedig sprach nicht, es dachte, kam als Erster ans Ziel und behielt recht. Venedig griff nicht nach Sternen, schoß nicht mit Ideen, rannte seinen Kopf nicht blutig an der Wand. Venedig schwieg und handelte. – So war Venedig.

ERSTER TEIL

KINDHEIT

I. AM ANFANG WAR DAS MEER

Gott zog den Vorhang des Nebels zurück.

Die Landschaft war so unwirklich gewesen, eben noch, sie hatte sich eingehüllt wie in einen Schleier, als wolle sie verborgen bleiben. Aber dann waren die Störche gekommen. Sie hatten häßlich geschrien, wild schlugen ihre Flügel die Luft.

Die Störche hatten zuerst die belagerten Städte des Festlands verlassen, deren Türme seit Jahrtausenden von ihren Nestern gekrönt wurden, und folgten dem Lauf der Flüsse Oberitaliens, die alles, was sie den Bergen abgetrotzt, den Ebenen abgeschmeichelt hatten, in die Adria trugen. Immer mehr Erde. Immer mehr Land.

Das Spiel, das Fluß und Meer miteinander spielten, war alt wie die Welt. Häuften die Flüsse Erdreich auf, so riß das Meer es wieder fort. Manchmal aber war der Fluß der Stärkere. Dann wuchsen Inseln auf, und das Meer brandete machtlos an ihre Ufer.

Von fern her kam der Wind, trug Samen und warf sie auf die Eilande im Meer. Bäume wuchsen und Wälder.

Fruchtbare Inseln entstanden im Golf des Mittelländischen Meeres.

Wenige Menschen hausten dort. Sie waren Fischer und bewohnten Hütten im Schutz der Bäume, im Schutz des Meeres. Sie kümmerten sich nicht um das, was auf dem Festland vor sich ging; das Römische Reich wurde geboren; das Römische Reich wurde müde und alt. Immer aber holten die Fischer auf den Lagunen ihre Nahrung aus dem Meere.

Manchmal sahen sie fremdartige Schiffe vorbeifahren. Manchmal strandete ein Schiff auf den Sandbänken. Menschen aber kamen nie zu ihnen. Und sie kamen wenig zu anderen Menschen. Selten betraten ihre Füße den Boden des Festlands, nie die reichen und blühenden Städte der Veneter.

Sie waren getrennt durch das Meer.

Die Störche kamen vom Festland auf die Inseln zu, ließen sich dort nieder und bauten Nester auf dem Stroh und Schilf der Dächer.

Dort aber, wo sie hergekommen waren, dort, wo die großen Flüsse in das Meer einmündeten, zog sich der Nebel wieder zusammen, wie eine Wand.

In Padua, in Aquileja, in Verona läuteten die Glocken der Kirchen. Sie läuteten Sturm. Ihre pendelnden schweren Körper öffneten sich beim Schwingen dem Norden zu wie ein Mund, der aufschreit vor Schmerz, und sie trugen den Schmerz weiter, riefen ihn über das reiche Land der Lombardei, schrien und klagten.

Vom Norden her kamen die Hunnen auf ihren Pferden, schnell wie ein Gedanke, voller Unheil, voller Gefahr. In ihren Händen trugen sie den Brand in das Römische Reich.

In Padua, in Aquileja, in Verona gingen die Menschen umher wie sonst. Würdig schritten die Patrizier zu den Ratsversammlungen, in denen endlos überlegt wurde, wie der Gefahr zu begegnen sei.

Drohte dem Römischen Reich wirklich Gefahr?

In diesen reichen Städten, die Kaufmannsgeist groß gemacht hatte, saßen die wenigen, die die Gefahr erkannten, in ihren Kontoren und rechneten. Sie schlossen ihre Bilanz ab und schlossen ab auch mit der Vergangenheit, mit der Heimat, mit all dem, woraus sie gewachsen waren und was durch sie gewachsen war.

Dann zogen sie fort. Nicht wie Flüchtlinge, nicht wie Verjagte, sondern wie Kaufleute, die ihren Handel bedroht sahen und suchten, woanders anderen Handel zu treiben.

Ihre Schiffe erreichten die grünen Inseln der Fischer im Blau der Adria.

Mit sich nahmen sie Gold und Kostbarkeiten, sie nahmen ihre Söhne mit und hoben behutsam ihre Frauen und Töchter an das neue Land.

In der Melancholie der Verborgenheit, in der Einsamkeit der Lagune bauten die Flüchtlinge aus Venetien ihre Häuser, denen der Fischer gleich, und lernten Fische fangen wie sie.

Ununterbrochen fielen vom Norden her fremde Völkerstämme in das Römische Reich. Ihrem Ansturm war es nicht mehr gewachsen. Was reich gewesen war, groß und schön, wurde Asche.
Der Patriarch von Aquileja floh. Priester trugen das Kreuz voran. Die Menge folgte. Stimmen aus den Lüften riefen ihnen zu, wohin sie gehen sollten.
Auf dem staubigen Grau der Straße klangen die Lieder auf.
Das Kreuz folgte dem Flug der Störche, auf die Lagunen, zum Meer.
Dort aber, wo sie hergekommen waren, dort, wo die großen Flüsse in das Meer einmündeten, ging die Sonne unter, und der Himmel sah aus, als brenne das ganze Land.
Kaufleute waren sie und Priester, die auf den Lagunen ihre Heimat gefunden hatten. Zuerst glitt wohl noch ein Blick zum Festland hinüber, sehnsüchtig und voller Erwartung, daß das Grauen dort einmal ein Ende nehme und sie wieder zurückkehren könnten. Aber das Grauen nahm kein Ende. Das Römische Reich wurde zerschlagen.
Immer fester zog das Meer die Flüchtlinge in seinen Bann, das unendliche Meer, das ihnen anfangs fremd war, so daß sie nur wagten, Fische daraus zu holen und Salz, um die Fische zu würzen.
Aber dann verlor das Meer seine Unheimlichkeit. Es wurde ihnen vertraut wie die Handelsstraßen Italiens. Auch das Meer war eine Straße, wenn man es so wollte.
Die Männer aus Padua, aus Aquileja, aus Verona waren blond und groß wie die Bewohner der Insel. Auch ihre Gesichter färbte der Meereswind braun. Auch sie hatten den Kampf aufzunehmen mit den Gewalten, die sie umgaben, Wind, Geröll und Sumpf.
Aber in ihren Adern lebte die Tradition eines Jahrtausends und die Erinnerung an die Vergangenheit, an die Größe und Macht des Römischen Reiches, den Fischern fremd wie die Städte, die nun in der Einsamkeit der Lagune wuchsen.

Mit den Städten wuchs die Herrschaft der Flüchtlinge. Sie waren nicht lebensmüde, sie waren aber auch ganz und gar nicht kulturmüde. Nichts lag ihnen ferner, als einer Zukunft entgegenzusehen, die noch weiter zurücklag als die Vergangenheit: Fischer zu sein. Aber noch lagen Pläne, Gedanken und Wollen ungewiß hinter den langsamen Blicken und bedächtigen Bewegungen der Kaufleute.

Die Melodie, die das ganze Leben der Veneter geleiten sollte, war das gleichmäßige Schlagen des Meeres an den Ufern ihrer Inseln.
Die Farbe, die die Veneter liebten und die sie tragen werden, solange sie leben, war das Blau des Meeres.
Sie, die früher auf dem Rücken der Pferde durch das Land geritten waren, zimmerten Schiffe, und das Schaukeln der Wellen wurde ihnen vertraut, als wären sie nie etwas anderes gewesen als Seefahrer, beheimatet im Meere.
Bauten sie früher Mauern aus Stein, so bauten sie heute Dämme aus Holz und Schilf um ihre Städte. Hatten ihre Vorfahren früher gepflügt und geerntet, so rammten sie jetzt Baumstämme in den sumpfigen Untergrund, und auf schwankendem Boden standen heute ihre Städte.
Sie liebten das Meer und sie kämpften mit dem Meere, trotzten ihm neues Land ab, das schemenhaft manchmal sich zeigte. Sie drängten das Meer zurück, verbanden Land mit Land, um Getreide zu bauen. Sie lenkten den Lauf der Flüsse, damit ihre Lagune nicht versandete, und füllten die seichten Stellen des Meeres mit dem Geröll der Flüsse zu neuen Inseln auf.

Mit Fischen und Salz begannen sie ihren ersten Handel. Auf kleinen Booten fuhren sie der Küste entlang, Getreide einzutauschen.
Bewußt bauten sie auf diesem Handel die Grundlage ihrer Macht auf: die vielen kleinen Städte auf dem Festland wurden bald gezwungen, nur von ihnen Salz zu beziehen.
Und während rings auf dem Lande das Volk unter der Knechtschaft fremder Eroberer lebte, wuchs, eingehüllt in das Meer, auf den Inseln der Lagune ein neues und kräftiges Volk heran, in neuen und schönen Städten.

II. DIE GEBURT

588–812

Das Römische Reich war zerstört. Doch neue Kräfte trachteten danach, sein Erbe anzutreten.
Aus dem Fluß der germanischen Wanderstämme kristallisierte sich das germanische Reich im Westen. Aus dem Gemisch der Levantevölker bildeten griechische Herrscher das Ostreich in Byzanz.
Die Erde war in zwei Hälften geteilt. Gott hatte mit einem Daumendruck die Grenze zwischen ihnen gezogen: die Adria.
Der Inselstaat der Veneter gehörte nicht zum Osten und nicht zum Westen. Er verachtete beide. Nur die Veneter waren die Erben Roms, ihre Adelsgeschlechter reichten weit zurück in die Geschichte des Römischen Reiches. Und sie waren es, die einen neuen Staat auf der Tradition der römischen Kultur errichteten.
Die beiden Reiche, die sie umgaben, waren sich fremd und feindlich, und es gab keinen Verkehr zwischen Osten und Westen.
Sie brauchten einen Mittler: die Veneter allein unterhandelten, handelten zwischen dem Ostreich und dem Westreich.
Diese zwei Reiche warben um Venetien und um seine Gunst. Sie versuchten, den jungen Staat auf ihre Seite hinüberzuzerren. Und da kein Reich dem anderen das Glück dieser Adoption gönnte, so waren Venetien Jahre beschieden, in denen es, geschützt durch die Eifersucht des Abendlandes und des Morgenlandes, wachsen konnte und seinen Handel ausdehnen.
Seine Schiffe fuhren über die Adria und trugen die Waren der Völker und brachten Reichtum nach Venetien. Aber mit dem Reichtum wuchs der innere Zwiespalt. Jede der Inseln war nur sich selbst untertan. Und war die eine den Germanen geneigt, so spielte die andere mit Byzanz. Da wählten die Inseln gemeinsam einen Dogen, damit er alle beherrsche. Aber auch die Dogen schwankten von Osten nach Westen und von Westen nach Osten. Veneter kämpften gegen Veneter, und Heraklea, die Hauptstadt Venetiens, wurde zu Asche.
Es mußte ein Ereignis eintreten, das Venetien einigte, sollte es nicht an innerem Zwiespalt zugrunde gehen.
Kaiser Karl der Große zog seine Macht um die Adria zusammen.

Er eroberte Friaul, gewann Istrien und begehrte Venetien, den Schlüssel zur Wiedervereinigung der Welt.
Die Veneter wandten sich, um Hilfe bittend, an Byzanz. Aber die Griechen waren zu träge und schwach, um zu helfen.

Unbarmherzig strahlte die Sonne. Die Rüstungen der Franken fingen die Glut auf, als sie mit ihren schweren Schiffen in die Lagune hinausfuhren. Das Wasser lag ausgestorben. Kein Veneter war zu sehen. Ohne Mühe eroberten die Franken Chioggia und zündeten es an.
Mit hängenden Armen standen die Männer in Grado, in Pelestrina, in Malamocco.
Chioggia brannte!
Wann würde ihre Stadt brennen?
Sie blickten hinaus auf die Lagune. Das Wasser spielte um ihre Städte. Es war blau, launisch, zärtlich. Sie stiegen in ihre Fischerboote, fuhren hinaus und nahmen alle Seezeichen fort. Die Lagune ist tückisch. Nur Eingeweihte kennen sie. Sandbänke schlummern unter der Oberfläche, Sumpf, Schlingpflanzen, Geröll.
Ein Bürger aus Heraklea, Angelo Partecipacio, ließ die Hauptstadt Venetiens räumen an diesem Tage. Die Flüchtenden kamen nach Rivo Alto, der Insel, die für die Feinde am schwersten zu erreichen war.
So fanden die Eroberer aus dem Norden nur starre Mauern, nur ausgeräumte Kirchen und hie und da vielleicht einen umgefallenen Gemüsestand auf der Straße oder ein zerrissenes Fischernetz.
Der Kaisersohn Pipin starrte auf die Lagune. Dort drüben lag Rivo Alto. Man kann eine Insel nach der anderen erobern, ohne Venetien erobert zu haben.
Man kann überall Feuer anlegen, ohne daß Venetien brennt. Man kann dem Körper Stück für Stück abschlagen, solange man ihn nicht ins Herz trifft, ist er nicht tot.
Das Herz der Veneter lag auf Rivo Alto. Rivo Alto lag im Wasser. Das Wasser aber war nicht Pipins Element.

Er beschloß, einen Damm zu bauen, um zu Fuß nach dem Zufluchtsort der Veneter zu kommen.
Bei den Venetern aber waren nicht viele Worte gefallen an jenem Tage, der sich dem Abend zuneigte. Schweigend stand ein Heldentum auf.
Sie waren Seefahrer. Sie kannten das Wasser. Es war die einzige Hilfe, die sie hatten.
Dunkles, geheimnisvolles Element, dem nicht zu trauen ist, dachte Pipin. Wasser, was ist das?
Geliebtes Meer, mit deinen göttlichen Gesetzen, deiner Sprache, die nur wir verstehen! dachten die Veneter.
Die geharnischten Krieger ließen Stein an Stein anfügen, um die Lagune zu durchkreuzen, und Stein um Stein riß die Wucht des Meeres wieder vom Damm ab. Wie mag den Franken zumute gewesen sein in dieser seltsamen Stille, von Feinden umgeben, die nicht zu zählen waren, nicht zu sehen, nicht zu hören, und die doch da waren, irgendwo, unsichtbar, geheimnisvoll!
Besaßen die Veneter wirklich die Frechheit, an jenem Abend auszufahren, so wie sonst, um Fische zu fangen?
Weithin war die Lagune mit Booten bedeckt. Das Wasser wurde heiter. Dunkle Segel standen vor dem lichten Gold des Himmels. Der Horizont verschwamm im Dunst. Die Fischer kamen näher, sie kreuzten vor dem Damm. Ihre Boote lächelten zu den Franken hinüber. Silhouettenhaft standen die Männer.
Aufs tiefste gereizt durch den Unernst, mit dem die Veneter ihr Schicksal aufzunehmen schienen, ließ Pipin seine Schiffe bemannen und machte Jagd auf die Boote. Aber er verfing sich im Spiel.
Der Wind blähte die Segel und sang in den Masten sein Lied, und Pipin war es, als sei es ein Gassenbubenlied, das er sang. Versuche den Schaum des Meeres zu greifen mit deinen Händen, du wirst ihn nicht fangen können, er ist ein Nichts, wenn du meinst ihn zu halten.
Die Boote der Veneter waren Schaum auf dem Wasser. Sie glitten davon, weiter, weiter. Die Lagune war eingefangen in das Spiel. Die Boote glitten den Mündungen der Flüsse zu. Warteten dort.

Lockten die zögernden Franken, die das Herz Venedigs vor sich sahen. Sie mußten nur zupacken. Ausholen zum vernichtenden Schlag!
Da kam der Abendwind und lockte das Wasser fort. Sandbänke tauchten auf. Sumpf. Geröll. Wie festverankert standen die fränkischen Schiffe. Und nun glitt das Unheilbringende heran, Fackeln in den Händen der Veneter. Packte der Sumpf nicht auch sie? Ihre Boote strichen darüber hin, brauchten nur die Ahnung eines Wassers, um zu fahren.
Die Nacht kam. Es war alles so still. Nur Fackeln fuhren über das Wasser.
Die Franken hatte Chioggia angezündet!
Pelestrina brannte.
Malamocco brannte.
Dieser Gedanke hämmerte. Und dann ragten überall wie Schatten am Himmel die Inseln auf. Ihre Inseln.
In diesen wenigen Stunden, die das Meer den Venetern gab, vernichteten sie die große fränkische Flotte.
Sie wehrte sich. Umsonst.
Angelo Partecipacio, der Bürger aus Heraklea, stand auf der äußersten Spitze von Rivo Alto und sah hinaus in die Nacht. Er sah die Fackeln auf dem Wasser tanzen. Er hörte den wahnsinnigen Schrei des Todes. Der Schrei brach nicht ab, er weckte ein Echo.
Da flammte noch einmal die Sonne auf, mitten in der Nacht. Die Lagune brannte, dort, an den Mündungen der Flüsse. In der spiegelnden Glätte der Ebbe brach sich das Flammenmeer, strahlte weiter. Die Lagune brannte weit im Umkreis, und in der Lagune brannten die Schiffe. Der Himmel wurde glühend rot. Man sah nichts mehr als Feuer.

Pipin starb bald nach dieser Niederlage, die er nicht verwunden hat. Als er sich gerettet hatte mit dem Rest seines Heeres, blickte er vom Festland zurück. Aus den Wracks der Schiffe schlugen noch immer die Flammen, und das Wasser spielte noch immer um sie herum. Aus den Wracks der Schiffe stieg noch immer das Stöhnen des

brennenden Holzes im löschenden Naß des Wassers. Auf dem Himmel lag noch immer der Schein des Feuers.
Und dort drüben lagen die Inseln, ruhig schlafend. Auf diesen Inseln lebten Menschen, die anders waren als alle anderen Völker. Auf der Grenze zwischen Morgenland und Abendland, verbunden mit dem Meere, verbündet mit dem Meere, geschützt vom Meere, eins mit diesem Element, das nicht zu packen war, das nicht zu bekämpfen war, das klug war und verspielt wie sie.
Pipin ließ seinen Feldherrnstab hinuntergleiten in das Meer.

Venetien hatte sich Selbständigkeit erkämpft. Das Wasser war sein Beschützer gewesen, dem Wasser vertraute es auch seine Zukunft an. Angelo Partecipacio, zum Dogen gewählt, verlegte seinen Regierungssitz auf die kleine Insel Rivo Alto, wo heute Venedig steht.
Der Krieg mit Pipin hatte gezeigt, wie günstig diese Insel lag. Vom Meere nicht direkt erreichbar im Wasser der Lagune, unzugänglich für jeden Schiffer, der die Fahrwasser nicht genau kannte, waren Sumpf und Geröll ihre Vorwerke und Bastionen.
Nach Rivo Alto kamen die Adelsgeschlechter der anderen Inseln Venetiens, die Candiani, Orseoli, Morosini, es kamen Pisani, Dolfin, Loredan und Ziani, dann die Faliere, Mocenigi, Contarini und viele andere Familien großer Namen, die schon tausend Jahre vorher geklungen hatten und noch tausend Jahre klingen sollten. Der älteste Adel Europas.

III. MARKUSLEGENDE

836

Die Hauptstadt war gegründet. Aber wo war der Heilige, der seine Hand darüber hielt? Wo die Kathedrale, in der sich die Bürger versammeln konnten, in der Gewißheit, daß ihr Staat durch Gottes Gnade gegründet war und blühen wird?

Venedig fehlte der geistige und geistliche Mittelpunkt. Seine Feinde kannten diese Schwäche und nutzten sie aus.
Aquileja war das wichtigste Patriarchat der westlichen Christenheit, im kirchlichen Rang gleich auf Rom folgend, und erhob Anspruch auf die geistliche Oberhoheit Venetiens.
Es verdankte seine Stellung dem Umstand, daß es einst durch Sankt Markus gegründet worden war. Doch Aquileja war eine Landmacht, durch seine Interessen den westlichen Kaisern verbunden. Die Kaiser stärkten die Macht der Patriarchen und versuchten, sich den Inselstaat durch die Gewalt der Kirche zu unterwerfen.
Venedig brauchte einen Heiligen, der seine Kirche vor dem Drängen der Feinde schützte und auch Stadt und Staat seinen Schutz verlieh.

– Heiliger Markus, der du das Wasser der Adria segnest, das unsere Schiffe trägt!
Heiliger Markus, der du unsere Flagge zum Siege führst!
Heiliger Markus, der du das Gold der Welt nach Venedig trägst und damit die Macht über die Menschen!
Heiliger Markus, der du unsere Gedanken lenkst, daß sie immerdar kreisen um das eine Gut: Venedig!
Heil dir, o Heiliger, du bist mit Venedig und Venedig ist mit dir! Wenn wir dich rufen, rufen wir den Segen über uns! Deine Fahne ist unsere Fahne! Dein Ruhm ist unser Ruhm! Deine Kraft ist unsere Kraft! Solange dein Name tönt, tönt der Name Venedigs weit über die Welt, mächtig, prächtig und voller Herrlichkeit, in Ewigkeit, heiliger, heiliger Markus! –

Der Doge Justinian Partecipacio empfing die beiden Tribunen, die er in einer ganz besonderen Mission nach Alexandrien schicken wollte. – Denn –, sagte er, – Venedig braucht einen Heiligen. –
Und erst später, nachdem er ihnen eine große Summe Geldes ausgehändigt hatte und ihnen Klugheit, Überlegung und die Wahrung äußerster Ruhe für ihre Aufgabe anempfohlen hatte, sprach er weiter von dem Heiligen, den sie aus Alexandrien entführen sollten: –
– Wir müssen der jungen Stadt die Legende geben –, sagte er, – den

geistigen Mittelpunkt, der den Staat zusammenhält. In Zeiten der Gefahr wird dieses ganze Gebilde auseinanderfallen, wenn nicht ein Gedanke es verbindet; der Gedanke der Tradition, den nur eine Legende bilden kann. Noch können wir mit keinem Wort, mit keiner Erinnerung das venezianische Volk zu Taten aufrufen, deren Notwendigkeit allein nicht begeistert. Darum brauchen wir einen Heiligen, in dessen Namen wir rufen können, einen Heiligen, der die sichtbare Verkörperung des Staates werden muß. Einen Heiligen, zu dem wir alle beten können und von dem wir glauben, daß er mit uns sei. Dann wird er mit uns sein!
Wir brauchen den heiligen Markus! –

Es war noch nicht lange her, daß die Araber Ägypten eingenommen hatten. Sie waren Kaufleute, auch der Prophet Mohammed war ein Kaufmann. Doch das wahrhaft Große hat einen Glauben, der es zur Größe führt; und der wahrhafte Glaube hat immer Feuer und Schwert gegen diejenigen bereit, die einen anderen Glauben haben.
Die Araber töteten, mordeten und hängten die Christen. Nur die venezianischen Kaufleute blieben verschont, weil sie ihre Handelspartner waren, und sie arbeiteten trotz aller Religionen sehr gut zusammen.
Als die beiden Tribunen den Mönchen der Markuskirche in Alexandrien ihren Wunsch vorgetragen hatten, den heiligen Markus käuflich zu erwerben, erhob sich ein großes Geschrei. Der Tribun aber meinte nur: – Der Strom der Pilger kommt doch nicht wieder nach Alexandrien, und die Kirche wird so öde sein, wie sie heute ist. Wenn ihr uns den Heiligen verkauft, müßt ihr nicht hungern, wir haben sehr viel Geld! –
Und er klimperte in seinen Taschen.
– Nein! – sagte der Prior. – Wie könnten wir ein so großes Übel tun und unseren Heiligen verkaufen! – Aber seine Augen waren voll Wollust, als er den Klang des Geldes hörte.
– Außerdem –, sprach der Tribun weiter, – ist es die Pflicht jedes Christen, die heilige Reliquie aus dieser Stadt zu retten, in der sie in ständiger Gefahr weilt. Der Heilige selbst wird es euch danken! –

Dann aber sanken die Stimmen der Männer zum Flüstern herab, und flüsternd verhandelten sie miteinander im Angesicht des Heiligen, der seine diamantengefüllten Augen schloß.

Aber die Patres verlangten eine so hohe Summe, daß die venezianischen Gesandten sie nicht zahlen wollten, weil sie wußten, daß der Marktwert der heiligen Gebeine weit niedriger lag.

So mußten sie unverrichteterdinge wieder abziehen und begaben sich zum Fürsten der Mohammedaner, der ihnen zu Ehren ein Bankett angesagt hatte.

Spät dann, in der Nacht, nachdem der Araber vieles und gutes von seinen vorzüglichen Geschäftsbeziehungen zu Venedig gesprochen hatte, baten die Gesandten, er möge in einer Sache helfen, die ihnen sehr am Herzen läge. Es sei nichts anderes notwendig, als den Mönchen des Markusklosters einen sanften Schrecken einzuflößen. Und also geschah es.

Als die Tribunen am nächsten Morgen wieder zu den Patres kamen, die gerade die Kirche schmückten, warnten sie vor den Anschlägen der Mohammedaner und zeigten ihnen arabische Soldaten, die das Kloster umstellten. Da fand sich der Prior bereit, gegen tausend Zechinen auf die Reliquie zu verzichten.

Die venezianischen Gesandten lächelten.

Und die Zeit verstrich, und immer mehr Araber umstellten das Kloster, da gab der Prior, in der Angst seines Herzens, den Heiligen für fünfzig Zechinen her.

Lauter wurde der Lärm vor der Kirche, aber der Tribun zählte ruhig das Geld in des Priors zitternde Hand.

Der andere Tribun aber sank vor dem Altare nieder in heißem Gebet:

– Heiliger Markus, beschirme uns, damit wir mit dir in die Heimat gelangen! Lange Zeit hieltest du deine Hände schützend über dem Orient. Aber sieh, der wahre Glaube ist von Osten nach Westen gezogen. Was willst du hier allein unter den Ungläubigen?

Komme zu uns! Erlauchte Gesellschaft wirst du bei uns haben: den heiligen Theodor, den heiligen Stephanus, Fortunat, Nikolaus und den heiligen Hermagoras! Aber dir werden wir eine Kirche bauen, wie sie schöner noch kein Heiliger besaß! Wir werden Feste feiern in deinem Namen! Wir werden dich überschütten mit den Kostbarkeiten der Erde! Verlasse die Bettler und kehre bei uns ein, die wir reich sind! –

Als sie, den Sarg auf dem Rücken, die Kirche verließen, strömte von dem Heiligen ein überirdisches Licht und ein köstlicher Geruch aus. Ehrfurchtsvoll wichen die Mohammedaner aus, um hinter den Venezianern unter den Mönchen ein furchtbares Blutbad anzurichten, die nun nicht mehr unter dem Schutze des Heiligen standen.

Noch aber stand das schwierigste Werk bevor, die Reliquie sicher durch die Hafenkontrolle zu bringen.

So legten die Tribunen den Heiligen auf den Boden eines Korbes und schichteten darüber eine große Menge ungesalzenen Specks, der bei den Mohammedanern als unrein gilt, so daß sie ihn nicht anfassen dürfen. Sie zogen den Korb am Mast hoch und kamen unangefochten durch die Wache.

Noch nie hat ein venezianisches Schiff eine so ruhige Überfahrt gehabt, wie der Heilige sie sich gönnte.

Der Doge Justinian Partecipacio aber träumte:

San Marco habe einst, als er mit dem Schiffe durch die Lagune fuhr, geäußert, auf Rivo Alto, jener unbewohnten Insel, würde einmal sein Leib ruhen.

Und also geschah es, und also ruhte der Leib des Heiligen verborgen in einer Säule, in der kuppelgekrönten, phantastisch unwirklichen Kirche, die nach ihm San Marco heißt.

Die Aristokratie machte den Heiligen Markus zum Symbol ihres Staates. Da sie wußte, das Volk glaubt lieber an sichtbare als an unsichtbare Dinge, setzte sie die Macht des Staates mit der Macht des Heiligen gleich. Der Löwe des Markus war die Fahne der Republik; Venedig war der Löwe des Heiligen. Aber der großartige und darum populäre Kult wurde für Aquileja ein fast vernichtender Schlag, denn der Wunsch des westlichen Kaisers, dieses Patriarchat zum geistlichen Mittelpunkt zu machen, wurde so unmöglich.

Tausend Jahre lang legten die Venezianer das Kostbarste, was sie im Krieg und Frieden erwarben, in das Gebäude, das immer schöner und strahlender um den Heiligen wuchs. Und überall, von allen Kastellen der Adria, um das ganze östliche Mittelmeer, grüßt gebietend der Löwe von San Marco, das Evangelium haltend:
ist das Buch geschlossen, war Friede, als man den Stein setzte, ist es geöffnet, war Krieg.
Das Buch ist fast immer geöffnet.

ZWEITER TEIL

JUGEND

IV. ADRIA

1000

Venedig konnte nun den Blick nach Osten wenden, wo sein eigentlichstes Lebenselement war: die Adria.
Von diesem gewaltigen Hafen aus breitete sich seine Schiffahrt über das ganze Mittelmeer. Überall ließen sich venezianische Kaufleute nieder, vor allem in den dalmatinischen Küstenstädten, die lebhaft an dem venezianischen Handel beteiligt waren.
Gegen das Jahr Eintausend drängten neue Völker von Osten her gegen den schmalen Küstenstreifen an: Seeräuber der Serben und Kroaten. In ihren kleinen Booten belästigten sie den Seehandel und gefährdeten ihn. Und vom Lande her griffen sie die dalmatinischen Städte an. Das war die erste Mahnung an Venedig, daß es Macht brauche, um seinen aufstrebenden Handel zu schützen. Die zweite kam durch den Mund dalmatinischer Bürger, die sich hilfebittend an den Dogen wandten. Denn Byzanz, das noch die Hoheitsrechte über Dalmatien beanspruchte, war nicht mehr in der Lage, einen wirksamen Schutz zu gewähren. Venedig brauchte Flottenstützpunkte an der ganzen Küste der Adria. denn die Adria war sein Interessengebiet.

Der Doge Pietro Orseolo ließ den Blick über die Männer gleiten, die neben ihm standen, und er sah, daß sie müde waren von der langen Reise und zermürbt von Sorge. Da blickte er über ihre Köpfe hinweg in die strahlende Bläue des Tages:
– Bürger Dalmatiens! Warum fürchtet ihr euch, da Venedig euer Nachbar ist?
Das gleiche Meer spült an eure Städte und Venedig! Warum fürch-

tet ihr euch, da ihr einen Bruder habt, der Venedig heißt? *Eine* Mutter hat uns geboren: die Adria.
Bürger Dalmatiens! Blickt auf das Meer! –
Der Doge hatte die Hand erhoben. Langsam richteten sich die gebeugten Rücken wieder auf, wendeten sich die geängsteten Augen auf das Meer. Dort lag es, wie der Mantel Gottes, um diese Stadt gebreitet. Die Lagune war ein lichter Wald, denn heute war Regatta, und alle Schiffe, geschmückt mit der Fahne des Heiligen, glitten über die Wasser, jagten dahin, ohne Schwere, verschwanden im Horizont, tauchten wieder auf, ein ewiges Spiel, funkelnd in der Sonne und vollendet in sich selbst.
Der Doge hatte die Männer, die ihn schweigend umgaben, vergessen.
Er lehnte sich zurück an die Mauer seines Palastes. Seine Gedanken arbeiteten: Venedig braucht die Adria. Die Furcht dieser Männer muß ihm dazu helfen.
Die Fremden aber sahen: Auf dem Markusplatz und auf den Straßen am Kai wogte die Menge der Venezianer im Rhythmus des Meeres.
Sie, die oben auf dem Balkon des Palastes standen, sahen keine Einzelheiten. Sie sahen aber, wie das Meer der Bläue über die Ufer trat, daß keine Grenze mehr zu ziehen war zwischen der Bewegung des Wassers und der Menschen, die blau gekleidet waren wie das Element, das sie umgab. Und sie schlossen die Augen, denn ein Schwindel faßte sie vor der starken Bewegung dieses Volkes, dieses Meeres.
Sie hörten das Lied des Wassers als dunklen Akkord in dem Singen der Männer, dem hellen Lachen der Frauen. Sie hörten, sie sahen, sie rochen das Meer. Überall fühlten sie Venedig, Zusammenspiel aller Kräfte, die jung waren, beschwingt, niemals stillstehend.
– Überall, auf allen Meeren, wird einst das Banner des Heiligen wehen, das wird Venedig sein! –
Der Doge hatte die Worte leise gesprochen. Jetzt löste er sich von der Mauer. Mit einer Handbewegung machte er sich Platz und trat

an die Brüstung. Das Volk jubelte zu ihm hinauf: – Es lebe Pietro Orseolo! –

Er aber antwortete: – Freunde, ich sah eure Regatta. Aber sagt mir, ist die Lagune nicht zu klein für euch? Seht dort draußen die Unendlichkeit! Wollt ihr, so führe ich euch zu einer Regatta, bei der ihr in Wahrheit zeigen könnt, was Venedigs Flotte vermag.

Freunde, ihr fragt mich, wer Sieger sein wird? Und ich antworte: Venedig wird es sein!

Das Meer, das Meer, ich führe euch dorthin, wo nur noch das Meer euch umgibt, und nicht die Ahnung eines Endes.

Seht ihr den Löwen des Heiligen auf euern Wimpeln? Seht ihr den Rücken gekrümmt zum weitausholenden Sprung?

Freunde, im Namen des Heiligen, lasset uns dorthin fahren, wo die Welt groß ist, auf daß der Löwe springen kann! –

Die Glocken des Domes brachen in den Jubel ein. Der Wind wehte den Mantel des Dogen gleich einem Feuerzeichen über die Steintreppe des Palastes hinunter zum Platz und zeigte der Menge den Weg. Sie folgte.

Jetzt wurde das Meer ein einziges Segel, ein einziger Mastbaum, ein einziges Ruder. Jetzt wurde das Volk ein einziger Mann auf dem großen Schiffe Venedig.

Pietro Orseolo stand vorn auf dem Bug seines Schiffes.

– Was siehst du, Johannes? – fragte er seinen Freund, der hinter ihm stand.

– Ich sehe eine Schlange von Schiffen deinem Schiffe folgen. Ich sehe die Kielwasser der Boote deinem Kielwasser folgen. Und ich blicke hinab in den dunklen Schoß des Meeres! –

– Was siehst du noch, Johannes? –

– Ich sehe Venedig, wie es verschwindet in Dunst und in der Ferne. Noch höre ich die Glocken des Campanile grüßen. Noch kann ich den Markusdom erkennen und deinen Palast.

Ich blicke zurück . . . Venedig ist verschwunden. –

– Venedig ist unter dieser Flagge, Johannes. Überall, wo diese Fahne weht, wird Venedig sein! –

Sie fuhren einen Tag und eine Nacht und wieder einen Tag. Oft

ging auf ihrer Fahrt im Osten die Sonne auf, oft sank sie im Westen. Ihre Schiffe berührten die Häfen Istriens. Dann führte der Weg sie in das bedrohte Land.
Zara unterwarf sich, Rab unterwarf sich. Feierlicher Gottesdienst unter der Fahne des Markus. Dann legten sie bei Trogir an, auch diese Stadt zur Unterwerfung zu zwingen.
Wohin auch die Flotte Pietro Orseolos kam, legten die Bürger und Geistlichen den Treueid ab. An der ganzen Küste bis Spalato hin wehte siegreich die Fahne des Markuslöwen. Alle Städte blickten wie gebannt auf Venedig hin und auf die Venezianer. Die Klugheit und die Kraft waren mehr als Waffen das Mittel, mit dem Pietro Orseolo siegte.
Noch war in diesem Siegeszug kein Blut geflossen, noch sehnte jede dalmatinische Stadt Venedig herbei. Noch waren sie nicht da, wo die Seeräuber herrschten und ihre Raubfahrten über die Küste hin ausdehnten: in Corçula und in Lagosta.
Als der Zug Pietro Orseolos sich Corçula näherte, trieben die Slawen die Bürger auf die Mauern, daß sie hülfen, die Venezianer zurückzudrängen. Die Bürger knirschten mit den Zähnen, aber sie kämpften.
In der Nacht, als die Fackeln der Belagerten und Belagerer wild an den Mauern leuchteten, glitten die Seeräuber hinab von den Wällen und drangen in die ungeschützten Häuser ihrer Helfer, plünderten, wüteten, mordeten.
Das Schreien der Frauen und Kinder riß die Blicke der Corçulaner zurück auf die Straße, und sie sahen eine Lohe, wo die Häuser gestanden. Da öffneten sie den Venezianern die Tore.
Die Seeräuber entwichen auf das Kastell, das hinter der Stadt auf dem pinienbewachsenen Höhenzuge lag, eingehüllt in die blühende Macchia. Aber die Venezianer zündeten die Macchia an, und die wenigen Slawen, die durch das Feuer zu ihnen gelangten, hängten sie neben die verkohlten Reste ihrer Genossen hoch an die Ruinen des Turmes, daß sie als Mahnung herüberwinkten zum Festland und zum Meer: Seht, so geht es allen, die Venedigs Handel stören!
Auch die Insel Lagosta wurde ausgeräuchert, der zweite Stützpunkt der Seeräuber in der Adria.

Jubelnd empfingen die übrigen dalmatinischen Städte die Befreier. Eine nach der anderen leistete den Treueid.
Zuletzt sogar auch Ragusa.

Als die Venezianer den Hafen verlassen hatten, um nach dem Norden zurückzukehren, stand wieder Johannes hinter dem Dogen. Und wieder fragte Pietro Orseolo: — Was siehst du? –
– Ich sehe die letzte Stadt, die wir besuchten. Wir haben viele Städte besucht und keine haben wir besetzt. Wir sind an der ganzen Küste entlang gefahren und haben nichts erobert. Wir haben gesiegt und sind doch nicht die Sieger. Was hast du erreicht? Die Fahrt hat sehr viel Geld gekostet! –
Der Doge lachte:
– Und sie wird uns noch mehr Geld einbringen! –
Er wies zurück zur Küste:
– Sie wollten wissen, ob wir mächtig sind. Wir haben ihnen unsere Macht gezeigt, und sie werden uns noch mächtiger machen. Sie wollten wissen, ob sie sich unter unseren Schutz begeben sollen. Wir haben ihnen gezeigt, daß wir sie schützen können. Und wenn sie bis heute die Macht des byzantinischen Reiches erweiterten, so werden sie künftig unsere Macht erweitern, weil wir mächtiger sind als Byzanz!
Diese Städte wollen Handel treiben auf der Adria wie wir. Sie fürchten, daß man ihren Handel stört, wie wir. Wir werden alle eine große Handelsgesellschaft sein auf der Adria und uns nicht stören lassen. Wir bekriegen sie nicht, wir belästigen sie nicht mit unserer Besatzung, wir lassen ihnen die Freiheit des Willens, damit sie uns treu bleiben wollen. Wir sind keine Sieger, Johannes, und haben doch den gewaltigsten Sieg errungen. Wozu erobern? Glaube mir, Alexander der Große war nicht sehr klug! –
– Warum nicht, mein Fürst? –
– Er dachte an die Idee der Macht und nicht an die Wirklichkeit. Hätte er in Asien eine Handelsgesellschaft gegründet statt eines Weltreiches, so wäre heute noch die Erinnerung an sein Reich lebendig anstatt der Erinnerung an seinen Namen. –

Dann verschwand Dalmatien in der Ferne, Istrien verschwand. Der Doge wandte sein Gesicht Johannes zu: – Siehst du den Löwen des Heiligen? Seine Augen leuchteten! Jetzt ist er gesprungen!
Dort steigt Venedig aus dem Meere auf wie Aphrodite, die Schaumgeborene. Das blaue Band der Adria hat uns geleitet auf unserer ganzen Fahrt. Nun mündet es ein in Venedig! –
Von Venedig lösten sich Boote los, nein, von jenem Dunst, der Meer sein konnte oder Eiland, lösten sich Boote los und fuhren ihnen entgegen.
Und wieder empfand Pietro Orseolo, wie vor dem Auszuge, die göttliche Einheit alles dessen, was ihn umgab. Und er nannte es: Venedig. Sein Gesicht war den Winden zugekehrt, und ihm schien, als sei er nicht mehr auf dem Schiff, sondern als trüge das Meer ihn auf seinen Schultern nach Haus.
Da streifte er den Ring ab, den er am Finger trug, und warf ihn in das Wasser. Das Meer war wie Kristall, man sah das Sinken des Goldes. Schweigend fuhren sie weiter.
Orseolo aber dachte:
Es ist ein Gott – Venedig.
Es ist eine Göttin – Adria.
Und sie verschmelzen zu eins. –

Venedig diktierte den dalmatinischen Städten keinen Friedensvertrag, sondern einen Bündnis- und Freundschaftsvertrag.
Jeder Stadt wurde ein bestimmtes Flotten- und Truppenkontingent zugeteilt, das sie im Falle eines gemeinsamen Krieges zu stellen hatte. Venedig hatte die Aufsicht darüber und den Oberbefehl, das Recht, jeden zu strafen, der das Bündnis brach. Der Bund schützte die gemeinsamen Interessen. Und da sie nur gemeinsame Interessen hatten, so war dies die einzige Macht, die Venedig über die unterworfenen Städte behielt.
Darum war es gleichgültig, wenn eine der Städte von Fremden erobert wurde. Wirtschaftlich waren sie immer unter Venedigs Macht und politisch kehrten sie immer freiwillig zurück, sobald sie es vermochten.
Venedig beherrschte die Adria ohne Truppen, ohne Kosten und ohne Prestigeverlust in schlechten Zeiten.

V. NÄCHTLICHE FAHRT

1000

Von dem ergreisenden Reich im Osten drohte Venedigs Bestand keine Gefahr. Aber der Kaiser des Westreichs versuchte noch einmal den fliegenden Löwen zu fesseln: Otto II. unternahm es als erster, Venedig mit dessen eigener Waffe zu bekämpfen. Die Stadt, die nur vom Handel lebte, traf man am tiefsten durch eine Handelssperre.
Ein fester Ring umschloß die Stadt: in Mestre, in Padua, an der Etsch, in Ravenna, überall dort, wo die Lebensmittel in die Tore des Inselstaates liefen, hielten kaiserliche Soldaten Wache.
Die Anliegerstaaten der Adria konnten nicht helfen. Sie hatten selbst kein Getreide, sondern waren gewöhnt, es von Venedig zu beziehen. Venedig hungerte. Es sah den Tag, an dem es sich ergeben mußte, unausweichlich herankommen. Doch die Weltgeschichte änderte lächelnd ihren Kurs. Am 7. Dezember klagte das Reich, jubelte Venedig: der Kaiser ist tot. Mit der Regentin Adelheid, die für ihren unmündigen Enkel Otto III. die Herrschaft führte, einigte man sich rasch. Gegen Zahlung erhöhter Handelsabgaben erhielt Venedig seine Freiheit wieder.
Nun brauchte der Doge nur noch zu sehen, wie er die lästige finanzielle Verpflichtung wieder loswerde.

Sie waren eine Stunde gerudert, da sahen sie noch einmal die Sonne aufgehen. Sie sank herab aus einem schwarzen Wolkenvorhang und stand dann, ein halber Kreis von blutig leuchtendem Rot, hinter den Zinnen, die die schweren Formen der Stadt Ravenna nach oben auszackten.
– Das ist schön! – sagte der Kaiser.
Der Diakon Johannes sagte nichts. Ihm schien das Schwarz ihrer Mauern garstig unter dem wilden Rot. Aber er wartete geduldig, bis die Sonne herabgesunken war und das Bild der kriegerischen Stadt mit sich genommen hatte. Dann trat er neben den Kaiser, der fast noch ein Knabe war und doch schon die Welt beherrschen mußte, obwohl es ihm schwerfiel, das eigene Leben zu meistern.

– Du mußt schlafen, Augustus Imperator! –
– Ich kann nicht schlafen. Meine Seele ist aufgewühlt. Ich fahre der verzauberten Stadt entgegen und dem großen Zauberer, der sie beherrscht. Ich kenne ihn nicht, aber ich liebe ihn. Die nächsten Tage sollen mir die Lösung der großen Rätsel bringen, oder ich muß ganz an ihrer Lösung verzweifeln. Wie sollte da mein Herz Ruhe finden? Verstehst du mich nicht? – fragte er.
– Nein –, sagte der Mönch. Das Leben ist so einfach. Es wird nicht besser und nicht leichter, wenn man ihm seine Einfachheit raubt. –
In dem Munde des Mönchs hatte das Latein einen warmen Klang, und die Sätze rundeten sich zu vollkommenen Bildern. Des Kaisers Sprache war hart, auch wenn er träumte, auch wenn er leise sprach. Beide trugen das Erbe des Römischen Reiches, aber es war, als habe der eine nur die Gedanken und die Zunge der großen Redner geerbt und der andere nur das Erz der Legionen.
– Und er? – fragte der Kaiser. – Sprich mir von ihm! Erzähle mir von Venedig und von Pietro Orseolo! –
– Die Kinder Venedigs sind gut geraten. Pietro Orseolo ist eines von ihnen, den anderen nicht ungleich. Was willst du von ihm wissen, Kaiser? –
– Ihm hat Gott den Schlüssel zum Leben anvertraut, den er meinen Gebeten verweigert. Dem Dogen löst sich seine Aufgabe von selbst, und Venedig blüht immer gleichmäßig fortschreitend und von keiner Gefahr ernstlich bedroht. Alles in eurer Stadt ist leicht. Mein Reich aber lastet auf mir, als müsse ich es stündlich aus der Hölle heben.
Ihr lebt für diese Welt, während um euch alle Christen nur an das Jenseits denken. Sage, wie könnt ihr ausfahren, um euer irdisches Reich zu gründen, da doch das tausendjährige in wenigen Tagen vielleicht schon alles irdische Leben beenden wird? Was seid ihr für Menschen? –
– Wir sind Kaufleute –, sagte der Priester.
– Nein! – begehrte der Kaiser auf. – Orseolo ist ein Held! –
– Vielleicht, auf jeden Fall aber ist er Kaufmann. Wir sind nüchtern. Wie unsere Geschäftsbücher sind unsere Gedanken und unsere Poli-

tik. Auch wir kämpfen, aber nur, wenn wir müssen. Und dann wissen wir, warum wir Blut vergießen. –

Er sprach nicht weiter. Auch der Kaiser schwieg, und es war ihm, als hätte wieder des anderen Rede in dem Wort ausgeklungen, das jeden Satz beschloß, jeden Gedanken: Venedig!

– Auch ich weiß, worum ich kämpfe –, sagte der Kaiser nach einer Weile: – für das Römische Reich, die Einheit der Christenheit und die Ehre Gottes. –

– Das sind Ideen! Was ist das Römische Reich? Ein Gedanke! Bist du ein Römer? Du bist ein Deutscher. Deine Heimat ist im Norden. Du aber verschwendest die Kraft der Deutschen in Italien, um dem Papst die Bestätigung eines leeren Wortes abzuzwingen oder abzukaufen. Wie aber sieht es in Deutschland aus? –

Wieder schwiegen sie. Dann fuhr der Priester fort: – Und die Einheit der Christenheit? –

– Alle Christen sind meine Kinder! –

–Aber sie hungern; kannst du sie sättigen? Aber sie erschlagen sich; kannst du sie befrieden? –

Der Kaiser hatte das Haupt gesenkt.

– Pietro Orseolo –, sagte der Priester, – will nicht der Vater aller Christen sein. Aber in Venedig hat jeder zu essen. In Venedig bekämpft niemand den anderen. Venedig blüht und es wächst, aber es wächst nicht aus seinen Maßen. Die Ehre Gottes aber bedarf deines Schwertes nicht! –

– Man hat mich gelehrt, daß nur Ideen wert sind, daß man für sie kämpft! –

– Wir sind Kaufleute. Wir befahren die Länder und die Meere. Heute sind wir hier, morgen dort. Wir haben noch keine Grenzen gefunden, unser Horizont ist weit wie die Welt. Weißt du, wie weit sie ist? Erhebe dich über die Erde wie ein Adler. Dann wirst du die Welt so sehen wie wir. Wo sind da deine Ideen? Sie verfliegen vor dem Wind, der um dein Haupt streicht und alle Torheiten fortbläst, alle Phantastereien, aber auch alles, was klein ist. Was bleibt, ist eine erhabene Wirklichkeit. Eine weite, bunte Landkarte, belebt von ungezählten Menschen, winzigen, aber ganz lebendigen Menschen, deren Leben darauf wartet, geordnet und genutzt zu werden. Daß sie selbst und andere daran Befriedigung finden, das ist Sinn und Zweck unseres Tuns.

Unsere Politik ist nie um ihrer selbst willen da. Und wir vergießen keinen Tropfen Blut um des Krieges willen oder wegen einer leeren Idee.

Wir sind Kaufleute. Unsere Politik muß stimmen wie das Hauptbuch, die gleichen Männer führen beides. Und sie wissen, daß alles auf der Welt einen Nutzen haben muß, wenn es einen Sinn haben will. Aber sie wissen auch, daß man nichts schuldig bleiben kann, wenn man auf die Dauer gewinnen will. Niemand darf sich um das Bezahlen drücken. Darum wollen wir nie mehr, als wir bezahlen können. –

Es war dunkel geworden. Der Priester sah nur noch ein wenig Gold aufblitzen aus des Kaisers Haar. Er wartete auf eine Antwort; aber ein tiefes Atmen verriet ihm, daß der Übermüdete eingeschlafen war. Da deckte er seinen eigenen Mantel behutsam über den Schlafenden.

Er denkt, dachte der Mönch, aber er denkt nicht an sich und die Seinen, er kämpft, aber er kämpft nicht für sich und die Seinen. So werden sie den anderen die Kastanien aus dem Feuer holen, denn sie sind tüchtige Krieger und Arbeiter. Was aber werden sie selbst bekommen?

Es wurde Tag. Und als die Häuser von Chioggia an ihnen vorüberglitten, war es schon wieder tiefe Nacht geworden. Den ganzen Tag hatten sie gesprochen. Der Kaiser hatte vergeblich versucht, den Priester zu verstehen, und der Diakon Johannes hatte vergeblich sich bemüht, seine einfachen Gedanken dem anderen verständlich zu machen. Die Verwirrung vor der Stadt Venedig und ihrem Herrscher war in Otto gewachsen. Und ungewisser denn je fuhr er ihnen entgegen, ungewisser denn je war seine Hoffnung, daß sie ihm Klarheit bringen sollten.

Der Doge aber, der im Schatten seines Palastes stand und auf das Dämmern des Morgens und die Ankunft seines Gastes wartete, dieser Doge wußte, was er wollte. Er wußte ganz genau, wieviel ihm der Kaiser geben und was Venedig von ihm erwarten konnte. Und

er war entschlossen, es zu erhalten. Einsam stand er im grauen Morgen, sah über die Weite der Lagune, die tot vor ihm lag wie die Stadt, deren Menschen noch schliefen.
Närrisch! dachte der Doge. Närrisch, hier zu stehen in der Nacht und auf einen Herrscher zu warten, der in einem anderen Herrscher den Freund sucht. Welch Gedanke von diesem Knaben, mich bei Nacht aufzusuchen, fern von den Menschen, die seinen Alltag bilden. Als ob man den Alltag dadurch auslöschen könnte! Wie häßlich muß ihm die Welt erscheinen, daß er sie so armselig ausschmükken muß. Närrisch!
Er mußte lachen, und sein Lachen schallte über die Weite des Wassers hell wie der Schrei eines Vogels.
Das Lachen traf das Ohr des Kaisers und riß ihn aus dem Dahindämmern. Er blickte auf und sah Venedig.
Unter dem leisen Schimmer des Himmels, über dem leisen Schimmer des Wassers erstand die Stadt in einem durchsichtigen Grau, als ob Gott sie jeden Morgen aus dem silbrigen Hauch seines Atems aufs neue schaffe. Und ganz allmählich gab ihr das rosige Licht Raum und Wirklichkeit. Des Kaisers Herz blieb stehen. Der Traum wurde Gestalt.
Auch den Priester hatte der Vogelschrei des Lachens erreicht.
– Dort ist der Doge! – sagte er.
Eine hohe Gestalt im dunklen Gewande stand vor dem Licht der Wände, als die Barke an der Riva entlangglitt. Der Kaiser sprang an Land und stürzte in die Arme des Dogen.

Am Abend standen sie an einem der hohen, spitzen Fenster, an dem Farben vorbeiglitten wie der Widerschein von Juwelen. Dem Kaiser war es das Märchen, das man daheim im Norden an Winterabenden am Kamin flüsterte, um für Augenblicke das ewige Grau zu vertreiben.
– Ihr seid glücklich –, sagte der Kaiser. – Lehre mich, wie ich auch mein Volk glücklich machen kann. Du kennst die Welt, lehre auch mich die Welt kennen. Du meisterst das Leben, lehre auch mich das Leben meistern. –

Der Doge stand am offenen Fenster und hatte sein Gesicht nach außen gekehrt, so sah der Kaiser das Lächeln nicht, das um seinen Mund lag. Pietro Orseolo trat zu einem Regal und entnahm ihm einen schweren Band:

– Hier –, sagte er, – sind die Erinnerungen eines Herrschers, der seinen Thron verlor. Danach wußte er, wie er sein Volk hätte glücklich machen können. –

Dann gab er dem Kaiser einen zweiten Band.

– Hier sind die Gedanken eines griechischen Philosophen. Nach einer unglücklichen Jugend erlebte er ein zufriedenes Alter. So wird er das Leben gekannt haben. –

Zum Schluß gab er ihm einen großen Folianten.

– Hier –, sagte er, – ist die Heilige Schrift.

Alles, was du lernen kannst, werden dich diese Bücher lehren. –

Der Kaiser ließ die Hand lange über die Buchrücken gleiten.

– Ich danke dir! Aber lehre mich deine eigene Kunst, und ich will dir als Geschenk alles geben, worum du mich bittest. –

Der Doge machte ein nachdenkliches Gesicht. Dann sagte er:

– Fünfzig Pfund Gold zahlt Venedig jedes Jahr für das Recht, in deinen Ländern Handel zu treiben. Erlasse uns den Zins! Du wirst die Forderung nicht unbillig finden, wenn du denkst, daß ihr mehr Nutzen aus unserem Handel zieht als wir selbst. –

Unsicher sah ihn der Kaiser an.

– Was soll das? –

– Du gabst mir einen Wunsch frei. –

– Nicht das! – bat der Kaiser enttäuscht. – Nicht das! Sage mir einen Wunsch deines Herzens, den größten Wunsch deiner Träume! Ich will ihn erfüllen! –

Wieder lächelte der Doge.

– Sieh! – sagte er, – dieser Zins ist alles, was Venedig von dir braucht. Ich aber bin Venezianer. Deshalb ist mein einziger Wunsch an dich: gib Venedig diesen Zins! –

Und er schlang den Arm um die Schulter des Erschütterten:

– Denke darüber nach! Und wenn du mich begriffen hast, so habe ich dich etwas gelehrt, was mehr wert ist, auch wenn du dann in Zahlen denken kannst, als die Summe, die ich von dir erbitte. –

Enthusiastisch für Pietro Orseolo begeistert, schenkte der junge Kaiser dem Dogen die Sonderabgaben, die Venedig seit seines Vaters Tode an das Reich zu zahlen hatte.
Der Doge nahm das Geschenk, dessen Wert er selbst kannte, der andere aber nicht.
Betrog er den Freund? Pietro Orseolo tat seine Pflicht für den Staat. Er war Venezianer.
Die Freundschaft zwischen Doge und Kaiser hielt, solange sie lebten. Das letzte Band aber, das Venedig an das Westreich knüpfte, hatte sich an jenem Tage gelöst.

VI. DER GROSSE TAG

1177

Es kam eine Zeit, die für Venedig ruhig blieb, weil die deutschen Kaiser anderweitig gebunden waren.
In Byzanz aber war man dankbar, wenn keine Aufregungen von außen den langen Todeskampf beschleunigten.
Venedig nutzte diese Frist, um sich durch zielbewußten Ausbau des Handels zu stärken; dabei war es, wie immer, glänzenden, aber törichten Abenteuern abhold.
Da brachen die Normannen, die schon lange den Norden Europas ritterlich kämpfend und raubend verheert hatten, auch in das Mittelmeerbecken ein.
In Sizilien setzten sie sich fest. Hier waren sie im Mittelpunkt der staufischen Interessen in Süditalien. Von hier aus gingen Wikingerzüge auch ins Ostreich. Ihre Raubfeuer brannten unter den Mauern von Byzanz. Die Normannen mischten sich in die päpstliche Politik. Ihre Schiffe kreuzten in der Adria, eroberten Küstenplätze in Albanien und brachen so in das venezianische Handelsreservat ein.
Es war wie ein Stich ins Wespennest. Die ruhenden Kräfte wurden ge-

weckt und waren auch nicht mehr zu beruhigen, als die vier Interessenten: Ost- und Westreich, Papst und Venedig gemeinsam dem Eindringling auf die Finger geklopft hatten.
Die staufischen Kaiser unternahmen neue Kraftvorstöße nach Süden über die Alpen. Barbarossa sicherte als wichtigste Etappe für den Italienzug die Herrschaft in der Lombardei. Dabei stieß er auf erbitterten Widerstand der reichen und freiheitliebenden Städte.
Venedig, das das Westreich nicht mehr als Nachbarn sehen wollte, verband sich mit den Lombarden.
In dieser Lage raffte sich auch der Ostkaiser zu einer letzten Tat auf. Er eroberte Ancona, um sich von hier aus eine Aktionsbasis in Italien zu schaffen. Er wollte sich die Krone auch des Westreichs aufsetzen und träumte von Weltherrschaft.
Das konnte Venedig nicht dulden.
Seite an Seite mit Barbarossas, des Feindes, Truppen kämpften Veneter gegen die Byzantiner.
Mit beiden feindlichen Kaisern schloß Venedig Geheimverträge gegen etwaige normannische Einfälle.
Dem Papst sicherte es seine Unterstützung gegen alle anderen zu. Und während der Krieg im vollsten Gange war, verhandelte Venedig mit allen über den Frieden.
Als Friedrich Barbarossa sich hoffnungslos geschlagen sah, war es so weit.

Dunkel war der Raum um den Dogen Sebastiano Ziano. Wenig Kerzen nur brannten. Sie brachen ihr Licht in den Spiegeln, und ihre Wärme floß wie Wachs über die gebeugten Nacken.
– So schreibt –, sagte der Doge, und seine Stimme war sehr leise, daß ihr Klang kaum die Wände des Raumes berührte:
– Schreibt: für seine Hilfe gegen die Normannen bekommt Venedig den zoll- und abgabefreien Handel im Ostreich;
schreibt: für seine Hilfe gegen das Ostreich bekommt Venedig den zoll- und abgabefreien Handel im Normannenreich;
schreibt: für seine Hilfe gegen Byzanz und die Normannen bekommt Venedig den zoll- und abgabefreien Handel im Westreich;
schreibt: für seine Hilfe gegen das Westreich bekommt Venedig den zoll- und abgabefreien Handel in der Lombardei;

schreibt: Senat und Doge von Venedig verpflichten sich, dem Kaiser in Venedig bei seinem Friedensschluß mit dem Papst beizustehen. –
Seine Stimme wurde noch leiser:
– Dafür verpflichten sich Senat und Doge, den Kaiser nicht ohne ausdrückliche Erlaubnis des Papstes nach Venedig zu führen –
– Was heißt das? – fragte eine Stimme aus dem Spiel der Kerzenlichter.
– Man fürchtet Unruhen unter dem Volk. Es verehrt den Kaiser –
– Gerüchte! – sagte jemand.
Der Doge zuckte die Achseln:
– Gerüchte sind oft wesentlicher als verbürgte Tatsachen! –
Ein Gesicht wuchs steil ins Licht:
– Das Gerücht sprach auch von Ihnen, mein Fürst. –
Schweigen.
– Sie lächeln? –
– Die Kerze lächelt, mein Freund, und die Nacht ist heiter. Lausche hinaus in die Dunkelheit. Höre sie flüstern! –

Es war, als hätten nicht nur die Menschen Angst vor dieser Nacht, ohne zu wissen warum. Auch die Häuser schienen sich eng aneinander zu schmiegen, und die Strahlen des Mondes suchten vergeblich einen Weg.
Was waren das für Gerüchte, die heimlich von Straßenecke zu Straßenecke weitergeleitet wurden, die auf dunklen Booten in dunklen Kanälen schwammen? Der Kaiser ist in Chioggia und soll nach Venedig entführt werden; der Doge will ihn mit den Popolanen entführen.
Strenger als sonst war die Bewachung der Straßen. Und doch flüsterte es durch die Nacht immer wieder: – die Aristokratie ist dem Dogen zu mächtig. Er will allein der Herr sein! –
– Und seine Söhne sollen die Herren sein und seine Enkel! –
– Will er, daß der Kaiser kommt, damit Venedig nächtens aufzüngelt wie Mailand? –
– Venedig ist klein, allein kann es nicht leben! –
– Der Doge ist mächtig, aber die Aristokratie ist noch mächtiger! –

– Wir wollen den Kaiser! –
– Wir wollen Sicherheit! –
- Sonst werden wir brennen wie Mailand! –
– Schlagt euch zum Kaiser! –
– Wir holen ihn! –
Die Nacht ging weiter, und mit der ziehenden Nacht zogen die Schritte dunkel verhüllter Gestalten, zog das Flüstern und verschwand. Der Nebel baute Brücken über die Lagune, und auf ihnen hätte er schreiten können, der Befreier, der Held, der deutsche Kaiser. Aber er war müde.

Im Hafen lagen Schiffe. Sie trugen die Wimpel der Normannen. Die Wimpel flüsterten. Und unter ihnen flüsterten die normannischen Matrosen:
– Die Venezianer wollen den Kaiser entführen! –
– Er soll Herr von Venedig werden! –
– Dann entführen wir den Papst und den Frieden! Gott gnade Venedig, wenn das geschieht! –
– Still! Still! Es kommt jemand! Ich höre Schritte –

Trübe glimmen Öllampen in der Fischerkneipe der kleinen Straße. Ein paar Senatoren sitzen darin. Das Licht spielt in den Weingläsern. Alle Ecken sind dunkel. Die Beine der Tische werfen lange Schatten. Und die Füße, die unter den Tischen stehen, sehen aus wie Kobolde.
Die Senatoren aber lachen nicht.
Da endlich! Ein Pfiff auf der Straße. Schwere Schritte. Stille. Ein Stöhnen der Türe.
Plötzlich sind die Senatoren verschwunden. Ihre Weingläser sind leer und ganz verlassen, und auch die Kobolde der Schatten sind fort.
Dunkle Gänge, geheimnisvolle Türen. Da liegt ein Weinfaß am Boden mit einem gähnenden Loch. Ein Fluch aus der vollkommenen Stille. Bewegung im Nichts. Huschende Schatten. Dann: Handschellen klirren.

Mit Nachthauben auf dem Kopf erscheinen ein paar Frauen am Fenster. Sie halten die Lampe heraus, um besser zu sehen.
– Was ist los? –
– Man hat ein paar verhaftet. –
– So? –
Weiterschlafen. Die Nacht ist unheimlich schwül. Und doch ist erst Mai. Die Lampen am Fenster verlöschen. Die Lampe in der Kneipe verlöscht.
Im Palast ist der Doge noch auf.
Ein Senator tritt in sein Zimmer:
– Die Ruhe ist wiederhergestellt. Die Schuldigen sind tot. Sie sagten, man habe sie verkauft. Zuerst an den Kaiser und dann an den Papst. Sie nannten Ihren Namen, mein Fürst! –
Der Doge löscht die Kerze, die allein noch das Zimmer erhellt.
– Wir alle sterben für Venedig. So oder so. –
Er lächelt. Weise. Gütig. Alt.

Jedem einzelnen Gast, der oft wochenlang über das Meer oder durch die Länder gezogen war, das Friedensfest in Venedig zu begehen, sandte die Stadt einen Nobile im geschmückten Boot entgegen, der stehend, vorn am Bug, den Gast begrüßte. Die bestechende Liebenswürdigkeit und die vollkommene Beherrschung der Form, die jedem Venezianer zu eigen war, ließ all die Gesandten und Fürsten wenigstens für kurze Zeit vergessen, daß Venedig der Herr war und sie, in den Augen Venedigs, ein Nichts.
An dem Tage, der jener seltsamen und unheimlichen Nacht gefolgt war, deren Vorgänge im Dunkel gehalten wurden und die auch vor dem Heute bald vergessen ward, war auch das Kunstwerk vollendet, die Stadt aus Holz und Sumpf in ein Gewand aus Seide und Gold zu hüllen.
So schien sie den Fremden, die sie zum ersten Male sahen, wie etwas Unwirkliches. Der Eindruck wurde noch dadurch erhöht, daß es nie eine Ferne gab, von der man Venedig sehen konnte, sondern immer nur eine Nähe.
Die Nähe, das waren die sanft gleitenden Wasser der Kanäle mit

dem Atemholen ihrer Brücken, es war der Dunst bläulich-goldenen Wassers, das sich in der Ferne im bläulichen Golde des Himmels verlor. Es waren die Häuser, die in den Kanälen vor Anker lagen und fortzuschwimmen schienen, wenn man auf sie zutrat; aber das war nur ein Spiel tausendfältiger Lichter, das schwamm, das ging, das lächelte. Wenn der Wind wehte und die Sonne schien, glänzten die Seidenstoffe an den Wänden der Häuser. Und wenn man ganz leise auftrat, hörte man die Tritte nicht auf den Teppichen, die die Straße geleiteten. Es war noch früh am Tag, und nur manchmal glitt zärtlich ein Nachen vorbei auf dem dunklen Kanal.
Gott hat den schönsten Traum geträumt, und der Traum, das ist Venedig. Seine Kanäle sind die Saiten auf einer großen Geige, und die Boote sind der Bogen, der sie spielt.

Venedig war heute eine große Halle, ein einziger großer Raum mitten auf dem blauen Teppich des Meeres.
In Säulengängen, die den Markusplatz umsäumten, wandelten die vornehmsten Gäste des Staates, hier vor den Blicken der Neugierigen wie vor den Strahlen der Sonne geschützt.
Aber man ließ einen Fremden in Venedig nicht ganz ohne Aufsicht. Zwischen den Gruppen der Gäste gingen venezianische Adlige, plaudernd wie sie.
– Aus des Kaisers Garten von Byzanz holten wir schon die Früchte –, sagte ein Normanne und blickte um sich, ob niemand ihn höre, – unsere Schiffe durchkreuzten schon die Adria, und die festen Städte Dalmatiens leisteten uns schon Tribut –
Die Venezianer lächelten sich zu.
– Da kam Venedig! –
– Unser Kaiser hatte schon Ancona erobert, es sollte Venedig ablösen. Aber Venedig war stärker –, raunte der Gesandte aus Byzanz. – Alles Gold wäre dann durch unsere Hände gegangen, und der Sonne gleich hätten wir die Strahlen unserer Macht über Italien und Deutschland gesandt! –
Sie gingen vorüber und verschwanden in der Menge der Wandelnden.

Niemand beachtete die zwei jungen Aristokraten, die, an eine Säule gelehnt, die Symphonie der Farben und Sprachen bewunderten.
– Unser Weg glich einem Siegeszug. Wir zerstörten Mailand, wir eroberten die Lombardei. Wir hätten sie gehalten, wenn Venedig nicht wäre. – Der so sprach, war in die schlichte Kutte eines Augustinermönchs gekleidet, Kanzler Seiner Majestät des Kaisers. – Er –, und seine Augen leuchteten: – er hätte den Traum der Deutschen erfüllt. –
– Wir sind alle Werkzeuge Venedigs! – stöhnte sein Begleiter.
– Ist es wahr, daß der Papst dem Dogen die goldene Rose der Tugend geben wird? – fragte einer, – weil er die Gläubigen mit Waffen beliefert? –
– Ich hörte es –, sagte ein anderer. – Aber sie beliefern auch die Ungläubigen mit Waffen! –
– Wir können nicht atmen, wenn Venedig es nicht erlaubt! –
– Wir können nicht kämpfen, wenn Venedig es nicht erlaubt! –
– Wir können keine Reiche bilden, da Venedig es nicht erlaubt! –
– Venedig –, sagte der eine Aristokrat zum anderen, und sie lösten sich ab von einer Säule, um weiterzugehen, – Venedig ist nur ein Stückchen Klugheit, ein bißchen Weisheit, ein geöffnetes Auge, ein Gedanke. Was wollen sie? Warum sind sie so unklug, so töricht, so schlafend, so sehr gedankenarm? –

Der Papst schritt über den Platz. Tief neigten sich die Männer, und die Frauen knieten hin, den Saum seines Gewandes zu küssen. Der Papst blieb stehen. Er blickte hinüber in die Bläue des Meeres, er blickte hinab auf die geneigten Nacken der Venezianer. Er sah den Faltenwurf der blauen Mäntel wie Wellen schimmern auf dem goldenen Damast, der seinen Weg begleitete.
Und das Rätsel Venedig erschütterte auch ihn.
Er neigte seinen Kopf vor der Demut der Menge und hielt nur die geöffneten Hände dem Lichte hin. Seine Lippen bewegten sich und er sprach:
– Ich segne den Frieden und dich, Venedig!
Ich segne die Welt! –

Von den Gärten der Palazzi strömte der Duft der Rosen.
Die Wellen guckten neugierig über den Kai. Alle Boote glitten in das Meer. Wie eine Spirale drehte sich der Jubel in den Himmel. Die Boote waren eingehüllt in Stoff. Ganz vorn fuhr der leuchtende Bucintoro. Der Doge stand. Eine fliehende Flamme, die das Meer davontrug.

Vor dem Altar brach der Papst in die Knie. Er betete. Seine Hände, die eben noch dem Lichte zu geöffnet waren, sind nun geschlossen:
– Ihr kommt nicht voneinder los, du und die Welt. Du erschufst sie so schön, und sie dankt es dir so schmerzlich. Sie zerreißt sich. Ihr Klagen strömt zu dir. Du stillst es. Doch niemals ganz. Warum, mein Gott, lässest du die Erde nicht einmal friedlich sein? –
Ganz leise antwortete der Knabenchor hoch oben auf der Empore. Sie trugen lange Gewänder und sangen wie die Engel. Venezianische Fischerbuben.
– Pacem! Pacem! – sangen sie.

Das Meer fraß gierig den Ring, den der Doge ihm gab zur Vermählung. Stehend sahen es die Gesandten. Und ein Schauer packte sie. Ein Mensch, vermählt mit dem Element. Jetzt erst begriffen sie ganz Venedigs Macht.

Der Papst erhob sich. Er neigte sich vor dem Buch, das ein Knabe ihm geöffnet überreichte.

Die Boote tauchten wieder auf. Das Gesicht des Dogen glühte von der Sonne. Dicht gedrängt wartete die Menge am Kai.
– Der Kaiser! Der Kaiser! –
Sein roter Bart leuchtete.
– Wenn du es willst, mein Gott, lasse die Welt wie sie ist. Doch gib ihr einmal Frieden. Nur heute! Laß ein einziges Mal die Menschen den Frieden erleben. Vielleicht, daß dann –
Die Glocken des Domes fielen ein. Der Kaiser stieg an Land.
Die Menge trat zurück. Eine Legende hatte sich gebildet: der Kaiser

werde mit brennender Fackel einst in Venedig landen. Die Sonne brannte wie eine Fackel in seiner Hand. Der Doge schritt neben ihm. Der Kaiser sah Venedig, er sah die Schönheit der Stadt, deren Klugheit er nur bisher gekannt hatte.
Da brachen die Pforten des Markusdoms auseinander.
– Pacem! Pacem! – jubelten die Knaben.
Die Türen waren golden, aber was sie umrahmten, war schwarze Dunkelheit. Flimmernd glitt das Licht auf und ab. Man sah nicht die ewige Lampe und nicht die Kerzen am Altare. Nur Dunkelheit und ein Strom eisiger Kälte, jahrhundertelang gelagert im Stein.
Ganz in das Gold des Mittags, in das Gold der Seide gehüllt, erstand in der Dunkelheit und Kälte der Papst, die Hände gefaltet, das Gesicht ruhig, fast wie aus Stein. Er blieb so stehen, bereit, wieder in der Dunkelheit zu verschwinden, oder auch an das Licht zu treten. Rot flimmerte der Samt vor seinen Augen, und die Teppiche an den Wänden rings um ihn schwebten im Wind.
– Pacem! Pacem! – sangen die Knaben.
Ich möchte, dachte der Kaiser, ich möchte auch diese Stadt einmal brennen sehen wie Mailand.
Venedig wird nie brennen! dachte der Doge, der Heilige Markus beschützt es und das ihm angetraute Meer!
Der Friede, dachte der Papst, der Friede muß unterschrieben werden. Gehe den einen Schritt. Tritt aus der Dunkelheit und Kälte. Dann warte.
Er folgte dem Befehl, den er sich selbst gegeben. Nun flammte sein Gewand vor der Dunkelheit.
Der Kaiser ging ihm entgegen. Er setzte einen Schritt vor den anderen. Sehr langsam und etwas zögernd.
Man könnte noch fliehen, man könnte noch brennen, man kann es nicht mehr.
Ein Lachen würgte ihm in der Kehle:
Fein eingefädeltes Theater. Vor der ganzen Welt demütigt sich der Herr, der einst die ganze Welt erobern wollte. Wie lange ist das her?
Der rote Teppich nahm kein Ende. Des Kaisers Hände tasteten die Luft ab. Kein Halt. Nur ein roter Teppich und dahinter der Papst.

Weihrauch. Ein Schwindel packte ihn. Schützend fing der Papst den vor ihm Niederstürzenden auf.
Wie ein Kind, das seine Lektion aufsagt, flüsterte der Kaiser:
– Ich beuge mich vor Gott und vor dir –
Der Papst küßte ihn auf die Stirn, auf der helle Schweißtropfen perlten.
– Frieden! Bruder –, sagte er ebenso leise.

Vielleicht lachte Gott, der hinter den Fenstern des Himmels den Friedenskuß mit angesehen hatte.
Der Doge verbarg seine Heiterkeit hinter der Maske des Alters. Er saß auf einer erhöhten Balustrade am Markusplatz und blickte hinunter auf die Welt, die in atemloser Spannung sah und schwieg und glaubte. An den Frieden glaubte sie, und daran, daß der Kaiser ihn halten würde. An ein neues Zeitalter, an irgend etwas Vages, Schönes, an einen Traum.
Völkerschau! dachte der Doge.
Meine Geschöpfe! dachte Gott.
Alle die Fremden, die dort auf dem Platz standen, hatten die Kulisse vergessen, die Venedig hieß, und vergessen, daß sie nur Komödianten waren auf seiner Bühne.
Der Doge und Gott, der erhöht auf der Balustrade des Himmels saß, waren die einzigen, die das Schauspiel erkannten: wie ein Papst, der den Frieden halten will und es nicht kann, einen Kaiser küßt, der brennen will und es nicht kann.
Der Doge blickte den Tauben zu, die unter den Kuppeln des Domes nisteten.
Als Letztes schuf der Herr den Menschen, dachte er, jenes sonderbare Wesen, dessen Element nicht Erde und Wasser, nicht Luft und Fröhlichkeit ist, sondern Politik. Ob es wohl sein Bestes ist? Er lächelte.
Und Gott dachte: Noch einmal lasse ich es nicht wieder regnen, bis die Menschen ausgerottet sind. Wie jung ich damals war! Er lächelte.
Sie nehmen sich selbst zu ernst, dachte der Doge, und picken die

Phrasen wie die Tauben das Korn. Sie wollen, was sie nicht können, und verschlingen, was sie nicht verdauen können!

Ich werde meinen Thron über dieser Stadt aufschlagen, dachte Gott, und mit meinen Zehen die Glocken ihrer Kirchen bewegen.

Wir, dachte der Doge, und er erhob sich, den Kaiser zu begrüßen, wir haben gesiegt und werden siegen, weil wir nur das wollen, was wir auch erreichen können.

Denn ich liebe diese Stadt, dachte Gott, ich habe sie erschaffen zu meinem Ruhm und zum ewigen Gedenken an die Kunst der klugen Beschränkung.

Wandelbar, wandelbar ist alles, dachte der Doge, und er ließ dem Kaiser den Vorrang am Portal des Palastes, nur eines ist ewig: der Haß des Menschen gegen den Geist!

Er wandte sich um und erhob die Hand:

– Musik! –

Venedig hatte seinen großen Tag erlebt. Die Weltmächte waren bei ihm zu Gast gewesen und hatten die kleine Stadt in der Adria als ihresgleichen anerkannt.

Die Veneter durchschauten das Theater. Aber sie wußten, was es wert war. Man soll Prestigegewinn in seiner Auswirkung nicht unterschätzen: Niemand konnte mehr zweifeln, daß Venedig eine Weltmacht war, die des Meeres, die des Handels, die des Geistes.

VII. REISEN UND KÄMPFEN

1202–1204

Wieder einmal brachte normannischer Geist Europa zum Gären.

Normannisch war die Idee der Kreuzzüge, Normannen führten und organisierten sie.

Venedig hatte nicht den geringsten Sinn für religiösen Fanatismus, aber es ließ sich das beste Transportgeschäft, das die Weltgeschichte kennt, nicht

entgehen und fuhr die Kreuzfahrer. Aber sonst hatte es andere Interessen:
Von jeher hatte Byzanz das Stapelmonopol für alle Waren, die aus den Ländern des Orients kamen und für Europa bestimmt waren. Venedig hatte das Handelsmonopol für diese Waren an sich gebracht, und so waren beide Partner aufeinander angewiesen, und keiner konnte seine Macht gegen den anderen mißbrauchen.
Aber jetzt waren Venedig junge Konkurrenten herangewachsen: Pisa und Genua, und mischten sich in das ertragreiche Ostgeschäft, unterstützt von Byzanz, das froh war, auf diese Weise die unbequemste und gefährlichste Macht: Venedig, in deren Rechten zu schmälern.
So war das venezianische Handelsmonopol gebrochen, sein Europa-Orient-Handel gefährdet. Und damit nicht nur seine Weltmachtstellung, sondern seine Existenz überhaupt.
Es nützte nichts mehr, sich mit den pisanischen und genuesischen Schiffen herumzuschlagen. Man mußte die Gefahr im Kern packen.

Dort kamen sie her:
wo der Himmel schwer über der Erde lastet und über den großen Wäldern, wo die Sümpfe weiter Ebenen unheimliche Nebelgebilde in die Nacht senden und die Käuzchen in düsteren Gemäuern klagen.
Das Leben ist ernst, nicht wahr? Es hat nichts zu tun mit der Freude! Du mußt büßen, lange knien und dich geißeln. Aber: schlägst du den anderen nicht gleich tot, wird er dich bald totschlagen!
Der Boden des Landes ist steinig, und auch das Herz ist steinig. Es sehnt sich nach etwas. Was ist es?
Durch die Gewölbe klingen die Stimmen der Prediger. Sie rufen zum Kreuzzug auf:
– Fahret ins heilige Land –, so sagen sie. – Befreit das Grab des Erlösers von den Arabern, wie Er euch von den Sünden befreit! –
Wenig Sonne nur fällt in den Raum, und die Sonne ist kalt. Draußen, das Land um das Grab, ist warm und sehr hell.
So wird aus Flucht des Herzens, aus vager Sehnsucht und Abenteuerlust heilige Pflicht und Opfer.

Nur heraus, um Gottes willen nur heraus, aus diesem Land der ewig gärenden Nebel über den großen Wäldern!
So kamen sie nach Venedig, der Stadt, die das alles nicht kennt.

Seid still! Seht: auf dem Markusplatz stehen zwei Senatoren, in jenen langen Gewändern, deren Saum den Staub der Erde berührt. Sie sprechen, doch man hört sie nicht, sie sprechen leise. Nur ihre Hände bewegen sich und das Licht in den Falten ihres Kleides. Die Kreuzfahrer aber haben schwere Stiefel an, und von ihrem Tritt zittern die Pfähle, auf denen der Markusdom erbaut, sie zittern bei Tag, und sie zittern bei Nacht.

– Spiele doch weiter! – sagt ein Knabe am Portal des Domes, und der Geiger setzt an und spielt:
– Die Sonne zieht goldene Fäden
auf dem Goldhaar der Mädchen,
und die Brücken der Kanäle
sind gespannt wie die Brauen
ihrer Augen –
Aber das Wasser in den Kanälen trübt sich, denn auf den Brücken stehen die Kreuzfahrer und suchen ihr Bild im Spiel des Wassers zu erhaschen.

Wehe doch weiter! sagt Gott, und der Wind dringt in die Segel der Schiffe, läßt sie fortgleiten in das Meer. Und die Segel sind weiß, und das Licht der Lagune ist von sanftem Grau. Aber die vierzigtausend Kreuzfahrer tragen eiserne Rüstungen, und sie haben keine Gesichter, keine Arme, keine Beine, keine Stimmen, sondern nur Eisen, an sich und in sich, ihrer Mutter Schoß war der Amboß.

Und so verstummte ein Gespräch, und so brach ein Lied ganz plötzlich ab. Schweigen lag über Venedig und Erwartung.
Was wollten diese Männer?
Enrico Dandolo, der Doge, zog die rechte Augenbraue ein wenig in die Höhe. Er ist heute fast hundert Jahre alt, und er ist blind

geworden in fast hundert Jahren. Nie hatte Venedig einen so alten Dogen und nie einen so ironischen. Er zog die Augenbraue noch mehr in die Höhe und dachte nach. Venedig dachte nach.
Beide schwiegen und sie sahen:
Jeden Morgen zogen die Kreuzfahrer ihre Fahne auf. Sie hatten dann die Visiere hochgeklappt, und die verwunderte Sonne erblickte in ihren Gesichtern seltsame Gefühle. Sie sangen ein Lied von Kampf und Tod und zogen die Schwerter aus der Scheide:
– Wir werden die Schwachen gegen die Starken schützen! Wir werden Frauen und Kinder schützen! Wir werden –!
Und das alles wegen der Araber, dachten die Venezianer, die zur Arbeit gingen.
Jeden Abend zogen die Kreuzfahrer ihre Fahne herunter. Dann standen sie stumm, die Schwerter dem Boden zugekehrt, mit gesenkten Köpfen, als sei die Fahne ein Heiligtum, das mit der sterbenden Göttin Sonne zugleich beerdigt würde.
Und das alles wegen Christi Grab, dachten die Venezianer, die von der Arbeit kamen.
Venedig verstand nicht, wie man seine Heimat verlassen könne, um einer Idee nachzujagen. Noch weniger aber verstanden sie, wenn man schon ausgehe, eine neue Heimat zu suchen, daß man dann nicht einmal das nötige Fahrgeld mitnähme, um dorthin zu gelangen. Denn daran fehlte es. Das war der Grund, warum die vierzigtausend Kreuzfahrer wochenlang Venedig lästig fielen.
Sie wollten nach Ägypten übergeführt werden, und hatten nicht genügend Geld.
– Gott will es, daß ihr uns Schiffe gebt! – sagte ihr Führer.
– So –, meinte der Doge, – Gott will es? –

– Ich aber will nicht, daß unser blühender Handel mit den Ungläubigen durch die Gläubigen gestört werde. Die Ungläubigen zahlen, die Gläubigen schreiben auf Gottes Langmut Wechsel aus. Aber wer wird die Wechsel gegenzeichnen?
Gott baut man Tempel, aber man macht mit ihm keine Geschäfte! Das finde ich! –

Sitzung im großen Rat. Der Doge hatte gesprochen. Niemand widersprach. Man war Venezianer, also Kaufmann.
Und im übrigen schien es ihnen absurd, daß man etwas befreien möchte, was einem nie gehört hatte.

– Die Kreuzfahrer bleiben,
Venedig wartet,
Der Sommer kommt,
Das Geld kommt nicht.
Die Kreuzfahrer bleiben,
Venedig wartet,
Der Sommer ist – da! –
Das war ein Abzählreim der venezianischen Kinder.

Die Verhandlungen mit den Führern führten zu nichts.

Als sich beim Dogen genügend Klagen über das ungebührliche, so ganz und gar ungebührliche Verhalten der vierzigtausend in Eisen starrenden Männer angesammelt hatten, beschloß er zu handeln. Er hatte vierzigtausend Männer in seiner Hand, die gern Helden sein mochten, und kein Geld hatten, es zu sein.
– Das ist gut. Man wird darauf zurückkommen. –
Vorerst aber packte er die ganze Mannschaft auf und verpflanzte sie auf den Lido. Da können sie warten. Er hat Zeit.
Unerträgliche Hitze auf der baum- und pflanzenlosen Wüste der Insel. Kein Trinkwasser als das wenige, was die Venezianer ihnen in Kesseln herüberschickten.
Und immer noch kein Abschluß der Verhandlungen.
Die geharnischten Pilger warteten einen Monat, zwei Monate, in der erbarmungslos stechenden Sonne. Sie langweilten sich. Drüben lag Venedig, das Freude bieten konnte. Aber sie hatten keine Schiffe, um hinüberzufahren.
Sie warteten. Wochen vergingen.
Man lernte sich so sehr genau kennen, man sehnte sich nach Abenteuer, nach Glanz und Ruhm.

Aber Venedig will nicht zu niederem Preise die Überfahrt besorgen.
Man wartete. Man langweilte sich. Es gab nur wenig zu essen. Es gab keinen Alkohol und keine Frauen. Man konnte sich nicht betäuben. Niemand wußte mehr, was er sagen sollte, da niemand in seinem Leben genügend denken gelernt hatte, um damit die langen Stunden auszufüllen. So stritt man, nachdem man viel gelogen hatte. Gepanzerte Ritterlichkeit prallte aufeinander.
Dandolo lachte.
Die Kreuzfahrer warteten. Die Führer verhandelten.
Der Sommer wurde heißer. Die Masern brachen aus. Kein Schatten. Man konnte aber auch nicht fliehen. Es gab keine Schiffe. So schlug man sich noch mehr den Schädel blau.
Dandolo lachte.
Die Kreuzfahrer warteten. Die Führer verhandelten. Im Saal des großen Rats tagten sie wieder. Auf seinem Thronsessel saß Enrico Dandolo. Seine Hände unterstrichen die Worte:
– Die Hälfte des Fahrpreises wird erlassen, wenn die Herren Kreuzfahrer Venedig behilflich sein wollen, Zara zurückzuerobern, das die Ungarn besetzt haben. –
Ein Empörungsschrei der frommen Ritter antwortete ihm:
– Auf nach Jerusalem! –
– Es handelt sich darum, daß wir die Überfahrt nicht wagen können, solange ein Teil der dalmatinischen Küste in Feindeshand ist. –
– Auf nach Jerusalem! –
– So löse ich die Sitzung auf, meine Herren. Wir warten gerne, bis Sie das nötige Geld zusammengebracht haben. –

Der Doge wartete. Er hatte Zeit. Ein erblindeter Greis riß das Steuer des ganzen Unternehmens an sich und ließ die Schmährufe der aufgebrachten Idealisten ruhig über sich ergehen, neigte den Kopf, antwortete nicht, zog nur etwas fester den Strick, an dem sie alle hingen, die Venedigs Schuldner waren und keine Aussicht hatten, je etwas anderes zu sein, zog an der Schnur, würgte nur etwas die Kehlen, sorgte für Zwiespalt im Lager, wußte, sie würden angekrochen kommen wie Hunde, denen man den Knochen weggenommen hat, würden betteln, wußte, das Leben auf dem Lido in sengender Sonnenhitze, Wassermangel und Lebensmittelnot bedeutet die Hölle, wußte, es sind Abenteurer, und sie brauchen Abenteuer, können die Ruhe nicht aushalten, und verrechnete sich nicht.

– Ich selbst werde das Kreuz nehmen, um euch über Zara ins Heilige Land zu führen. –

Die Stimmung wurde langsam weich. Die Sonne war daran schuld.

– Eine Kleinigkeit, Zara zurückzuerobern –, sagte Dandolo.

Der Senat meinte: – Wenn wir sie nur erst los wären. Ein schreckliches Volk! –

– Gute Soldaten! – antwortete Dandolo. – Wir können sie gebrauchen. –

– Die Araber sind wichtiger! –

– Wer spricht denn davon, daß wir sie belästigen? –

– Wenn wir Zara erobert haben? –

– Dann wird Winter sein! –

– Und dann? –

– Dann fahren wir trotzdem nicht zu den Arabern. –

– Sondern? –

Schweigen.

– Trotzdem soll sie der Teufel holen! –

– Das tut er auch. Ihr müßt ihm nur Zeit lassen. Es sind so viele! –

Feierlicher Gottesdienst, klingender Schall der Glocken, hinreißende Rede des Dogen, der auf seinem roten Mantel das Kreuz geheftet trug.

Voll Freude am theatralischen Spiel stand Dandolo vorne auf dem prunkvoll geschmückten Schiff und lenkte die Flotte in See, zeigte den Wimpeln den Weg nach Zara und fuhr ihn in dreiunddreißig Tagen, während Orseolo vor zweihundert Jahren nur dreizehn Tage zur Überfahrt gebraucht hatte.

Was tat's? Er hatte Zeit. Er wollte Zeit gewinnen.

Wozu?

Im Vatikan raste der Papst. Man solle das heilige Grab befreien, nicht Zara, das der allerchristlichste König von Ungarn besaß. Der Papst schleuderte Briefe, schleuderte Bannbullen. Abt Guido verlas sie im Lager.

Ein Teil der Ritter verweigerte den Kampf, lag abseits in den Schiffen, schmollte.

Dandolo tobte. Noch nie hatte jemand den Greis so gesehen. Ein Titan der Wut. Er drohte, er würde die Kreuzfahrer sofort wieder nach Hause fahren.

Währenddessen hängten die Einwohner von Zara Kruzifixe an die umlagerten Mauern.

Kruzifixe und Papst taten nicht ihre Wirkung. Noch nie hatte Dandolo etwas nicht erreicht, was er wollte.

Die nach Kampf und Plündern ausgehungerten Ritter kämpften. Das Gold in den Kirchen lockte. Dann, als Zara gefallen war, plünderten sie, stritten sich um die Schätze, schlugen sich gegenseitig die Schädel blutig, konnten sich nicht einigen.

Dandolo war zufrieden. Und er stiftete erst Ruhe, als der Dezember da war.

Nun mußte man vor Zara überwintern. Das hatte er gewollt. Der an der Schwelle des Todes Stehende, des Augenlichts Beraubte hatte Zeit. Unendlich viel Zeit. Er wollte nicht nach Jerusalem.

Dunkel saß er im dunklen Bug seines Schiffes und fädelte und nähte und stickte an einem Gewebe. Und das Gewebe hieß Politik, Kunstwerk der Gedanken, des Wollens, der Klugheit. Er fädelte hier, er fädelte da, in Venedig schon begonnen, vor Zara weitergeführt, mitten in den Stürmen des Winters, im schwankenden Boot.

Und dieses war geschehen und geschah, und niemand wußte es so genau:

Alexios, der Sohn des abgesetzten Kaisers von Byzanz, war aus der Gefangenschaft seines Oheims, der nun regierte, entflohen, klagte gegen ihn, bat um Hilfe, versprach Reichtümer und, was wichtiger war, die Unterwerfung seiner Kirche unter Rom. Diesen Gedanken liebte der Papst schon je, hätschelte ihn, sah ihn nun kommen, wirklich und greifbar nah. Aber er konnte schlecht zu den

vor Zara lagernden Kreuzfahrern sagen: Gehet hin und erobert Byzanz!
Doch plötzlich blieben die Bannbullen aus, und Abt Guido fiel in Ungnade.
Alexios, der junge und völlig unbedeutende Knabe, kam ins Lager der Kreuzfahrer, sprach, erzählte, das Wasser lief den ritterlichen Räubern im Munde zusammen, soviel Geld, soviel Gold, soviel Besitz!
Dandolo schwieg. Meinte nur hie und da in eingestreuten Worten, daß das irrgläubige Griechenreich immer der Kreuzzugsidee hinderlich gewesen wäre, meinte, daß ihre Fahrt wohl doppelt gesegnet sein würde, wenn sie Byzanz zum wahren Glauben gezwungen, ihm selbst sei es selbstverständlich gleichgültig, er sei Kaufmann, nicht wahr? Er hielt, was er versprochen, durchaus zuverlässig. Was ging ihn Byzanz an?
Haha! dachte er, was verstehen diese Räuber von Handelspolitik?
Merkwürdigerweise war die ganze Welt sich plötzlich darin einig, daß man mit Byzanz abrechnen müsse. Den vielen Gründen, die der Idealismus diktierte, kam der reale Grund hinzu: Byzanz war reich. Es war sehr reich.
Und hatte der Doge nicht versprochen, wenn man also unbedingt nach Byzanz wolle, so würde er trotzdem die Flotte später dann nach Palästina fahren?

Als sie die Schleife des Meeres verlassen hatten, blühte Byzanz auf den dunklen Wassern des Marmarameeres auf wie eine Rose. Aber es war eine dornige Rose. Schön gewiß, wie es da lag, aus weißem Marmor erbaut mit den vielen glitzernden Türmen, glänzender Stein am grünen Wasser, silbern am mattbeschienenen Himmel. Schön, wie das Gebilde eines Traumes, aber gerade das Glitzernde, Steile war unheimlich, war Mauer und Turm, immer wiederholt, Befestigungen, nicht zu erklimmen, nicht zu durchbrechen, war Ausdruck tausendjährigen Kriegswissens.
Und es war keiner, der Byzanz sah, dem nicht das Herz stockte vor Angst.

Byzanz, die Mutter der Städte, lag da, im verlöschenden Licht, und sah auf den Fluten des Meeres den Teppich der Schiffe nahen, sah Rüstungen und lachte.

Man war von den Venezianern schlechtes Benehmen gewöhnt, aber solch ungebührlichen Scherz hatte die Stadt sich bisher noch nicht geleistet.

Venedig, von der Größe eines kleinen byzantinischen Stadtteils, war gekommen, ein Millionenvolk zu erobern, sich dienstbar zu machen.

Nur einem Engel, so hieß die Sage, solle es gelingen, die größte Stadt der Welt zu erobern. So aber sehen keine Engel aus.

Byzanz lachte. Und die Heiterkeit wich auch nicht, als man den Knaben Alexios, sorgfältig geputzt wie eine Puppe, vor die Mauern führte und behauptete, das sei der rechtmäßige Kaiser. Die Kreuzfahrer bauten sich Zelte nahe bei der Stadt und richteten sich häuslich dort ein. Byzanz wartete gutmütig, wann ihnen die Lust an diesem Unternehmen vergehen würde, wie vor ihnen schon manchem Eroberervolk.

Unnötige Vorsicht, ein paar Wachen mehr an die geschlossenen Stadttore zu stellen. Man sah die Zahl der Feinde und hatte in der Stadt viermal soviel tüchtige, ausgebildete Soldaten, gut bewaffnet. Man hatte noch etwas vor den Venezianern voraus: Lebensmittel und die Möglichkeit, neue zu bekommen.

Das war das Bitterste, stellten die Kreuzfahrer fest, als sie einige Wochen gelagert hatten, daß sie hungern mußten, angesichts des ungeheuren Reichtums und der Fruchtbarkeit des Bodens. Und dazu kam das Ausgelachtwerden, das Männer nie vertragen können, am allerwenigsten aber dieses zusammengewürfelte Stück Mann.

Dandolo war froh, daß er kaum Venezianer mitgenommen hatte. Sie waren zu schade dafür. Später brauchte man sie. Und doch fand er in diesem Kreuzfahrerheer etwas, was ihn begeisterte, und das war ihr naiver Glaube an den Sieg, im Angesicht von Mauern, die für die Ewigkeit gefügt schienen.

Dieses Bollwerk aus Stein hinderte die Byzantiner daran, die Gefahr zu erkennen, denn an diesem Stein waren alle Eroberungsversuche bisher gescheitert. Warum also nicht auch fernerhin?

Der Einzige, dessen Seele vom Gedanken des Untergangs versengt wurde, war der junge General Alexius Dukas, ein dunkelhäutiger Knabe, der finster schwieg, wenn die anderen über die Späße der Abendländer lachten. Wenn sie über die gottverlorenen Abenteurer spotteten, die bald auch auf der Welt verloren sein würden, grübelte er, wie Byzanz zu retten sei.
Der Krieg dauerte, und der Tod lag vor den Mauern. In der Stadt aber ging das Leben weiter, doch wurde es unruhiger.
In der Millionenstadt, in dem ungeheuren Labyrinth des Palastes, gärte es. Alle Unzufriedenheit brach sich plötzlich Luft. Revolutionen jagten einander. Die Kaiser wechselten mit der Phase des Mondes, wurden getötet oder verließen das sinkende Schiff, das steuerlos dem Untergang entgegentrieb.
Keine Rettung? Keine! Was alt ist, muß sterben, und niemand gibt ihm Pardon.
Da ist Alexius Dukas, der junge General, nun zum Kaiser gewählt in der letzten Stunde. Aber auch wenn er früher gewählt worden wäre, hätte er das nicht retten können, was sich selbst zur Vernichtung drängte.
Byzanz, das älteste Kulturreich, war überreif. Es war müde und sehnte den Tod herbei.

Die Nacht war schwül und sehr düster, als die Kreuzfahrer aufbrachen, Konstantinopel zu erobern.
Enrico Dandolo, so alt, daß er zu den Lebenden nicht mehr zählte, so weise wie nur der auf der Schwelle des Todes Stehende, der fast Erblindete, hatte den Plan entworfen.
Ein Teil des Heeres stürmte die Stadt im Norden, vom Lande her. Er, Dandolo, an der Spitze der Flotte, durchbrach die Kette, die den Hafen abschloß, vernichtete, wie im Vorübergehen und ganz ohne viel Aufhebens die Schiffe der Byzantiner. Brennend schwammen sie das Meer entlang wie blutige Tränen. Dann drängte sich Dandolo dicht an die Stadt.
Hoch ragten die Mastbäume in den Himmel, und oben standen die Matrosen auf Brücken, die Mast mit Mast verbanden, schwankend

auf schwankendem Grunde, und kämpften an gegen die Mauer mit Brecheisen und riesigen Blöcken. Byzanz wehrte sich, aber es wehrte sich schwach. Der Ruf des Kaisers Alexius Dukas, Mut und Treue zu zeigen, verhallte ohne Echo. Nur er, der Kaiser, kämpfte mit ein paar tausend Mann, und mit ihm kämpften die Mauern, starr und hoch, warfen die Blöcke zurück, die tötend, die sie gesandt.
Da bestieg Enrico Dandolo als erster eine Leiter, rang sich aufwärts und schrie hinunter in das dunkle Wasser, hinunter zu den Booten, daß man ihm folgen solle.
Die weißen Haare des Greises flatterten gespenstisch im Wind, er sah nichts als Dunkelheit und wieder Dunkelheit, aber er lauschte und fühlte: nun war er oben. Hinter ihm drängten die anderen nach. Fackeln flammten auf in der Nacht, erleuchteten taghell das Schlachtfeld, die Freunde, die zu Lande kämpften, das düstere Gesicht des Kaisers, der in seiner stummen Verzweiflung den Tod zu suchen schien.
Mauer bröckelte von Mauer herab. Aber was war es gegen dieses meilenlange, harte Beschützende?
Feuer mußte kommen, brennen mußte Byzanz!
Kometen, aus menschlichen Händen geworfen, Schrei aus menschlichem Mund. Immer mehr Feuer, es war, als dürste die Nacht nach Vernichtung, als fürchte sie die Dunkelheit, als suche sie Licht. Tag war es über Byzanz, aber der Tag, an dem die Stadt sich noch selbst gehörte, lag nun fern zurück, heute gehörte sie dem Feuer, das um sich griff, eilend weiterschritt, und die Fußspur, die es allein noch zurückließ, war Asche.
Dandolo gab seine Befehle kalt und ohne Gefühl der Freude oder der Rache. Sein Gesicht war hart wie der Stein, auf dem er stand. Alles menschliche Leid stieg zu ihm empor, begleitet vom Johlen der Menge. Ihn schauderte. Düster umwehte ihn Rauch. Er schien wie ein Gott, der einem anderen Gott ein allzu großes Opfer darbietet, eine ganze Stadt. Er tat es ohne Gläubigkeit. Er war so alt, daß er verachten durfte.
Glücklich der, dem das Augenlicht genommen ward in jener Nacht, die sich zum Tag wandelte und wieder zur Nacht, ohne daß es

jemals dunkel wurde, ohne daß jemals die Sonne durchzudringen vermochte durch den Qualm der brennenden Millionenstadt.
Glücklich der Blinde, der nicht sah das Werk von ein paar tausend Händen, der nicht erblicken konnte den Jammer der Fliehenden, die, ein unendlicher Zug, hastend und klagend die Tore der Stadt zu erreichen suchten, anprallten gegen die Nacht, die draußen herrschte. Frauen und Kinder, Männer und Greise tasteten sich weiter in die Fremde, es war eine Schlange, die kein Ende nahm, auch die Nacht war hungrig geworden, sie nahm die Flüchtenden auf, ohne zu fragen, aber auch ohne Gnade zu verheißen. Es war einfach nichts als Dunkelheit, in die sie hineinfielen wie in einen Kessel, vielleicht war es manchmal das Meer, es war so sehr dunkel, man konnte die Hand nicht erkennen, die man schützend vor das Gesicht hielt. Man fühlte nur: weiter, weiter, nicht aufhören, nicht rasten, dahinten – blickt nicht zurück! – dahinten brennt Byzanz!
Aus dunklen Winkeln der Stadt huscht Gesindel auf, sind es die Fremden, sind es die Byzantiner? Man weiß es nicht, man fragt nicht, man will nur fort.
Betend eine Schar von Frauen, aber Gebete sind so hilflos heute. Man hat lange keine Frauen mehr gehabt, es ist gleichgültig, ob auf den Treppen der Kirchen oder in der schmutzigen Gosse. Frau ist Frau. Man fragt nicht weiter.
Viel Geld liegt in Byzanz in den Häusern und Kirchen. Gold brennt nicht, geschmolzen liegt es im Schutt, die Hände sind blutig, die danach suchen, die Taschen werden voll.
Und dazwischen auch Silber, man wirft es fort, es glitzert so dumm in der Asche. Man kann toben, man kann das tun, was alle Gesetze dieser Erde verwerfen, man kann ein Tier sein, ist ja gleichgültig heute und morgen und immer, ob man ein Biest ist oder nicht, wer fragt schon danach?
Bilder aus den Kirchen reißen. Wer braucht schon Kirchen? Bilder, Statuen, wer braucht all die Schönheit, die hier vernichtet wird?
Man frißt, was man findet, man säuft, was man findet, man erbricht sich, wohin es trifft.
Wir sind die Herren! Heute! Morgen! Immer!

Wenn es nur nicht so heiß wäre. Ist es Nacht oder Tag? Sticht die Sonne oder das Feuer?

Alexius Dukas geht aus der Stadt, gehüllt im dunklen Mantel. Schleppend und wie im Traum.
Und das Feuer wird sehr müde und verlangsamt seine Schritte, geht gemächlich, legt sich nieder, fällt in Schlaf. Stöhnt noch einmal auf, wie ein Kind im Traum.
Späht der Mond über die Scheibe der Erde, sieht Byzanz wieder, erkennt es nicht, blickt näher hin und verhüllt sich.
Alexius Dukas irrte fliehend durch sein Reich. In der unendlichen Verlorenheit der Landschaft, in der fernsten Öde der Einsamkeit suchte er Hilfe bei seinem Schwiegervater, der vor ihm Kaiser von Byzanz gewesen. Aber verraten und geblendet mußte er weiterziehen, taumelte hilflos in die Hände des Kreuzritters Derrik van Loo, der ihn in ehrenvoller Haft nach Byzanz brachte. Ein Gericht unter dem Vorsitz Enrico Dandolos verurteilte den gefangenen Kaiser zum Tode. Zu dem antiken Tod, von einer Säule gestürzt zu werden.
Am Vorabend der Hinrichtung besuchte der greise Doge den Feind im Gefängnis. Zwei blinde Männer an der Schwelle des Todes, ein uralter Mann und ein Jüngling, sprachen sie, schwiegen sie, tasteten das Dunkel ab, das sie umgab und das in sie eindrang, ohne daß sie es merkten.
– Warum –, fragte Alexius Dukas, – warum lassen Sie jetzt auch mich sterben? –
– Eine Formel –, klang ruhig die Stimme zurück, – eine notwendige Formel. Ist der Tod nicht gleichgültig, wenn das Werk getan ist? Morgen, bevor Sie noch sterben, kann auch ich gestorben sein. Und uns beide wird niemand mehr entbehren.
– Eine Formel! Gut! War es auch eine Formel, daß ihr diese Stadt zerstörtet, die schönste unter den Städten, die wie eine Blüte auf den dunklen Wassern des Meeres schwamm? –
Dandolo schwieg. Alexius sprach weiter:
– Gewiß, Byzanz war morsch im Kern. Aber mußtet ihr deswegen

die herrliche Hülle zerstören? Ach, zerstören ist so leicht. Jeder kann es. Wer aber wird das Vergangene ersetzen? Können Sie es, Enrico Dandolo? –

– Ich will es nicht. Als ich Byzanz zerstören ließ, wollte ich, daß es nicht mehr erstehen soll. Niemals, solange Venedig blüht, darf ein Reich hier erstehen. –

Der Kaiser sank zusammen. Wie aus der Ferne klang die Stimme des Dogen:

– Venedig lebt und Venedig soll leben! Deshalb zerstörten wir die Blüte von Byzanz. Deshalb zerschlugen wir seine Wurzeln. Deshalb tun wir noch mehr: keine Sage soll euch ein rühmliches Leben und ein rühmliches Ende nachsagen. Keinen Nachfahren sollt ihr Vorbild sein. Der Name Byzanz soll mit euch verwehen. Als Verbrecher, als Törichte sollt ihr in die dumpfe Gruft der Vergessenheit sinken. –

Dandolos Stimme wurde leiser:

– Gewaltig waren die Mauern eurer Stadt. So gewaltig, daß es hieß, keines Menschen Hand könne sie zerstören und nur dem Engel Gottes solle das gelingen. Ich glaube nicht unbedingt an Engel, aber ich glaube an die Wahrheit von Legenden. Ich habe diese Mauern kennengelernt, fast hätten sie uns ohne euer Zutun vernichtet. Was aber sind sie jetzt? Ein Haufen Steine im Grund des Meeres, ein Haufen Geröll auf dem Anger.

– Du sagtest, Alexius Dukas, Byzanz war morsch. Wie nun, wenn es statt in unsere Hände in die Hände eines anderen gefallen wäre? Dann säße ein junges, kriegerisches Volk in diesen gewaltigen Mauern, die den Ausgangspunkt unseres Handels beherrschen. Und für alle Zukunft hielten Fremde das Messer an die Ader unseres Lebens. Deshalb haben wir Byzanz von der Erde gefegt. –

Und Dandolos Stimme erhob sich wie der Jubel eines jungen Siegers:

– Jetzt mag kommen, wer will! Er findet nichts als verscheuchte Menschen in einem verödeten Land. Eine Trümmerstätte und ein Raunen von Verrat, Gift, Not und Untergang.

Wer auf der Welt ist so elend, daß es ihn reizen sollte, hier ein Reich zu gründen? Und wenn sich einer findet, so wird er Jahr-

hunderte brauchen, um es aus dem Nichts zu schaffen. Zwietracht, Unheil, jahrzehntelanges Leid, das ich hier gepflanzt, um diese Erde unfruchtbar zu machen für alles, was mächtig und gefährlich wachsen könnte, das alles werde ich mit mir ins Grab nehmen. –
– Wie aber, wenn Sie erst im Grabe liegen? Wer bürgt Ihnen, daß Sie nicht umsonst zur Hölle fahren? –
– Dann werden andere kommen, die ebenso handeln, wie ich handeln würde. Wir alle denken: Venedig! Wir alle wollen: Venedig! Von nun an bis in Ewigkeit!
Er trat unter die Tür. Da hörte er zum letzten Male die Stimme des Kaisers, sie klang wie seine eigene Stimme unirdisch klar: – Auch Venedig wird sterben müssen! –
– Amen! – sagte der Doge, und lächelnd schritt er über die schwelenden Trümmer.

Dünn klang das Läuten der wenigen Glocken, die noch in unzerstörten Türmen hingen, über die Trümmer von Byzanz. Sie läuteten zur Krönung des neuen Kaisers, Balduin von Flandern.
Und während ein lateinischer Bischof in der Kathedrale der heiligen Sophia zur Feier die Messe las, saßen in einem Palast gegenüber der Kirche lateinische Ritter, die vornehmsten der normannischen Barone, Vettern des Kaisers, und berieten, wie sie ihn recht bald wieder beseitigen könnten. Sie alle fühlten sich bei der Kaiserwahl übergangen, und sie alle waren empört, daß der Doge von Venedig kurzerhand den Dümmsten von ihnen als Kaiser eingesetzt hatte. Enrico Dandolo aber war nicht in der Kirche und dachte auch nicht an den Zorn der Kreuzfahrer. Das alles ging jetzt, wie er es gewollt hatte. Er stand am Fuß einer ungeheuren Säule. Sein Gesicht hob er suchend nach oben, als ob er es im Licht der Sonne baden wollte. Es war aber, weil sein Herz noch einmal grüßte, den er selbst dem Tode geweiht, und den seine Augen nicht grüßen konnten.
Alexius, der letzte Kaiser von Byzanz, stand hoch oben auf der schmalen Marmorplatte und wartete auf die Hand, die ihn in den Abgrund stoßen sollte. Er sang:

– In meinen Augen ist die Sonne untergegangen und in meinem Herzen erstarb sie. Ich strecke meine Hände aus über dir in die Nacht und weiß dich unter mir. Ich knie zu deinen Häupten und bete: Gott, hörst du, wie ich schreie in deinen schwarzen Himmel? Lege deine dunklen Wolken über mich wie über diese Stadt, die ich mehr liebe als du. Wie hättest du sonst dulden können, daß sie verging!

Gott, segne noch ein letztes Mal mein Leben! Führe mich noch einmal an der Hand durch meine Stadt, noch einmal zeige meinen blinden Augen ihr königliches Bild! Dann tu, wie du es mir beschieden!

Gott, Gott, du vollbringst Wunder! Ich sehe Byzanz!

Ich fliege über weißen Marmor und über goldene Kuppeln. Fern, wie im Traum, verklingen alle Töne der Erde. So weit ich sehe, liegt Byzanz vor meinem Flug –

Gleichzeitig mit dem Kaiser Alexius Dukas wurde der Doge Enrico Dandolo in der Sophienkirche beigesetzt.

Was Venedig gewollt, hatte es erreicht: es hatte das Stapelmonopol der Byzantiner an sich gebracht.

Aber es hatte noch ein anderes Erbe angetreten, das in seiner Wirkung auf die Dauer recht zweifelhaft war. Drei Achtel des byzantinischen Landbesitzes waren der Republik von San Marco bei der Teilung der Beute zugefallen.

Es waren die Küsten des östlichen Mittelmeeres von Venedig bis Konstantinopel. Und darüber hinaus noch Hafenplätze am Schwarzen Meer, an der kleinasiatischen Küste, in Syrien und Palästina. Das war das Levantereich Venedigs. Aber Venedig war eine kleine Stadt am Nordrand der Adria mit 200 000 Einwohnern. Durch einen Schlag gewann es ein Gebiet von 8000 Quadratmeilen mit 8 Millionen Untertanen. Venedig war eine Seestadt. Es hatte keine Armee, die als Ordnungstruppe hätte dienen können. Venedig hatte nur eine Flotte. Doch diese Flotte und der Handel waren es, die das gesamte Gebiet zusammenhielten. Der Große Rat war sich der Unzulänglichkeit dieser Sicherung bewußt. Er sah, daß die weite

ungeschützte Grenze jedem Gegner die besten Angriffsmöglichkeiten bot. Angesichts dieser Lage wurde ein Antrag eingebracht, der an Kühnheit alles übertrifft, was ein siegreiches Volk jemals geplant:
- Wir besitzen einen Staat und kein Gebiet. Solange wir in den Lagunen im tiefen Winkel eines stürmischen Golfs eingeschlossen sind, werden die Völker, die wir unterworfen haben und denen unsere Herrschaft keinen Gewinn bringt, sich nicht als Nation fühlen. Die Unkosten, die uns ihre Niederhaltung verursachen wird, stehen in keinem Verhältnis zu den Abgaben, die wir beziehen. Es hängt von euch ab, dieses stürmische Meer, diese verpesteten Moräste zu verlassen, um sie gegen die schönste Lage der Welt zu vertauschen, von wo aus ihr Asien und Griechenland beherrschen und den Handel der Welt an euch bringen werdet. –
Das hieß: die ganze Bevölkerung sollte Venedig verlassen, um das eroberte Konstantinopel in Besitz zu nehmen.
Mit einer Stimme Mehrheit wurde der großartige Plan verworfen, das Geschick Europas und Asiens entschieden: mit einer Stimme Mehrheit.

VIII. DER MENSCH BRAUCHT CHARAKTER

1172–1335

Schritt für Schritt mit dem Ausbau seiner Stellung nach außen vollzog Venedig die Durchbildung seines Staatswesens. Mit der selben Klugheit und Überlegenheit, mit der selben Vorurteilslosigkeit und Zwecksicherheit, mit der sie das Staatsgebilde organisierte, baute die venezianische Aristokratie ihre Verfassung aus, die sich gleichzeitig mit dem venezianischen Weltreich vollendete.

Es ist nicht die geistige, sondern die kriegerische Tüchtigkeit, die im allgemeinen die Gewalt an sich bringt. Anders in Venedig. Kaufleute waren sie und keine Krieger, die vom Festland eingewandert waren und ganz natürlicherweise die Herrschaft über das primitive Fischervolk an sich nahmen.

Bis an die Schwelle ihres Untergangs war es selbstverständlicher Beruf des Mannes, Kaufmann zu sein, zu handeln, zu rechnen, zu kombinieren, Möglichkeiten zu erspähen und zu erschließen. Kaufleute machten Politik genau wie ihr Geschäft. Es blieb sich gleich, ob sie in ihren Kontoren oder im Regierungspalast saßen. Sie gründeten ihren Staat ganz bewußt, überlegten, wie man seine Verfassung gestalten müsse, daß sie am zweckdienlichsten sei und Dauer habe über alle irdischen Zufälligkeiten. Und aus der hohen Schule des Kaufmanns, aus den hohen Tugenden des Kaufmanns entwickelte sich die Staatsform, deren oberster Grundsatz ein kaufmännischer war: Denke nüchtern und klug!
Das Staatswesen Venedig, völlig isoliert von den umgebenden Mächten, entwickelte sich langsam, folgerichtig und ohne Sprünge nach der einen oder anderen Seite zu einem Kunstwerk, das in seiner Vollendung wohl das Großartigste ist, was diese an Kunstwerken überreiche Stadt hervorgebracht hat. Seine Gründer hatten erwogen, wie man dem Staat mit der gegebenen Bevölkerung und der gegebenen geographischen und außenpolitischen Situation ein Gefüge verleihen könne, das ihn möglichst unabhängig mache von den berechenbaren inneren und äußeren Gefahren.
Und so verlief der Weg, den sie gefunden hatten:
Jene Klasse, die in Venedig Grundbesitz hatte, die Lasten der Steuern trug, und deren Söhne die Gefahren der Seefahrt und der Kriege auf sich luden, übernahm die Führung. Das war die Aristokratie Venedigs, deren Mitgliedschaft mehr wog als der Reichsfürstenstand. Sie herrschte unbeschränkt.
Volk und Geistlichkeit wurden aus der Politik ausgeschaltet. Die letztere, weil Verbindung von Kirche und Politik stets zu Konflikten führt; das Volk, um den unsteten, immer törichten Einfluß der Masse aus dem Aufbau des Verfassungswerks und aus der Leitung der Geschäfte auszuschalten, die nur des einen bedurften: Stetigkeit und Klugheit. Und das Volk war damit zufrieden. Es hungerte nicht, und folglich war es glücklich. Es erfuhr nichts vom Gang des Staatswerks, aber es war auch nicht ehrgeizig. Es war satt und deshalb nicht aktiv. Es gründete Innungen, Schulen und Zünfte mit

Privilegien, Fahnen und Festen, Regatten und Maskeraden, farbenprächtig und voller Musik.

Nein, das Volk hatte keine Langeweile. Und mit dem aufblühenden Reichtum blühten Gewerbe und Künste, kam Anregung zum Handwerk aus allen Ländern der Welt. Das Volk hatte noch mehr: alle politischen Sekretariate bis hinauf zum Amte des Großkanzlers. So konnte es auch Politik spielen, ohne auch nur ein Stäubchen der Macht zu haben.

Und vor allen Dingen hatte das Volk die Religion. Die Leblosigkeit der Kirche im Staat und ihre Lebendigkeit in der Gesamtheit der Bevölkerung, diese beiden Dinge gehören zu den Köstlichkeiten Venedigs. Nirgends hatte die Kirche im Staat so wenig zu sagen, und der Staat in der Kirche so viel. Aber auch nirgends erwuchsen solch wunderbare Paläste Gottes als eben in Venedig.

Die Leitung des Staates aber lag in den Händen der Aristokratie.

Als sie einst in die Lagunen kamen, hatten sie außer ihren Gütern noch ein anderes Erbe mitgebracht: die Gedankenwelt von Generationen geistig geschulter Vorfahren. Das brachten sie zu den Fischern, die nur nach ihren Sinnen und Instinkten lebten, nach dem Wind und dem Wetter.

Sie waren keine Eroberer, sie waren auch nicht Pioniere. Sie waren nur dem Gebot der Notwendigkeit in die Lagunen gefolgt, nicht der Freude am Neuen und Unbekannten. So überließen sie den Aufbau des neuen Gemeinwesens auch nicht für einen Augenblick, nicht in einer Nebensächlichkeit dem Zufall. Sie hatten vom Baum der Erkenntnis gekostet und wußten, welchen Verzicht sie damit auf sich nahmen, den auf die Abenteuer der Phantasie und auf alle Ausschweifungen des Geistes. Sie erwarben dafür die klare Einsicht in das Gegebene und das Mögliche.

Das war die wahre Einheit, die diesen Staat regierte und der die Vielheit der Köpfe nur als sichere Stütze diente. Jedem Wissenden und Denkenden mußte sich die Notwendigkeit der Stunde gleich darstellen, also kam es darauf an, der regierenden Klasse das Wissen und das Denken auf dem Gebiet der Politik mit allen Mitteln zu eigen zu machen. Durch Jahrhunderte hindurch erzog der Adel

Venedigs seine Jugend in erster Linie in der hohen Kunst des politischen Denkens. Und es erfüllt mit Bewunderung, wenn wir am Beispiel Venedigs sehen, wieviel Klugheit man dem Menschen anerziehen kann, wenn man sich durch Generationen dieser Aufgabe widmet.

Die politische Erziehung des Adels ging im Großen Rat vor sich, einer Körperschaft von über fünfhundert Mitgliedern. Dies Kollegium war der eigentliche Regent Venedigs. Alle die unzähligen Behörden und Ämter, die einander zu dem Filigran des venezianischen Verwaltungskörpers ergänzten, waren seine von ihm ernannten Ausschüsse. Sie alle wurden nur auf kurze Zeit besetzt. Nur der Große Rat war beständig. Er war die Vertretung der ganzen Aristokratie. Er war ihre politische Dienstpflicht.

Der Große Rat war der Anfang gewesen. Er hatte das Netz der Verfassung gewoben, bis es ganz in sich geschlossen eine völlige Harmonie darstellte. Dann kam der Tag, wo Venedigs Aristokratie ihr Werk betrachten konnte und sagen: Es ist gut. Der Doge Piero Gradenigo formulierte diesen Höhepunkt des Staatslebens in einem Gesetz: der „Sperrung des Großen Rates".

Nur jene Familien sollten in Zukunft an der Regierung Venedigs teilnehmen, die in den letzten vier Jahren fortlaufend Mitglieder in den Großen Rat entsandt hatten oder die im kommenden Jahr durch ein Wahlkollegium bestimmt würden. Es waren etwa fünfzig Familien.

Venedigs Aristokratie hatte erkannt, daß ihr Werk die größte Vollkommenheit erreicht hatte, und wollte ihm Bestand geben. Wären sie Götter gewesen, so hätte es Ewigkeiten überdauert. Es war nicht ihre Schuld, daß dies Werk vollkommener war als diese Welt, die dem Fluch des Alterns unterworfen ist.

Zunächst aber bestand der so in sich gefestigte Große Rat als der absoluteste Herrscher der Welt.

Das Amt des Dogen stand unter ihm und war deshalb nicht begehrt. Und doch: wer einmal gewählt war, durfte dies nicht ausschlagen, und er durfte nicht abdanken, so entsprach es selbstverständlich dem Geist dieser politischen Schule. Kein Doge hatte Dank

zu erwarten, keiner hat ihn erhalten. In dem Augenblick, wo ein Mann zum Dogen gewählt wurde, gab er sein eigenes Leben auf: jeden persönlichen Ehrgeiz, die persönliche Leidenschaft, den persönlichen Willen. Er wurde zum Symbol wie die Fahne des Heiligen.
Die Entwicklung des Dogen vom Herrn zum Diener des Staates hatte sich langsam vollzogen, und ihre Entwicklung ist mit viel Leid und Blut geschrieben.
Welch ein Schritt in der Wandlung der Dogenstellung von den Partecipacio und Orseoli, die noch vermocht hatten, das hohe Amt, wenn auch nur kurze Zeit, in ihrer Familie erblich zu erhalten, zu Christoforo Moro, fünfhundert Jahre später, der zum Großen Rat die bescheidenen Worte sprach: Täten wir anders, als ihr wollt, wären wir undankbar; denn alles Gute, was wir haben, haben wir von euren Herrlichkeiten.
Vergeblich suchte man in der Republik Venedig nach den Denkmälern der Dogen.
Doch auch keine andere Behörde hatte unbedingtes Befehlsrecht. Sie alle kontrollierten einander. Jedes Amt hatte seine Vertreter in jedem anderen. Und nur der Einheit des vollkommenen politischen Denkens konnte es gelingen, bei der Verschlingung aller Fäden eine Einheitlichkeit der Verwaltung zu erreichen.
Sogar der berühmte Rat der Zehn, der viel später durch lange Zeit der ganzen Welt gegenüber die Republik repräsentierte, war durch seine kurzfristige Amtsdauer vom Großen Rat völlig abhängig. Auch die Befugnisse aller Behörden durchkreuzten sich und gingen ineinander über. Kein Amt konnte ohne das andere handeln.
Die unerhörte Formung des Geistes aber bewirkte, daß in den Jahrhunderten der venezianischen Geschichte Unzuträglichkeiten zwischen diesen Ämtern unbekannt blieben.
Niemals hat es in Venedig einen Wechsel der Grundanschauung gegeben. Niemals verurteilte die Regierung von heute das, was gestern als heilig angesehen worden war.
Von der Gründung bis zum Untergang blieb Venedig gleichförmig, gleichmäßig, unrevolutionär. So konnte sich die Frucht weiter und

kühner Gedanken verwirklichen, ohne daß jemand Angst haben mußte, ein anderer würde einmal mit brutaler Hand das Gebäude zerstören, an dem er eben baute.

Die Sperrung des Großen Rates bedeutet gleichzeitig die Vollendung und die Stabilisierung des einheitlichsten und klügsten Verfassungswerkes der Weltgeschichte.
Sie ließ aber auch von vornherein keinen Zweifel, daß die Festlegung sehr langsam zur Erstarrung und einmal auch zur Vergreisung führen mußte.

IX. PRÜFUNG UND FESTIGUNG

1278–1355

Dies Verfassungswerk mußte trotz oder wegen seiner Vollkommenheit Feinde finden, die natürlichen Feinde alles Endgültigen und alle jene, die in der Verfassung übergangen wurden. Das sind die Dogen, die nun zur politischen Ohnmacht verurteilt werden, und die politisch aktiven Kräfte innerhalb der Bürgerschaft, denen für immer die Möglichkeit politischer Betätigung genommen wird.

– Ich liebe Euch um Eures Geistes willen, der aus den dunklen Schluchten wie eine Fackel leuchtet. Ich bewundere Euch um Eurer Mäßigung, ihr verehre Euch um Eures Wissens willen, Marin Falier, den einen Freund zu nennen ich nicht wagen darf, da Eure Tugend mein mattes Bemühen weit überstrahlt. Marin Falier, nehmt die ergebenen Wünsche Eures Petrarca zum siebenzigsten Geburtstage und seid überzeugt, daß ich in dem Wunder der Städte nichts sah, was an Euch heranragen könnte. –
Dem über siebzigjährigen Mann, der in höchsten Auslandsstellungen seinen Staat würdig und klug vertreten hatte, die Welt kannte

und ihr Spiel, ihm schien sich der Lauf des Lebens zu vollenden, als er in Avignon erfuhr, er sei zum Dogen gewählt.
Ein ungebeugter Greis, ans Befehlen gewöhnt, mit starken Händen und klarem Verstand, stand Marin Falier am Bug des Bucintoro, und sah die goldstrahlenden Zipfel der Teppiche und Wimpel eine breite Bahn über das Meer ziehen. Nebel kam, verhüllte den Horizont, Wind kam auf, schaukelte das Boot. Falier stand und erwartete den Anblick der Stadt, die zu regieren er berufen war. Aber Venedig schien im Schoße des Meeres versunken zu sein, wohl kam da ein Eiland herauf, aber war es Venedig?
Da landeten sie. Falier sprang als erster ans Ufer und sah sich zwischen den beiden Säulen stehen, deren eine die Gestalt des heiligen Theodor, die andere den Markuslöwen trug. Hier war die Richtstätte des Staates: Hüte dich vor dem Säulenzwischenraum: das alte Sprichwort kam ihm in den Sinn, und erschauernd blickte er um sich.
Aber es war nichts da als die feuchten Spuren des Nebels, und dann tauchten ja auch rechts und links die Vornehmen auf, ihn zu begrüßen.

Später sah Petrarca ihn noch einmal, wie er als Gesandter Genuas nach Venedig kam. Der Dichter winkte noch einmal vom Bug seines Schiffes zurück, sah Falier stehen und grüßen, hochaufgerichtet und stolz, kam in die Heimat und erfuhr von einer Katastrophe, die ihn tief erschütterte.
Es war ein Nichts, was sie veranlaßt, es war ein Alles, was sie verursacht. Aus Briefen, Berichten, Legenden und Klatsch formt sich das Bild:
Dekorativ war die Stellung des Dogen. Sonst nichts. Er brauchte nicht zu denken, er mußte nur da sein. Er brauchte nicht zu sprechen, er mußte nur unterschreiben. Vor allen Dingen aber sollte er keine Persönlichkeit sein, die war im unpersönlichen Staate Venedig der Rat der Zehn und die Signorie.
Schmerzhaft spürte es Falier. Er lief die Füße seiner Gedanken wund in dem Käfig der Verfassung. Er suchte eine Lücke, um hin-

durchzuschlüpfen, aber alle Lücken waren geschlossen. Er sah klar die Erstarrung, in die Venedig verfallen mußte und die Venedigs Untergang sein würde, und war viel zu sehr Mann, als daß er die Hände hätte falten können und sagen: Gut denn, es sei.
Sein Wissen um das Ende schrie aus ihm. Die Aristokratie aber war nicht hellhörig. Sie deutete das Schreien als den Wunsch Faliers, eine Diktatur zu gründen, und sagte: – Wir müssen Marin Falier noch mehr auf die Finger sehen, wir müssen ihn klein halten. –
Der Kampf dauerte. Falier wurde achtzig und überschritt die Grenze dieses Lebens. Er rannte sich fest in seinem Gedanken, die Verfassung zurückzureformieren. Aber niemals geht ein Weg zurück. Falier meinte, man müsse dagegen an, ankämpfen gegen die Erstarrung, müsse immer frisches Blut in den Staatskörper pumpen, tüchtigen Männern aus dem Volk den Zugang zur Regierung ermöglichen, dann, und er sprang auf und riß die Fenster auseinander, dann ist Venedig unsterblich!
Unten schrie das Volk. – Es lebe Marin Falier! –
Er aber antwortete nicht. Er starrte hinunter. Volk, was ist das?
Die Verachtung überkam ihn, durch Generationen eingepflanzt, Verachtung der Masse. Und doch ist sie eine Macht. Vielleicht die einzige, die er gewinnen könnte. Er wagte noch nicht zu denken: kann. Denn er ist alt und voller Tradition. Sie durchbricht man erst, wenn kein anderer Weg zum Ziele führt.
Langsam schloß er die Fenster.
Stummer Kampf, der weiterging zwischen ihm und der Aristokratie. Keiner hatte Schuld. Faliers Wollen war rein. Das Wissen der Aristokratie war weiser, das Wissen um die unabänderliche Logik alles Geschehens. Niemals ist das Rad des Schicksals aufzuhalten oder abzulenken. Wunder der Klugheit: Venedig! das zu erkennen und danach zu handeln!
Bei einem Fest, das Falier gab, beleidigte ein Aristokrat die Dogaressa durch eine Inschrift, die er Falier auf den Stuhl heftete: – Der Doge hat eine schöne Frau, er bezahlt sie und anderen spendet sie Freude. –

Es wurde dunkel um Falier, als er das las. Er wußte, daß es nicht wahr war. Hätte er den Schuldigen, er würde ihn auf der Stelle töten. Man machte ihn ausfindig. Da er ein Aristokrat war, kam er vor das Gericht der Aristokratie. Das verurteilte ihn zu einer milden Strafe im strengen Sittenstaate Venedig.
Der Doge hatte den Tod beantragt.
Es ging nicht nur um ihn. Der Mensch Falier, der Achtzigjährige, war dem Menschen Falier gleichgültig.
Aber der Doge mußte handeln.
Bertucio Isarello, ein grauhaariger Seeoffizier, bekam von einem jungen Nobile Ohrfeigen und mußte sie einstecken. Er beschwerte sich beim Dogen. Der Doge zuckte die Achseln und verwies ihn auf den Amtsweg.
Isarello lachte: – Da bekomme ich nie recht. –
Falier finster: – Sie wissen doch, daß ich nichts machen kann! –
Isarello spöttisch: – Warum nicht? –
So reifte der Plan.
Der jüngere Bürger führte den älteren Fürsten. Andere schlossen sich an, die Aristokratie des Bürgertums, Seeoffiziere und Ingenieure des Arsenals. Und so beschlossen sie:
Das Gerücht: genuesische Schiffe seien in die Lagune eingefahren, sollte die nötige Verwirrung hervorrufen. Die Maragona, die Glocke des Arsenals, wird läuten, und der Doge wird sich mit den Räten zu schleunigster Beratung versammeln. Isarello wird kommen, die Versammlung sprengen und Falier als Herrn ausrufen.
Doch die Zeit verging. Nichts geschah. Die Verschwörer drängten. Falier zögerte hin.
– Sie wollen nicht mehr? – fragte Isarello, als er wieder den Dogen bat, nun endlich loszuschlagen.
– Doch. –
– Haben Sie Zweifel? –
– Es muß mißlingen! –
– Und trotzdem? –
– Trotzdem! – Und nach langem, düsterem Schweigen sagte er noch leise: – Wenn man wüßte, wenn man wüßte –

Sie wurden verraten von einem Pelzhändler aus dem Festland. Er bekam dafür sehr viel Geld von der Signorie und wurde später doch ermordet. Er hatte nichts davon.

Die Aristokratie arbeitete hart, richtig, schnell. Die Schuld des Dogen lag klar. Die seiner Anhänger auch.

Das Volk, ohne Wissen den treibenden Gerüchten preisgegeben, verharrte in regungsloser Spannung Tag und Nacht auf dem Markusplatz. Vermutungen über den Dogen tauchten auf. Aber sie konnten nicht stimmen, denn immer wieder zeigte sich sein ruhiges und nun fast heiteres Gesicht der Menge. So sieht kein Verbrecher aus:

– Viva Marin Falier! –

Masse, dachte er, und er grüßte leicht mit der Hand, Masse, Volk, zerstörendes, unregelmäßiges Element, wollte ich wirklich jemals etwas für euch, mit euch tun? Gesetz der Gesetzlosigkeit, Ohren und Mund, ohne Verstand. Weiser waren die Männer, die euch ausschalteten, als ich es war. Das zarte Netz des Geistes in euren Händen gehalten, würde zerreißen. Ich gehe zugrunde und schweige, da Venedig spricht. Ihr sollt nie sprechen lernen. Arbeitet und spielt, und laßt den Auserwählten das, was einzig Gott auserwählt hat: den Geist, die Gnade des Denkens, den Hochmut des Verstandes.

Er grüßte noch einmal und trat zurück.

In der Morgenfrühe wurden seine Anhänger und auch er, der sein Freund geworden war, Bertucio Isarello, an den Säulen des Dogenpalastes aufgehängt.

Mit der Dogenmütze auf den schneeigen Haaren, gehüllt in den Hermelin des Fürsten, mußte Falier zusehen.

Später im Sitzungszimmer der Signorie. Der Rat der Zehn präsidierte. Man bot dem Dogen einen Stuhl an, aber er dankte und blieb stehen.

– Marin Falier, Sie haben das schwerste Verbrechen auf sich geladen, das Menschen überhaupt erdenken können. Sie, des Staates Oberhaupt, dem Staat am meisten verantwortlich, haben einen Angriff auf diesen Staat unternommen, der ihn hätte vernichten können. –

Falier ruhig: – Ich hätte den Staat so wenig vernichten können, wie

ihn ändern. Daß ich es nicht vollbracht habe, beweist, daß ich es nicht konnte, aber auch jeder andere hätte es nicht gekonnt. –
Murmeln. Wieder eine Frage:
– Und doch haben Sie es versucht? –
– Ich habe nicht versucht, dem Staat zu schaden, dem ich mein ganzes Leben diente. Mein Angriff galt der Verfassung, denn ich sehe, wie es jeder sehen muß, der weiter denkt, als die Jahrzehnte seines Lebens, daß die Verfassung das Blut in den Adern unseres Staates erstarren läßt. Deshalb habe ich die Verfassung angegriffen, obgleich ich einsehe, daß sie nötig ist. –
Falier wunderte sich, daß er so lange sprach und daß er es so ruhig tat. Ihm war, als rase seine Seele in die uferlose Dunkelheit des weiten Raumes. Und sie wurde zurückgezerrt von jenen Männern, denen er antworten mußte auf diese Frage:
– Wir verstehen nicht, was Sie wollen, Marin Falier. Es scheint uns, daß Sie Redensarten machen, um Ihr Leben zu retten. Welch ein Unsinn ist es, Sie hätten eingesehen, daß Sie nichts erreichten, und hätten es doch versucht? –
Und sie sahen Faliers altes, überreifes Gesicht sich ihnen zuwenden und die schmalen Lippen sich öffnen, und hörten Worte, die ihn selbst nicht mehr berührten:
– Es ist das Schicksal mancher Männer, daß sie sich dem Unheil entgegenwerfen müssen, auch wenn sie einsehen, daß sie es nicht abwenden können. Ich mußte mich der schlechten Verfassung widersetzen, obwohl ich einsah, daß eine bessere nicht möglich ist. Was aber fragt ihr mich, da ich ja mein Schicksal auf mich nehme? –
– Auch wenn Sie es Schicksal nennen, bleibt es Verbrechen. Sehen Sie die anderen Männer, die unserem Staate vorstanden, die Orseoli, Dandoli und Gradenigo! Jede ihrer Handlungen galt dem Gesetz und hat dem Staate Glück gebracht. –
– Ich bin nicht zu so guter Stunde geboren, Senat von Venedig! Jene Männer erlebten den Frühling unserer Stadt. Und jeder andere hätte zur Zeit jener Männer gehandelt wie sie. Jetzt aber steht der Herbst vor den Mauern. Wir selbst sind noch im Sommer. Wie lange noch?

Das Leben der Staaten vergehet, wie das Leben der Menschen. Wehe dem Manne, der in dunkler Stunde den Staat lenkt. Gerade wenn er groß ist und sein Wollen gut, wird sein Tun unheilvoll sein, wie es das Schicksal vorschreibt. Ich sah den Untergang und konnte ihn nicht aufhalten. Aber auch ihr irrt, wenn ihr meint, ich hätte ihn beschleunigen können.
Ich weiß, was das ist: sterben. Das Rad des Geschehens geht über mich hinweg. Es bleibt nicht stehen, es reißt in die Vernichtung, was nach mir kommen wird. Dumpfheit wird liegen über diesem Staat, der einst der Klügste war.
O Venedig! –
Dann breitete sich über Marin Falier das Schweigen aus, von dem nur die Priester und die Dichter sagen, daß es das Leben sei.

Einen Tag und eine Nacht blieb sein Leichnam auf der letzten Stufe der Treppe liegen. Das Volk brandete dunkel auf der Straße vorbei. Im Markusdom hing Faliers Sterbeglocke, ohne Strang und ohne Klöppel. Im Großen Saal des Dogenpalastes übermalten Maler sein Bild. In einem Kloster trauerte seine Witwe.
Es war sehr heiß, und Fliegen setzten sich auf seinen Hals und leckten das eingetrocknete Blut. Niemand scheuchte sie fort. Ein Bettler kam. Kauerte sich nieder. Schwieg. Die Menschen verliefen sich langsam. Der Bettler aß ein Stück Brot. In der Ferne lachten ein paar Männer. Faliers Seele schwebte in den verlöschenden Tag.
Der Bettler nahm Faliers Kopf und blickte ihn an:
– Sieh, mein Gefährte der Nacht, du Kopf ohne Anhang, ich nehme dich mit, und du wirst dich nicht mehr wehren. Dummkopf, mit geschlossenen Augen, gestorben und weißt nicht wofür. Du wolltest das Volk erlösen und wußtest nicht, daß es ja gar nicht erlöst sein will! Du wolltest Venedig frei machen im Frieden, in der Gerechtigkeit. So alt wie du warst, glaubtest du an die Phrasen, womit die Herren das Volk am Angelhaken ködern. Laß doch die Welt in ihrer Bahn, da trollt sie sich so munter vorwärts, langweilig etwas, doch das ist nicht schlimm. Ein Mensch auf dieser Welt weniger, der nicht denken kann. Ich erhebe mich und neige meinen Kopf und

sage: gesegnet sei der Mensch, der keinen Kopf mehr hat. Denn sage mir, was tut der Mensch mit einem Kopf? Wenn er im Leben danach handelt, wird er ihm abgenommen, handelt er nicht danach, behält er ihn. Aber: wozu?
Wohin kommen all die Köpfe, die einmal auf Menschen saßen? Wohin all die Gedanken? Wohin das, was sie wollten? Wohin, wohin treibt alles das, was war, was ist, was kommen wird? Sagtest du etwas? Ich höre immer: in das Nichts.
Mag sein, Marin Falier. –

Mit dem Tode Faliers, wenige Jahrzehnte nach dem Schluß des Großen Rates, erlosch der letzte Widerstand, den die Verfassung Venedigs fand. Sie blieb gesichert bis zum Ende. Venedig gewöhnte sich.

X. DAS GESICHT DER STADT

1250–1370

In einer Epoche, da überall Gemeinschaften und Gemeinwesen in sich festgelegt sind durch unerschütterliche Vorurteile, ziellose Ideen, sinnlose Überlieferungen, religiöse und mystische Dogmen, die alles Leben in seltsam lebendiger Erstarrung stagnieren lassen, bewegt sich alles in dieser Stadt vorwärts, sucht immer vom Guten zum Besseren zu gelangen, weiß das bewährte Alte zu schätzen, und opfert es ohne Bedauern der Änderung zum Nützlicheren. So überholt sie in ihren Einrichtungen alle anderen um Jahrhunderte.

Dann, wenn die Dunkelheit plötzlich hereinfiel über die Stadt, glänzten friedlich die kleinen Öllampen hinter den Figuren der Heiligen, die an den Häuserecken eingelassen waren.
So war das nächtliche Venedig ein sanft schimmernder Sternenhimmel.

Gelassen blickten die Heiligen hernieder auf die engen Gassen, die winklig waren und schmutzig. Pfützen leuchteten auf, wenn hie und da noch ein Mann spät nach Hause ritt. Dann spritzte der Schlamm an die Wände der Häuser, und die Fackeln, die die Sklaven vorantrugen, blendeten das Pferd.

Doch das war selten. Meist waren die Heiligen allein mit ihren Häusern, die aus Holz waren, bescheiden, niedrig, mit Schilf bedeckt.

Und die Heiligen lächelten über das schlafende Venedig, rümpften die Nase ein wenig über den Gestank, der aus den Kanälen drang, und wandten den Kopf zur Seite, wenn über ihnen etwas aus dem Fenster gegossen wurde, nächtlich, mitten hinunter, gleich wohin.

Aber die Nacht strich vorüber, und früh erwachte die Stadt gemeinsam mit der Sonne, die aus den Wassern stieg.

Als letzter Gruß der schwindenden Dunkelheit gingen die Hüter der Nacht noch einmal durch die Straßen und löschten mit langen, gebogenen Stäben die Lichterchen aus.

Drüben, am Kloster der Mönche von Sankt Augustin, öffnete sich die Pforte zu den Stallungen, und ein Bruder trieb die Schweine heraus, lenkte sie geschickt durch die Gassen und ließ den Pfeilhagel des Schimpfens über sich ergehen, mit dem ihn allmorgendlich die Marktfrauen begrüßten. Denn die kamen von der anderen Richtung der Stadt und konnten nun nicht weiter mit ihren kleinen Eseln, die auf dem Rücken Krüge mit Öl oder Weinschläuche trugen. Und wie allmorgendlich, so blieb auch heute der Mönch die Antwort nicht schuldig, doch dann bekreuzigte er sich schnell vor den kleinen Eckenheiligen und ging weiter, der fromme Hirte, inmitten seiner Schar grunzender, quiekender Säue.

Auf der Piazza herrschte emsiges Treiben. Sie sollte der Festplatz des Staates werden, hatte der Doge bestimmt und angeordnet, daß alle Zeichen der Arbeit dort entfernt würden.

Das Holz der Schuppen wurde abgeschlagen und in Kähne verfrachtet. Ein Polizist stand dabei, schaute zu und erteilte Befehle, auf die niemand achtete.

Auf den Barken fuhren Fischerjungen an den Häusern vorbei und

riefen mit langgezogenen Vokalen ihre Ware aus. Frauen erschienen am Fenster und ließen Körbchen hinunter, in denen Geld lag. Die Körbchen verwickelten sich in die Seile, die die enger stehenden Häuser mit Wäschestücken verbanden, fanden aber dann doch den Weg hinunter und wurden wieder hinaufgezogen von Händen, die aus den schmalen Fenstern wuchsen. Dazwischen bimmelten und klingelten die Glocken der Kirchen. Von der Frühmesse kamen tiefverschleierte Frauen zurück, bewacht von ehrbaren Dienerinnen. Überall klang nun das Hämmern auf, das Einrammen der Pfähle, überall fuhren die Barken die Arbeitenden hinaus auf die kleinen Inseln in das Gemüseland, oder auch zu den Werkstätten, die in den blühenden Gärten von Murano lagen. In den Riesenhallen des Arsenals wurden Seile gedreht, flammten Schmiedefeuer auf, hämmerten Äxte an den riesigen Leibern der Schiffe, die Laute der Arbeit übertönten das Singen, das von den Inseln herüberkam, auf denen andere Männer Gemüse zogen und winzige Kanäle gruben, das Erdreich trocken zu legen.
Denn Krankheiten, die aus Nebel und Sumpf immer und immer wieder erstiegen, mußten gebannt werden. Wie sie zu heilen seien, diese Fragen ließen die Ärzte der Stadt allmonatlich einmal zusammenkommen zu ernsten und langwierigen Beratungen, wie es der Staat befahl.
Außerhalb der Lagune glaubte die Welt, daß Gott die Krankheiten schicke und Gebete und Wallfahrten sie bannen können. Venedig glaubte, daß dies keinen sicheren Schutz bedeute, sondern nur eins: Hygiene.
Sie war sehr einfach: Kranke Menschen müssen auf die ferner liegenden Inseln in Hospitälern und Krankenhäusern untergebracht und Unrat soll vernichtet werden. So wurden die Kanäle regelmäßig ausgebaggert, und die städtische Müllabfuhr versuchte nach Möglichkeit, allen Abfall zu erfassen, sehr zum Leidwesen der Hausfrauen, die den Wurf aus dem Fenster praktischer fanden.
Aber nie starb der Typhus ganz aus, und die Pest, die Geißel der Menschen, verheerte immer wieder Venedig. Die Ärzte durften nicht fliehen vor ihr, mußten gegen sie kämpfen, konnten sie dämp-

fen manchmal, aber sie kam wieder, vom Orient her, mit den Schiffen der Stadt.

Zwang schafft Erkenntnisse: in weiten Gärten bauten die Ärzte Heilkräuter an, um die Leiden der Menschen zu mindern. Zwei Gedanken wuchsen in der Heilkunde Venedigs, die Jahrhunderte später noch nicht in der übrigen Welt verwirklicht wurden:

Anzufangen bei denen, die noch nicht von der Krankheit ergriffen sind, den Kindern, sie zu kräftigen und nicht arbeiten zu lassen, ehe der Körper sich nicht fertig entwickelt. Und die Arbeiter zu schützen, die in gesunden Werkstätten arbeiteten, in Schichten, deren Länge der Anstrengung der Arbeit entsprach: die Glasbläser nur sechs Stunden, um ihre Lungen zu schonen, die Mosaikarbeiter nur die Hälfte eines Jahres, um die Kraft der Augen zu erhalten. Und da auch keine schädlichen Substanzen verwendet werden durften, konnte sie ein Alter nahen sehen, für das der Staat mit einer Rente sorgte.

In die vielerlei Überlegungen der heimkehrenden Ärzte klang vom Markusdom her die Glocke, die die Nobiles zur Ratsversammlung rief:

Nun war Venedig plötzlich eingehüllt in Staub, den die Hufe der Reitenden aufwirbelten. Versteckt hinter den Fenstern blickten die Mädchen hinab und sahen über den braunen Rücken der Pferde den wehenden Stoff der Mäntel leuchten.

Lautlos wie jeden Morgen war jene Parade der Seiden und Brokate, die die vielfache Buntheit ihrer Farben über die Schlichtheit der Straßen Venedigs ausbreitete wie einen leuchtenden Himmel.

Und immer fanden sich Neugierige, die jenes Bild berauschte: wie der breitausladende Schatten des Feigenbaumes vor San Salvatore alle die Pferde aufnehmen konnte, die dort angebunden wurden; denn nun, in der Merceria, war das Reiten verboten, des Gedränges wegen, das dort immer herrschte.

So gingen die Ratsherren die letzte Strecke zu Fuß, und ihre Mäntel waren nicht mehr wie Segel, sondern wie die bemalten Falten holzgeschnitzter Figuren; sie schritten würdig, bis sich die Pforte des Dogenpalastes vor ihnen öffnete.

In dem gähnenden Schwarz begrüßten schwarzgekleidete Mönche, die Wache des Palastes, die Eintretenden feierlich und stumm. Dann erlosch die Skala der Farben langsam hinter den sich schließenden Doppeltüren.

Neben den winzig kleinen Läden der Kaufleute arbeiteten unermüdlich die Handwerker in ebenso kleinen Werkstätten, einheimische und fremde, die der aufblühende Reichtum nach Venedig gelockt hatte. Jeder verdiente und hatte darum keine Zeit – und es hätte vielleicht niemand Sinn dafür gehabt –, einmal auf den Schatten der Häuser zu fahren, die zittrig im Wasser sich spiegelten.

Nur die Knaben, die auf den leichten Booten die Waren von einem Teil der Stadt zum anderen brachten und stehend das Ruder führten, lachten sich selbst im Spiegelbild an, fingen die Schatten im Wasser, wichen den Schatten der wenigen großen Paläste aus, und auch den schwarzen Bäumen, die zwischen den Häusern standen.

Aber jenes lautlose Spiel der Schatten und der Lichter zerriß. Das Getriebe begann unfern vom Rialto, in der Merceria, in der alles feil lag, was die Phantasie des Orients an Wunderwerken hervorgebracht hatte. In all das Kostbare und Gleißende, in den Schimmer der Juwelen und Seidenstoffe klingelten lustig die Schellen der angebundenen Pferde, meckerten die Ziegen, dufteten die Fässer mit Wein. Musik war das Feilschen, das Klappern des Geldes. Wohllaut war das Anpreisen der Marktfrauen und die Antworten der Bürgerinnen. Und die Knaben auf den kleinen Kähnen fingen an zu singen, ließen sich weitergleiten vom Wasser, das zum Canal Grande floß. Und mit dem Wasser und mit den singenden Knaben zogen alle Gerüche, alle Geräusche, alle Farben.

Neues kam hinzu, beängstigend, verwirrend: die Leiber großer Schiffe, die von weither gekommen waren und weithin gingen. Aber auch sie waren beweglich wie alles in jener Stadt. Es schien, als verweilten sie immer nur eine Atempause lang, aber vielleicht waren es auch immer neue Schiffe, die die alten verdrängten und den Lärm der rollenden Kisten, der geworfenen Säcke flohen.

Rufen, Lachen, Streit. Auf der Rialtobrücke, die keine Stufen hatte

und keine Geländer, balancierten die Packer hinüber und herüber, Kais wurden mit Ketten abgeschlossen, andere geöffnet.
Den Fremden, die hoch über der Menge standen, schienen die Häuser sehr klein zu sein, zu deren Füßen die größten Geschäfte der Welt abgeschlossen wurden. Das Gewirr aller Sprachen und Stimmen drang zu ihnen herauf, und sie sahen die Buntheit der Farben, die im grellen Widerspruch stand zur matten Farbe der Häuser.
Später dann, als der Abend kam und der Rialto stille lag, als die Schiffe fortgefahren waren, lösten sich vom Ufer Kähne und brachten die nach Hause, deren Tag hier begann und endete. Dann war alles plötzlich merkwürdig stumm, und die Blüten der Gärten, die zwischen den Häusern standen und sich an die Wände schmiegten, hatten die Kelche geschlossen.
Enge Gassen schlängelten sich neben den Kanälen hin zu den Wein- und Obstgärten. Gärten glitten in Sumpf. Und Sumpf glitt in Wald. Die Luft zitterte, und die Farben wurden sehr weich. Auf den Weiden graste Vieh.
Manchmal schwankte ein Nachen vom Ufer herüber auf die andere Seite. Aber auch der Nachen fuhr stumm und lag wie ein Schatten auf dem Wasser. Die Linien verschwammen immer mehr. Vereinzelte Fischerhütten standen dunkel vor dem Himmel. Irgendein Tier schrie auf. Sonst war alles still.
Die Farben wurden gedämpft und starben langsam dahin.
Venedig, auf hundertzwanzig Inseln erbaut, war nur ein winziger Punkt im großen Antlitz der Erde. Mehr Land als Stadt. Es verlor sich in Dämmern.
Dann kam das Meer.

Venedig ist eine Stadt der Arbeit und der Arbeitenden. Noch hat niemand Muße, sich dem Genuß hinzugeben.
Venedig ist eine Stätte der tätigen Kraft und der Zivilisation. Erst später wird es sich seine Kultur schaffen. Und diese Kultur wird um so herrlicher sein, je mehr das junge Venedig ruhelos vor sich bringt.

XI. DER FEINDLICHE BRUDER

1378–1380

Das lateinische Kaisertum, das Enrico Dandolo in Byzanz eingesetzt hatte, war nach kurzer Zeit gestürzt worden. Die griechische Dynastie der Paläologen nahm den Thron ein, und wieder begann das alte Spiel der Palastintrigen.
Für Venedig hatte der Umsturz zur Folge, daß Genua noch einmal in den Levantehandel einbrach; der junge Staat war auf der Höhe seiner Macht, hatte seine Handelsherrschaft über die ganze Riviera ausgebreitet und griff mit heißem Ehrgeiz nach Venedigs Handelskrone, und es fanden sich immer Feinde Venedigs genug, die Genua Hilfe gewährten.
Neben dem Kaiser von Byzanz tauchte Ungarn auf, das seine Macht bis an die Adria vorgetrieben hatte und sich ständig mit der Republik Venedig um einzelne damaltinische Küstenplätze schlug.
Der Erzherzog von Österreich hatte Interessen in Südtirol, Friaul und Istrien. Und zum erstenmal erhob Francesco Carrara in Padua sein Haupt gegen die venezianische Schutzherrschaft.
Die Waffen standen gleich zu gleich. Und besaß Venedig seine Aristokratie, so Genua jene wunderbare Familie, die dem Vaterland Jahrhunderte hindurch Helden hinwarf.
Über das Adriatische Meer bis vor die Tore Venedigs klang der Ruf:
– Doria! Doria! –

– Ruhmlos wie unser Leben wird unser Tod sein, Vittore Pisani! – sagte der Steuermann.
– Sinnlos, mein Freund, ist unser Leben und sinnlos ist unser Tod. Aber der Staat befiehlt, und wir müssen gehorchen! –
Ja, er wußte, wie sinnlos und wie gefährlich das Unternehmen war, wozu ihn Venedig gezwungen. Auf der Adria kreuzen, immerzu, damit die Handelsschiffe Venedigs sicher und unbehelligt einlaufen konnten. Pisani hatte mit seinen Soldaten den Genuesen mehrere Niederlagen beigebracht. Das war im Sommer gewesen und im Herbst. Bei Zypern hätte es zur Entscheidungsschlacht kommen können,

aber da hatte man ihn, den Admiral, zurückgerufen, damit er die Adria bewache.

Jetzt weiß Pisani: die Genuesen werden ihm in die Adria folgen. Und jetzt ist es Winter.

Müdigkeit lastete auf ihm und seinen Soldaten. Er sah ihre blassen, schattenhaft wankenden Gestalten sich festhalten am Mast bei den Stürmen, und er hörte ihr Murren.

Wieder setzte er sich in den Bug seines Schiffes, wieder schrieb er an Venedig:

– Laßt uns den Winter über in Istrien rasten, Senat und Volk von Venedig! Sähet Ihr das, was ich täglich sehe, Ihr würdet die bange Sorge verstehen, die mich umfangen hält: wie soll ich mit diesen übermüdeten Menschen bestehen, wenn es zum wirklichen Kriege kommt? Es ist nicht nur der Mangel an Nahrung, der Mangel an Trinkwasser, der sie zermürbt. Es ist die schimmernde Küste Istriens vor ihren Augen, die zum Überwintern lockt, es sind die Stürme des Meeres, und es ist die Sinnlosigkeit unseres Tuns.

Ich kann sie zum Gehorsam zwingen, doch nicht zur Kraft. Jetzt im Winter kommt es nicht zum Kriege. Und im Frühling – Gott möge uns beschützen, wenn die Säulen des Staates dann noch auf uns ruhen, die wir seit über einem Jahr nichts anderes mehr kennen als Krieg und Not, als schwankenden Boden und Hunger!

Senat und Volk von Venedig: laßt uns in Istrien rasten! –

Dann, einmal kam die Antwort, Bitterkeit flog wie ein Schatten über das Gesicht des Mannes, der alle Soldaten und alle Schiffe Venedigs zu sinnlosem Polizeidienst in der Adria verwenden mußte. Die Antwort hieß: – Nein! –

Also weiter, weiter kreuzen, weiter die Schiffe geleiten, die Seide und Juwelen nach Venedig brachten, damit die in der Heimat sich schmückten und reich wurden. Pisani lachte: – Reichtum und keine Schiffe! So geht man in den Krieg! –

Ach, und die Nebel lagerten ja nicht den ganzen Tag vor der schimmernden Küste! Es waren ja nur wenige Tage, an denen man meinte, es sei keine Küste da. Aber dann tauchte sie wieder auf. Ein ruhiger Punkt in dem Bewegten.

Dunkel und stumm fuhr Pisani in ruhigen Nächten auf dem kleinen Ruderboot von seiner Galeere fort, besuchte die anderen Schiffe, trat zu den Matrosen. Schwieg. Sie schwiegen alle. Regelmäßige Wachen, aber die Soldaten wurden immer schwächer. Haie umkreisten die Boote. Pisani schloß die Augen. Er wußte: seine Soldaten starben sinnlos. Fieber raffte sie dahin. Lange kein frisches Wasser, keine frische Nahrung. Sie starben.
Dann kam der Mond auf. Istrien war so nahe. Weiter kreuzen auf der Adria. Kreuzen, fahren, sinnloses Tun, so lange, bis der letzte Mann ins Meer versenkt wird.

Es war Nacht im Sitzungszimmer des Senats. Vittore Pisani, Angeklagter des Staates Venedig, konnte kein Gesicht erkennen. Seine Blicke schossen wie Pfeile in die Dunkelheit. Aber sie trafen nicht. Ihm war, als schwanke der Boden noch immer unter seinen Füßen, als kreuzten noch immer die Haie. Ha, wie sie fetter werden und fetter! Ihr da, ihr schluckt ja Venedigs Kraft. Bestien, ihr freßt Venedig!
– Sie lachen, Kommodore? – fragte eine Stimme aus der Dunkelheit.
– Ich lache. Haie umschwirren mich. Sie haben ein paar tausend Venezianer gefressen. Hört ihr die Knochen krachen? Es sind die Knochen Venedigs! –
– Ruhe! –
Federkiele streiften über das Papier. Öde, lange Zeit. Dunkelheit. Kein Fenster. Schlafen. Müdigkeit.
Eine Stimme weckte. – Die größte Schande, die Venedig je erleiden mußte, erlitt es durch Sie, als Sie an der Küste Istriens besiegt wurden und entflohen! –
Nun muß man aufwachen, und man spricht, und es sind die Stimmen von ein paar tausend sinnlos gestorbenen Matrosen, die mitsprechen, ein Chor, und die Wände des Raumes sind zu klein, sie dehnen sich aus, werden weit, es ist Venedig, zu dem man spricht:
– Ich wußte, daß Lucian Doria mit vierundzwanzig Galeeren vor Pola landete. Ich schrieb es euch. Ich hatte nur noch sechzehn. Und wie sahen sie aus! Sechzehn Galeeren, Senat und Volk von Venedig,

und ein paar hundert verhungerte Soldaten. Aber da eure Abgesandten nur zwölf genuesische Schiffe sahen, zwangt ihr mich zur Schlacht. Wir kämpften. Fragt die noch leben, ob wir feige waren vor dem Feind. Lucian Doria fiel und viele andere. Aber neue tauchten auf, beim Feinde, doch nicht bei uns. Unsere Soldaten, Senat von Venedig, hatten die Haie ja gefressen. Ihr habt gut für die Haie gesorgt! – Aber schreit da nicht jemand? Sind es die Stimmen der Gefallenen, der stumm Gestorbenen, die auftauchen?

– Es lebe Vittore Pisani! –

Draußen sammelte sich Volk. Pisani, der Abgott der Matrosen, der Liebling des Volkes, stand vor Gericht, weil er die letzten Männer rettete, als die Genuesen gesiegt hatten.

Pisani wurde ruhig.

– Der Feind steht vor den Toren Venedigs. Ich wußte, daß es so kommen würde. Ich bat euch, meine Soldaten nicht sinnlos im Winter hinopfern zu müssen, sondern rasten zu dürfen, da ich ja sah, was im Frühling kommen wird. –

Schreiben. Wieder bleierne Ruhe. Wie im Traum schimmert die Küste Istriens. Man darf den Tod nicht bitten zu kommen, wenn Venedig in Gefahr ist. Den Tod. Irgend jemand spricht von ihm. Beantragt ihn. Will ihn.

Sie warfen die schwarzen und weißen Kugeln in einen Becher. Sie spielten Boccia um den Kopf Vittore Pisanis.

Tatsächlich, sie würfeln um meinen Kopf.

– Es lebe Vittore Pisani! –

Warum schreit das Volk? Morgen bin ich tot. Dann werde ich endlich auf der schimmernden Küste Istriens liegen. Ich habe niemals nach einer Frau so Sehnsucht gehabt wie nach diesem Streifen Land!

– Ein halbes Jahr Gefängnis, fünf Jahre Amtsverlust für Vittore Pisani. –

Pisani stand auf. Er ließ sich hinausgeleiten in die helle Sonne des Tages.

– Es lebe Vittore Pisani! – schrie das Volk. Es jubelte, schwenkte Tücher, warf Blumen.

Pisani stand stumm. Und dann, als er fühlte, daß etwas würgte und zog in seiner Kehle, senkte er den Kopf und ließ sich in das Gefängnis führen.

Genua! Genua!
Zweihundert Schiffe fuhren auf der Adria. Wieder ein Doria führte sie. Ist die Familie unsterblich?
Müde sah Venedig zu, wie Triest verlorenging, Grado verlorenging. Paduas Armee eroberte Chioggia. Venedig war eingeschlossen vom Feind.
Ach Genua!
Die Fahne des heiligen Markus wurde überall heruntergezogen, die genuesische Fahne hinauf. Die Wälder von Venedig färbten sich mit herbstlichem Braun. Tote Venezianer schwammen von Chioggia auf die Stadt zu. Gefangene Genuas, unmenschlich behandelt, verstümmelt, Arme oder Beine zusammengebunden, trieben an.
Sie haben es gut, sie starben. Venedig wird verhungern. So ganz langsam, mit System verhungern, aus Freude am Aushungern wird man sie verhungern lassen. Genua hatte Zeit, es hatte Schiffe, Soldaten und Nahrung. Padua sorgte dafür. Es baute einen Kanal nach Chioggia, sperrte alle Zufahrtsstraßen zu Venedig.
– Nun bist du tot, auch wenn du es nicht glaubst, du Mutter des Betruges! Nun hast du deinen Lohn! Hörst du den Racheruf? –
Geharnischte, aber schlecht gebaute Sonette sandten Paduas Dichter gegen Venedig.
Venedig schwieg.
Wo sind die Soldaten? Sie schwimmen tot in den Bäuchen riesiger Haie. Wo sind die Schiffe? Sie sind Wracks auf dem Boden des Meeres. Wo ist der Feldherr? Im Gefängnis.
Chioggia war der Schlüssel zu den Lagunen. Das wußte Pipin, und Genua wußte es auch und auch Venedig.
Sie baten um Frieden.
Frieden? Niemals! Vier bronzene Rosse rettete Venedig aus dem untergehenden Byzanz. Sie strecken ihre Köpfe der Terra ferma zu, dem Westen.

– Wenn wir den Rossen vor eurem Dom die Zügel angelegt haben, dann wird Friede sein! – sagte Genua. Und alles, was der Senat von Venedig in dunklen Nächten und finsteren Tagen an Verzweiflungsentschlüssen gefaßt hatte, wurde wieder verbrannt.
Untergehen, wenn es sein muß. Aber nie der Nachwelt Schwäche zeigen, nie zeigen, daß man bereit war, unterzugehen.

Pisani saß im Gefängnis. Vor seinen Fenstern sammelte sich Volk.
– Es lebe Vittore Pisani! –
Dunkel lasteten Himmel und Meer.
Pisani floh vor dem Volk ins Innerste seiner Zelle. Er schwieg. Aber er legte die Hand vor die Augen, die Hände vor die Ohren. Nichts sehen und nichts hören! Man kann Venedig retten. Man könnte es, säße man nicht hier.
– Es lebe Vittore Pisani! –

Die einzige Flotte, die Venedig noch besaß, war unter Carlo Zeno im Mittelmeer, verwickelt im Kleinkrieg mit genuesischen Schiffen. Der Senat rief ihn zurück. Doch erreichte ihn die Nachricht? Niemand wußte es.
Warten auf Carlo Zeno. Warten auf eine Flotte, von der niemand wußte, ob sie noch existiere. Warten auf Wunder. Warten.
– Herrgott, laß mich aus dem Gefängnis, damit ich Venedig retten kann! – betete Vittore Pisani.
Das Volk raste vorm Palast des Dogen: – Laßt Pisani frei! –
Dann endlich, klirrte ein Schlüsselbund, und der Wärter kam, den zu erlösen, der allein noch das Vaterland erlösen konnte.
Wieder das gleiche abgedunkelte Senatszimmer. Wieder das gleiche schreibende Geräusch.
– Sie werden die Unbill vergessen, die Ihnen geschah? – fragte eine Stimme.
Pisani sah in die Dunkelheit.
– Venedig! – sagte er.
– Sie haben Vollmacht, alles zu tun, was Ihnen notwendig erscheint. Ihre Stimme hat Gesetzeskraft! –

– Ja –, antwortete Pisani spöttisch. – Es ist auch nötig. –
Er trat heraus. Zum erstenmal seit Wochen sah er die Sonne. Sie schmerzte in seinen Augen. Der Jubel des Volkes riß ihn hin.
– Es lebe Vittore Pisani! –
Da warf er beide Arme in die Luft:
– Viva San Marco! –
Die Soldaten hoben ihn auf die Schulter. Der Doge umarmte ihn weinend. Er aber trat in den Markusdom und betete. Dann ging er an die Arbeit.
Er mußte eine Armee schaffen, den Feind vor den Toren.
Er mußte eine Flotte schaffen, den Feind vor den Toren.
Er mußte sich beeilen, denn der Feind war vor den Toren.
Er hatte keine Zeit zu verlieren, denn das Volk war dem Hungertode nahe.
Einmal beten ist genug. Man hat keine Zeit, und Gott soll sie nicht haben, er soll helfen! Der Glaube an ihn wuchs. Glaube und Verzweiflung schufen Riesenkräfte.
Die Gesetze jagten sich:
– Alles Holz ist abzugeben im Arsenal. Alle Taue, alle Waffen. Schmuck, Gold und Edelsteine sind abzugeben in der Münze. Gehälter werden nicht mehr gezahlt. Es geht um Venedig! Hört! Jeden Morgen werden die Lebensmittel für den Tag verteilt. Es wird angenommen, daß jeder opfert.
Ich, Vittore Pisani, und Venedig fordern das. –

Die Lagune, die Venedig vom Festlande trennte, war nach dem Meere hin mit natürlichen Befestigungen versehen, einer Reihe von Inseln. Pisani sperrte die Öffnungen durch dreifache Ketten und schwimmende Balken, die untereinander verbunden waren. Unbrauchbare Schiffe, kleine Boote wurden mit Steinen beschwert und in der Lagune versenkt.
Alle Männer wurden zusammengerufen zur Arbeit. Im Arsenal herrschte fieberhafte Tätigkeit. Eine neue Flotte entstand. Es war gleichgültig, ob die Hunger hatten, die sie bauten.
Alle Plätze an der Küste waren von den Genuesen und Paduanern

besetzt. Nur noch Venedig gehörte den Venezianern. Sonst nichts mehr.
Nächte- und tagelang übte Pisani mit den Fischern: Steine schleudern, schießen. Sie wurden ausgebildet zu Soldaten, zu Matrosen.
Pisani wollte die genuesische Flotte im Hafen von Chioggia einschließen und sie zur Übergabe ohne Kampf zwingen. Denn einem Kampf würde die so schnell ausgebildete Mannschaft nicht gewachsen sein.
Stille lag über der Stadt und Nebel. Mit dicken Tüchern waren die Glocken des Markusdoms umwickelt, damit nicht der Wind aus Versehen sie bewege. Kein Laut drang nach Chioggia. Sonst hätte Genua vielleicht angegriffen, so warteten sie auf den Frühling.
Aber eisern war die Kette, die der Feind zog. Konnte Carlo Zeno überhaupt durchdringen, um Venedig zu helfen?
Die Frage lastete.
Advent kam. In den Kirchen betete das Volk inbrünstig um den Sieg. Man sah in den dunklen Gängen Vittore Pisani stehen, starr und mit erhobenem Haupte.
Der Doge hüllte sich in seine Toga und brach vorm Altar in die Knie. Sein alter weißer Kopf war von Sorge gebeugt.
In den Arsenalen hämmerten die Männer. Mit weitgeöffneten ängstlichen Augen starrten die Frauen im Dome der Wandlung zu. Das Hämmern wurde stärker.
Alles fiel in die Knie:
– Sieg! Gib uns den Sieg! Rette Venedig! –
Weihnachten kam. Nebel lag dunstig über der Stadt. Man spürte das Nahen des Fiebers. Doch jetzt war man so weit.
Aus dem Schatten des Morgens trat der Doge, die Hand umschloß das Evangelium. Neben ihm stand Pisani.
– Gott, ich schwöre dir, Venedig, ich schwöre dir, wir werden fallen oder siegen, aber uns niemals feige erweisen. Gott, ich schwöre dir, Venedig, ich schwöre dir, nur als Sieger siehst du uns lebend wieder! –
Pisani sah das Volk von Nebel umhüllt. Er sah Venedig. Er sprach:
– Venedig! –

Er schritt als erster zum Schiff.
Vierunddreißig Galeeren, vierhundert Fahrzeuge hatte Venedig aus dem Nichts geschaffen.
Fester umklammerte der Doge das Evangelium, als er neben Pisani im ersten Schiff stand.
Sie fuhren aus. Die Lagune lag wie Blei. Niemand sprach. Aber noch als sie Venedig schon verlassen hatten, als es nicht mehr da war, als es nicht mehr zu sehen war, hörten sie das unterdrückte Schluchzen weinender Frauen.
Die drei Zufahrtsstraßen nach Chioggia und der Kanal, den die Paduaner gegraben hatten, wurden genommen. Aber der Ring, den die Venezianer zogen, war dünn und lose gefügt.
– Wird Carlo Zeno kommen? –
Die Genuesen wehrten sich. Verflucht, der Nebel! Wo ist Venedig? Gott hüllte es in seinen Mantel. Wo sind die Feinde? Man sah sie nicht. Schießen, schleudern der Steine, gingen Venezianer zum Teufel oder traf man gar nicht?
Es war so still bei den Venezianern.
Der Kampf der Genuesen wurde wilder. Soldaten fielen hier und dort. Venedig hatte nicht viele Soldaten. Die besten lagen in den Bäuchen riesiger Haie. Wozu soll man kämpfen? fragten jene, die Chioggia belagerten. Rebellion wuchs auf. Es war Winter. Kälte. Hunger.
– Wird Carlo Zeno kommen? –
Der Doge beschwor in stillen Nächten seine Soldaten: – Haltet durch! – Pisani sprach, forderte, befahl. Es nutzte nichts.
Ehrgefühl? Sie pfeifen auf Ehrgefühl, sie haben Hunger!
Warten, bis Carlo Zeno kommt?
Die Mannschaft meuterte. Die Lage war hoffnungslos. Überall schlugen die Genuesen Breschen durch den Ring.
Untergehen, warum soll man nicht untergehen? Andere Völker tun es ja auch.
– Wenn in vierundzwanzig Stunden Carlo Zeno noch nicht hier ist –, sagte Pisani zu seinen Soldaten, – dann werden wir uns ergeben. –
Jetzt war wieder Ruhe. Vierundzwanzig Stunden hatte Venedig

noch zu leben. Vittore Pisani hatte sich eingeschlossen im Bug seines Schiffes. Vierundzwanzig Stunden wird er auf den Knien liegen und beten.
Wird Carlo Zeno kommen, der irgendwo, wer weiß wo, auf dem Mittelmeer kreuzte?
Wer war Carlo Zeno?
Ein Waisenknabe, von Clemens V. an Kindesstatt angenommen und mit reicher Pfründe in Patras beschenkt. Als Student verlor er im Spiel alles für das Studium bestimmte Geld und wurde Soldat in einer Söldnertruppe, die verwüstend durch Oberitalien zog. Fünf Jahre Krieg. Man wußte nicht wofür. War auch gleichgültig. Dann kam er nach Venedig. Er sah die Stadt, aus der er stammte, das erste Mal. Patras gehörte Venedig, aber es war von den Türken erobert. Carlo Zeno war das gleichgültig. Er fuhr hin, um Priester zu werden, und warf die Türken hinaus. Er wußte nicht wofür. Es war auch gleichgültig. Das befreite Patras langweilte ihn. Er nahm Dienst beim König von Zypern, reiste durch die ganze Welt, kam nach Island und entdeckte Grönland. Aber die Welt ist so langweilig. Man weiß nicht, wofür man reisen soll. Und dann ist da auch Venedig, jener kleine Fleck. Heimweh packte ihn.
– Gott! Gott! laß Carlo Zeno kommen, Gott! Gott! laß Carlo Zeno kommen, o Gott! –
Zeno wird Kaufmann in Venedig, Freund aller Künstler und Gelehrten. Er wird reich. Der Handel mit der Levante blühte. Zufällig war er grade in Byzanz, als Genua dort eine Palastrevolution inszenierte. Der alte Kaiser wurde geblendet und ins Gefängnis gesetzt, denn er bevorzugte die Venezianer, und sein Sohn auf den Thron erhoben, denn er bevorzugte Genua. Da war die Frau eines Hofjuweliers, Geliebte des abgesetzten Kaisers. Sie bat Zeno, ihren Freund zu befreien. Er wußte nicht warum. Aber er kletterte nachts zum Kaiser und wollte ihn herunterholen. Der Kaiser weinte aus blinden Augen. Er hatte Angst und wollte nicht. Zeno kehrte um. Was ging ihn der Kaiser an? Später reute es den Blinden, aber da war es zu spät. Auf der Folter gestand die Juweliersfrau ihren Plan. Zeno mußte fliehen.

Vierundzwanzig Stunden gab Pisani Venedig zum Leben. Zwölf Stunden sind vorüber. – Wird Carlo Zeno kommen? –
Zeno mußte fliehen. Eroberte, so im Vorübergehen, den Handelsplatz Tenedos von Genua. Er war sehr wichtig, denn er beherrschte die Dardanellen. Zeno war das gleichgültig. Alles war gleich.
Da brach der Krieg mit Genua aus. Carlo Zeno war irgendwo im Mittelmeer. Kam zurück. Plötzlich hatte es ihn gepackt. Das war Venedig! Er befehligte eine Staatsflotte. Sie brachte Tod und Verderben, wo Genua war. Genua war überall! Hei, wie die fetten Kauffahrerboote im Meer versanken!
– Wird Carlo Zeno kommen? –
Fackeln an der Küste Genuas. Carlo Zeno hatte sie geschleudert!
– Wird Carlo Zeno kommen? –
Fünfhunderttausend Golddukaten hatte Carlo Zeno geraubt. —
– Wird Carlo Zeno kommen? –
Wohlorganisiertes Piratenvolk, befehligt von Carlo Zeno, gegen den einen Feind: Genua. Für Venedig.
– Wird Carlo Zeno kommen? –
Der Tag war hell und klar, der letzte Tag für Venedig. Kann man die Sonne nicht bitten, daß sie später versinkt? Das Meer ist reich an Wundern. Noch hat der Tag sich nicht geneigt.
Pisani betete.
Der Doge wartete.
Die Soldaten warteten.
– Wird Carlo Zeno kommen? –
Nichts auf der Weite des Meeres.
Ob Carlo Zeno überhaupt die Nachricht erhalten hat?
Wo mag er gewesen sein?
Lebt er noch?
Leben seine Soldaten?
Pisani betete.
Man sah das Meer, soweit das Meer reichte. Alle Golfe lagen wie geöffnete Hände in der sinkenden Sonne.
Noch sechs Stunden.
Pisani betete.

Boote fuhren aus. Fanden nichts. Kehrten zurück. Die Soldaten kletterten auf die Mastbäume. Nichts.
Noch fünf Stunden. Träge wich der Tag. Da – Schiffe – eine Flotte – sie kam heran –
– O Genua! –
Genuesische Verstärkung? Oder die Hoffnung, nicht mehr da, nicht mehr wach: Carlo Zeno? Der Tod kam näher oder das Leben. Eine große Flotte. Sie nahm Kurs auf Chioggia.
– Gott, ich befehle Venedig in deine Hände! – stöhnte der Doge.
Wimpel am Bug der Schiffe.
– O Genua! –
Sie kam heran. Ein Schrei brach aus, aus hunderten schmachtenden, dürstenden, verzweifelten Lippen:
– Carlo Zeno! –
Pisani stand auf. Sein Gesicht war weiß. Vierundzwanzig Stunden starb in seinen Händen der Staat.
Nun flatterte der Löwe am Bug großer Schiffe.
Vittore Pisani stieg in ein Boot und fuhr den Kommenden entgegen. Niemand erkannte ihn. Seine Züge waren alt. Faltig. Müde. Vierundzwanzig Stunden starb in seinen Händen Venedig.
Die Flotte brachte Nahrungsmittel mit und viel Geld.
Carlo Zeno hat den Krieg von Chioggia bezahlt, ehe er beendet war.
Irgend jemand weinte. Männer weinten, Soldaten. Die Nacht kam. Müdigkeit.

Von Januar bis Juni 1380 wurde um Chioggia gekämpft. Beim ersten Sturm wurde Carlo Zeno tödlich verwundet. Aber er trotzte dem Tod. Er kämpfte.
Die eingeschlossenen Genuesen hungerten. Sie aßen altes Leder. Aber sie wichen nicht. Neue Verstärkung konnte nicht zu ihnen. Zehntausend Mann waren gefallen, als sie sich endlich ergeben mußten.

Pisani starb plötzlich. Hatte der Senat dem Helden den Giftbecher gereicht? War er zu beliebt bei den Soldaten?

Im übrigen zeigte der Senat sich dankbar. Dreißig Familien aus dem Volke, die sich besonders hervorgetan hatten, wurden in den Großen Rat aufgenommen und ihre Namen ins Goldene Buch eingetragen.
Nur irgendwo starb Pisani.
Später ähnlich Carlo Zeno. Er wurde wegen einer Bagatelle ins Gefängnis geworfen und verließ es nicht mehr.
Carlo Zeno war zweiundsiebzig Jahre alt und hatte vierzig Wunden.

Venedig hatte im Chioggiakrieg seine Kraft gezeigt, aber auch den Geist der alten venezianischen Kaufleute, die alles daransetzten, wenn es galt, alles zu gewinnen oder zu verlieren. Es hatte nicht nur den Krieg, sondern auch die Furcht seiner Nachbarn gewonnen. Die Republik konnte sich die Geste leisten, als Sieger den Frieden anzubieten und die territorialen Forderungen weit unter dem zu lassen, was sie hätte nehmen können. Aber sie wußte, daß sie mehr auf die Dauer nicht hätte halten können. Während sich Venedig fünfzehn Jahre später völlig von dem Krieg erholt hatte, siechte Genua dahin und mußte sich bald unter den Schutz Frankreichs und später Mailands begeben. Es konnte seine Stellung nie wieder erlangen. Venedig war der unbestrittene Herr des Mittelmeerhandels, bis diese Herrschaft durch die Erweiterung der Weltpolitik auf das Gebiet der Ozeane ihren Wert verlor.

XII. EIN HAUS WIRD GEBAUT

1363–1406

In dem zertrümmerten Italien, wie es die Völkerwanderung zurückgelassen hatte, zeigten die lombardischen Städte zuerst Anzeichen neuen Erstarkens. Um ihrem Freiheitsdrang zu steuern, setzten die Hohenstaufenkaiser zuverlässige Adlige in diesen Städten als Vögte ein, die zu ihrem eigenen Schutz Soldtruppen hielten. Beim Zusammenbruch der Staufermacht und damit der kaiserlichen Idee überhaupt, machten sich diese Vögte zu Herren ihrer Städte.

Alles aber, was in Oberitalien geschah, konnte Venedig nicht gleichgültig bleiben, da die Straßen und Flüsse Oberitaliens die Adern Venedigs waren, durch die der Handel Europas nach Venedig und der venezianische Handel nach Europa zog.
Die Venezianer wußten: verbünden sich zwei Städte in Oberitalien gegen die Republik, so wird ihr Handel und damit ihre Stadt den Todesstoß bekommen.
Venedig wehrte sich. Und da es um Handelsfragen ging, war die Waffe Venedigs der Handel: Es spielte eine Stadt gegen die andere aus.
Da ist Ancona, der Anker- und Durchfahrtsplatz für Pisa und Genua nach dem Osten. Venedig quälte die Stadt so lange durch günstige Handelsabkommen, die es mit den Nachbarstädten abschloß, bis Ancona, wirtschaftlich völlig bankrott, sich bereit erklärte, keinen eigenen Handel und keinen Durchfahrtshandel mehr zu treiben. Genau so machte es die Republik bei den Städten: Ferrara, Vicenza, Brescia, Bologna, Mantua, Cremona, Padua und Verona und sicherte sich mit Handelsverträgen die Städte, Straßen und Flüsse Oberitaliens. Aber diese Städte, von jungen und ehrgeizigen Herrschern geführt, zerren an den Ketten, mit denen Venedig sie gefesselt.
So wurde Venedig gezwungen, mit militärischer Gewalt in die oberitalienischen Verhältnisse einzugreifen.

Das älteste Sorgenkind Venedigs war die Brenta, die ursprünglich mitten in die Lagune floß und sie in einem Menschenalter so versandet hätte, daß kein Schiff mehr hätte fahren können. Schon vor Jahrhunderten leitete Venedig die Brenta ab, sehr zum Leidwesen Paduas, das dadurch seinen Hafen verlor und immer wieder versuchte, die Brenta ins alte Bette zu lenken.
Venedig mußte Padua erobern, um die Herrschaft über die Brenta in der Hand zu behalten, und in einem kurzen, siegreichen Kriege gegen die Skaliger in Verona holten sie sich Padua, wo sie als Vogt Jacopo Carrara einsetzten, der sich als gehorsamer und willfähriger Diener des Staates Venedig zeigte.

Maria Carrara war sehr müde, als sie den ersten Sohn geboren hatte, und wie ein Schatten kam die Nacht.

– Sieh seine Hände an! – sagte Maria. – Diese armen kleinen Hände! –

– Du mußt nicht für ihn fürchten! –

– Und doch fürchte ich für ihn. Wird er den Haß ertragen können, den ich ihm mit jedem Tropfen meiner Milch täglich schenken werde? –

– Dann trägst du selbst die Schuld. Warum vergiftest du unseren Sohn? Was nützt es uns, Venedig so zu hassen, da es doch mächtiger ist als wir? –

– Damit wir einmal frei werden! –

– Freiheit, ein Wort! –

Der Knabe wuchs heran in der drückenden Umarmung Venedigs. Er sah seine Heimatstadt von Zöllen und Verboten umlagert, bäumte sich auf beim demütigen Neigen seines Vaters vor Venedigs Befehlen.

Ein Teil des Handels, der Venedig reich machte, ging durch seine Stadt. Gold, das Venedig mächtig machte, kam und ging. In Padua blieb nichts. Es war wie Sand, den man in Händen hält und der zerrinnt.

Der Knabe Francesco glaubte nicht an die göttliche Bestimmung, die Venedig zum Herrn gemacht hatte über Meer und Flüsse, und die ganze Welt zu Venedigs Sklaven.

Aber so lernte das Kind früh schon das Schweigen, und es lernte auch, daß man warten müsse. Ehe es noch lesen und schreiben konnte, hätte es blind und im Traum seine künftige Herrschaft zu zeichnen vermocht, mit allen Straßen der Stadt und allen wichtigen Stellen an der Brenta, die, umgeleitet, Venedig vernichten sollte.

Nach dem Tode seines Vaters übernahm der Onkel die Regentschaft, bis Francesco mündig werde. Aber der Onkel starb bald, und der Neffe trat nicht den Gerüchten entgegen, die flüsterten, daß er der Mörder sei.

Krieg, ewiger Krieg in Oberitalien.

Am Ende blieben nur noch drei Kleinstaaten: die Carrara in Padua, die Visconti in Mailand und die Este in Ferrara.

Dem gegenüber stand Venedig, das Unvergleichliche. Sein Interesse war, daß alle sich fällten, ohne daß es selbst eingreifen mußte. Als geschickter Spieler spielte es die einen gegen die anderen aus, denn

eine Macht war nie stark genug, die andere zu vernichten. Sie brauchte einen Verbündeten: Venedig!
Im Chioggiakriege hatten sich alle Mächte, die auf der Terra ferma Interessen hatten, mit Genua verbündet.
Und während Venedig gegen eine Übermacht von Feinden kämpfte, ging Francesco Carrara den ersten Schritt in die Wirklichkeit seines Traums: er eroberte fast das ganze strittige Gebiet. Nun sah er sein Ziel greifbar nah vor sich, das Ziel, in Jahren des stummen Hasses gehegt und gepflegt wie die ganz große Köstlichkeit des Lebens. Und das Ziel hieß? Handelsunabhängigkeit von Venedig:

Kanäle leiteten die Brenta wieder in ihr altes Bett, wo sie in der Zeit einer Generation Venedig zur Landstadt machen sollte.
Forts, mit dem stolzen Wappen der Carrara geschmückt, grüßten von den Ufern.
Francesco zeigte sie seinem Sohn Novello, der noch ein Knabe war und darum erleben sollte, daß Padua die Königin der Länder wird.
Demütig bittend ging er mit der geweihten Kerze zur Kapelle und betete um das Leben dieses seines Sohnes und um Erreichen seines Zieles. Aber die Madonna war ihm nicht gnädig. Sie neigte den Listenreicheren ihr Ohr und half Venedig.
Vorbei der Traum von der Straße, die Padua mit San Marco, seinem Hafen, verbinden wird. Vorbei der Traum von Handelsunabhängigkeit.
Müde floß das graue Wasser der Brenta wieder im ungefährlichen Bett, und tausend Hände trugen die Steine der Forts in die Brüche zurück.
Das war der Friede. Es blieb nichts übrig, als der klingende Name, daß man sich Herr nennen kann von Padua, Treviso, Feltre und Belluno, von einem Land, dessen Erträgnisse der Feindin in die Hände fielen.
Francesco Carrara aber weiß: ein Menschenalter ist nicht viel, um ein Großreich zu gründen.
Später dann hat sich Venedig mit den Scala verbündet, gegen ihn. Zu wem wird in diesem Kriege Mailand halten, das Herr über Genua geworden ist und immer mächtiger sich ausdehnt?

Die Antwort wurde Francesco erst, als er die Skaliger geschlagen hatte. Er wußte nicht, daß dieser Sieg Venedigs Wille war, denn einen der Konkurrenten ist es auf diese Weise losgeworden. Nun können die anderen darankommen.

Kluge Mäßigung in der Politik lag Carrara nicht. Sich bescheiden, solange Venedig noch lebte, ließ der Haß nicht zu, und nicht die eigene Großartigkeit.

Der Visconti von Mailand hatte Lust auf Verona, Carrara hatte Lust auf Vicenza. Verbündet zogen sie in den Krieg, den Venedig geschehen ließ, und der darum siegreich verlief. Vergebens wandte sich der Scala, um Hilfe bittend, an die Republik. Warum aber sollte sie ihm helfen? Ein Gegner weniger, dachte Venedig, das ist gut so und kostet kein Geld. Geld braucht man jetzt, um die verbündeten Sieger zu trennen. Noch ist er in Gnade, Carlo Zeno, der Held des Chioggiakrieges, der kühne Soldat, der gebildete Kaufmann, der geschulte Diplomat. Mailand empfing den fürstlich Reisenden fürstlich und steckte behaglich die Gelder ein, mit denen Venedig nicht kargte.

Carrara soll fallengelassen werden? Gut, dachte der Visconti, warum soll ich ihn nicht fallenlassen?

Plötzlich konnten sich die zwei Verbündeten nicht mehr einigen. Hatte Venedig seine Hand im Spiel? Carrara fragte und dachte. Er wußte die Antwort nicht.

Sein Haß flüsterte: ja. Man soll immer nur dem Haß glauben: Mailand und Venedig haben sich verbündet, um ihn zu schlagen.

Nun folgten alle anderen den beiden nach.

– Der goldbeladene Esel übersteigt alle Mauern –, sagte Francesco Carrara zu Novello, seinem Sohne. – Wir sind verloren. –

Sie standen oben auf dem Turm und blickten auf die Stadt.

– Man könnte sie verkaufen, an Mailand oder Venedig, sich mit sicherer Rente zurückziehen – stöhnte Francesco.

– Das verkauft man nicht! – sagte Novello streng.

Es war alles in den sanften Dunst des Mittags gebreitet, und man sah kaum die Arme der Mauern sich um die Stadt schlingen.

– Padua ist von allen Städten die langweiligste. Aber ich liebe diese

verschlafene Langeweile. Ich liebe es, daß der Rauch aus diesen Schornsteinen sich so träge erhebt, als scheue er die Arbeit des Steigens. Ich liebe es, daß die Häuser dastehen wie bucklige kleine Soldaten.
Sieh, jetzt kommt die Sonne und zerreißt den Nebel, und mit verweinten Augen lächeln die Dächer zu uns herauf. Padua. –
Sein Vater unterbrach ihn:
– Ich werde dir die Regierung übergeben, vielleicht, daß dann Venedig Gnade übt. –
– Nein! – sagte Novello. – Venedig wird dir sagen, daß, wer von der Katze stammt, auch Mäuse fängt! –

Francesco Carrara zog sich nach Treviso zurück, die Stadt zu halten. Novello befestigte Stadt und Gebiet von Padua. Aber die mailändischen Soldaten und die venezianische Flußflottille waren nicht zu schlagen. Francesco und sein Sohn ergaben sich.
Man wußte, daß der Herzog von Mailand seine Gefangenen den Doggen zur Jagd schenkte. Man wußte, der Herzog von Mailand ist der größte Giftmischer seiner Zeit. Man lebte in seinem Kerker und wartete auf den Tod.
– Wenn es dir je gelingen sollte, zu entfliehen, füge dich Venedig! –
– Nein! –
– Die Zeit wird dich mürbe machen, wie mich! –
– Ich werde die Zeit mürbe machen, nicht sie mich. Sie wird einmal vorübergehen, und ich werde bleiben. Dann sind wir zeitlos wie das Gebirge, das wir von Padua aus sahen; wir Carraras! –
– Wenn das so ist, Novello, dann trage immer Handschuhe, um deine Hände nie mehr zu sehen, denn der Traum deiner Zeitlosigkeit würde zusammenstürzen vor dem Anblick der Hände, die die Taten der Carraras getan. –

Mailand dehnte sich aus von einem Meere zum anderen. Als nächstes, träumte der Visconti, kommt dann Venedig an die Reihe. Man legt sich in ein gemachtes Bett!
– Als nächstes, – sagte Venedig, – ist Novello Carrara aus seiner Gefangenschaft zu befreien. –

– Und der Vater? –

Eine Handbewegung war die Antwort.

Briefe, heimlich durch einen bestochenen Boten in das Gefängnis gebracht.

– Ich soll fliehen, Vater! –

– Wer will es? –

– Venedig! –

– Dann mußt du es tun! –

– Und du? –

– Ich werde sterben. –

– Ich verstehe dich nicht, Vater! –

Novello hatte die Nacht sehr schlecht geträumt. Er wollte erwachen, aber mit bleiernen Klammern hielt ihn der Schlaf gepackt.

Das erste, was er dann sah, war das weiße Gesicht seines Vaters. Der Wärter trug den leblosen Körper behutsam hinaus.

Novello stand auf. Er fragte nicht. Er zog die Kleider eines Bettelmönchs an, die neben ihm auf einem Hocker lagen. Dann trat er über die Schwelle.

In den Dörfern gaben die Frauen ihm Brot und Wein aus tönernen Krügen. Nachts schlief er bei den Eseln im Stall.

Betend zog er in Padua ein, in die Stadt der großen Langeweile. Im Schloß wartete Carlo Zeno auf ihn. Er empfing den Fürsten mit dem Zeichen der Huldigung und legte ihm sanft den Mantel um die Schultern. So führte er ihn auf den Balkon.

Herolde mit Trompeten riefen in den Straßen das Volk zum Empfang herbei. Die Menge staute sich vorm Palast. Immer und immer wieder rief es den Namen Carrara.

Novello lächelte bitter:

– Das Volk ruft immer dem zu, den es für seinen Befreier hält. Gestern Venedig, heute mir, und morgen wieder –

Er brach ab.

– Sie müssen etwas sagen, Fürst! – drängte Zeno.

– Mir fällt grade keine Lüge ein! –

– So sagen Sie die Wahrheit. –

Novello warf die beiden Arme in die Luft, daß der Hermelin-

mantel zu Boden glitt. So stand er, der fürstliche Mönch und rief in den brodelnden Schaum, der um die Füße seines Palastes sich staute, die einzige Wahrheit seines Lebens:
– Viva Padua! Viva Carrara! –

– Man soll keine Kriege mit denen führen, die Dukaten prägen –, sagte Visconti von Mailand, als er die Nachricht erhielt, daß Novello Carrara, sein Gefangener, wieder Fürst von Padua sei und venezianischer Nobile.
Novello Carrara ließ geduldig alle Huldigungen über sich ergehen. Er wartete. Was wollte Venedig? Aus Freundschaft hatte es ihn nicht wieder in Padua eingesetzt.
Er heiratete; die Frau schenkte ihm einen Knaben. Das Kind war blond wie seine Mutter. Der zweite Sohn war schwarz wie sein Vater. Novello liebte die Söhne sehr.
– Die Fürsten Venedigs sollten Mönche sein. Wenn sie Väter sind, eignen sie sich schlecht dazu –, sagte er zu Carlo Zeno, der sein Freund geworden war.
– Wenn Sie vorsichtig sind, werden Sie Venedigs Freundschaft sicher sein! –
– Nein –, sagte Novello ruhig. – Wenn ich vernichtet werden soll, dann werde ich vernichtet. Dann wird es gleichgültig sein, was ich tue und was ich tat. –
– Jedem Staat schlägt seine Stunde, in der er abtreten muß von der Bühne dieses Lebens. In den Kreislauf des Todes ist alles einbezogen. Man sollte nicht so hassen. –
– Haß ist die aktivste Kraft! –
– Aber auch die unfruchtbarste. Venedig haßt nie. –
Novello schwieg.
Carlo Zeno dachte an Venedig. Aber mit diesem Gedanken war heute nicht jenes stolze Gefühl verbunden, Mitglied des schönsten Staates zu sein. Ein Dogenwechsel in Venedig hatte neue Pläne und Gedanken auf den Plan gebracht. Michael Steno brütete mit dem jungen Francesco Foscari die weitere Entwicklung der Festlandspolitik aus. Carlo Zeno weiß: das Schicksal des letzten Fürsten von

Padua hat sich vollzogen. Wie er es auch anpacken möge, es wird für ihn zum Verhängnis ausschlagen. Aber er, Zeno, darf den Freund kaum warnen. Er kann nur vorsichtig tastend versuchen, das Schlimmste zu verhüten.

– Man sagt, Sie führen Verhandlungen mit dem Scala? –

– Venedig ist sehr schlau! – lachte Novello. – Es merkt wirklich alles. Sie sehen, ich mache kein Geheimnis daraus. —

– Glauben Sie, daß Venedig ruhig mit ansehen wird, daß Sie Krieg führen und daß Scala wieder Land gewinnt? –

– Ich kann machen was ich will. –

– So? –

Pause.

– Scala will Verona haben, und ich will Vicenza haben, und außerdem will ich mich an dem Visconti rächen. –

Zeno lächelte sein überlegenes Lächeln:

– Was hat Rache mit Politik zu tun? Was hat Politik mit Gefühlen zu tun? –

Und wieder ernst geworden, setzte er hinzu:

– Ich warne Sie! Ich warne Sie als Freund und auch als Venezianer. –

Mit einer warmherzigen Bewegung streckte ihm Novello die Hand entgegen:

– Und ich danke Ihnen. Doch sagen Sie: was für ein Interesse hat Venedig daran, daß ich diesen Krieg nicht führe? –

– Ich muß Ihnen die Antwort schuldig bleiben, Fürst, denn ich bin Diplomat und Venezianer. Vielleicht fällt sie Ihnen ein, wenn Sie versuchen, sich vorzustellen, welches Interesse Venedig auf dem Festland hat. –

Abenteuernd warfen sich Carrara und Scala in den Krieg. Vicenza fiel. Umjubelt zog Scala dort ein. Am nächsten Morgen aber lag er mit starren Augen, in denen der Tod den Ausdruck unendlichen Grauens festgehalten hatte, im Schlafzimmer seines Palastes. Die Menge wich zur Seite, als Novello Carrara in Verona einzog. Er drückte dem Verbündeten von gestern die Augen zu, aber vermochte nicht, das Grauen zu löschen.

Venedig! dachte er und sah auf die Hand des Mönches, die dem Toten das Kreuz hinhielt, als solle er es küssen.
– Venedig – sprach er zu dem dunklen Faltenwurf. – Venedig hat es gewollt. Jetzt bin ich der Herr. –
Carrara schrie es. Dann wieder leise: – Der Herr –
Der Mönch betete auf den Knien. Er sah aus wie ein Erdhügel, der den Toten bedeckte.
Novello stürzte ans Fenster und trank gierig die frische Luft. Dazu, dachte er, holte man mich aus dem Gefängnis. Ich trage die Schuld Venedigs wie einen Feuerbrand. Er verbrennt mein Herz. Die Hände der Carrara sind mit Fluch bedeckt!
Der Mönch ging hinaus, aber Novello war es, als sei im Zimmer noch irgendwer. Schon die ganze Zeit. Doch er sah niemand.
Er ging durch den Palast. Niemand war darin. Das Volk auf der Straße staute sich und rief ihm Flüche zu.
Novello floh nach Padua und erklärte Venedig den Krieg. Er wollte ein Reich gründen. Sein Vater wollte es auch und hatte den Heiligen Kerzen gestiftet im frommen Gebet. Der Sohn schenkte dem Teufel Seelen. Mal sehen, wer besser hilft! Nichts hätte den Ablauf seines Lebens ändern können. Novello Carrara war kein Politiker. Er war vielleicht kein Held. Er war ein Mensch. Nur das, aber das in der Vollkommenheit. Er war wie jeder Mensch frei von Schuld und frei von Gnade, dem Teufel mehr verfallen als den Göttern.
Die Frauen seiner Familie und seine Söhne schickte er nach Florenz in Sicherheit. Er selbst blieb in Padua, allein im Schloß. Tagelang sah ihn niemand. Es hieß, er sei vergiftet worden von Venedig. Dann tauchte er wieder auf. Gealtert. Schweigsam. Er aß nichts mehr. In allem witterte er Venedigs Hand. Seine Räte weigerten sich, seine Befehle zu erfüllen. Er ließ sie hängen. Die anderen, die er wählte, wurden von Venedig bestochen. Er wußte es, doch er schwieg.
Um Padua herum tobte der Krieg. Das wichtigste Fort an der Brenta wurde genommen. Eine Stadt nach der anderen fiel. In weißen Kleidern zogen die Bürger dem Dogen, Michael Steno, entgegen, ihm die Schlüssel zu überreichen.

Er sah ihre verhungerten Gesichter: Das Volk, das da wandelt in der Finsternis, hat das große Licht gesehen.
Das Licht war Venedig. Jubelnd zog das Volk die Fahne des Markus auf. Überall vernichteten sie das Wappen der Carrara. Als Novello es erfuhr, lachte er. Die Räte flohen aus dem Zimmer. Entsetzen hatte sie gepackt vor diesem Lachen.
Padua wurde immer enger umpreßt. Die Zufuhr war abgeschlossen. Der Sommer war sehr heiß, und die Brunnen vertrockneten.
In Dunkelheit gehüllt, ging Carrara nächtens durch die Straßen. Sein Fuß glitt aus bei der Leiche einer Frau. Ihr Gesicht war von der Pest entstellt. Die Wände der Häuser schienen vor Grauen zu schwanken. Doch sie stürzten nicht. Niemals stürzen Häuserwände vor Grauen ein.
Die Stadt wurde immer leerer. Novello ließ die ausgestorbenen Viertel niederbrennen, daß die Leichen, deren Verwesungsgeruch die ganze Stadt erfüllte und die man nicht mehr beerdigen konnte, vernichtet würden.
Wahnsinnige geißelten sich auf der Straße.
Der Gottesdienst hatte schon lange aufgehört.
Die Glocken klangen nicht mehr. Niemand hatte die Kraft, an den Glockenseilen zu ziehen.
Noch einmal schickte Carlo Zeno dem Freund die Bitte zu, er möge sich ergeben. Novello zerriß den Brief, ohne ihn gelesen zu haben.
Sein letzter Diener hatte ihn verlassen. Novello rief nach ihm. Keine Antwort kam. Irrend zog er durch das Schloß. Draußen schien der Mond wie eine rote Fackel. Novello ging die langen Gänge entlang, als suche er etwas. Er horchte. Draußen schrie ein Vogel auf. Novello schloß das Fenster.
– Wo bist du? – flüsterte er.
Das Flüstern kam als Echo zurück.
Novello Carrara fand den Teufel nicht, den er suchte.
– So bin ich also verurteilt, Nacht für Nacht durch dieses Schloß zu gehen, um dich zu suchen? – sagte er.
Aber das waren die milden Nächte, wenn der Vollmond schien und leuchtete wie eine rote Fackel.

Oft war dann wieder die Nacht ganz schwarz, und ein Schimmer des Bewußtseins kam über ihn.

Dann schrie aus ihm die ganze Qual des Lebens nach dem Erlöser, dem Teufel, dem er sich verschrieben hat, und der so lange braucht, bis er ihn holte.

Die Soldaten an den Mauern Paduas fielen wie Trunkene.

Müdigkeit, Hunger, Müdigkeit, Hunger und Pest.

Draußen vor den Toren warteten die Venezianer. Der Vollmond glitt über ihr Lager hin und auch die mondlose Dunkelheit der Nacht.

Sie standen Wache, daß der Tod nicht enteile aus dieser Stadt. Sie warteten, daß der Tod ihnen die Tore öffne zu dieser Stadt. Und das geschah in der Nacht, die vom achtzehnten November zum neunzehnten entfloh.

Den Fürsten von Padua fand man, auf den Treppenstufen seines Palastes sitzend, den roten Mantel um die Schulter gelegt. Wie ein ungeheurer Dom wölbte sich die Halle über ihm. In den schmalen hohen Fenstern brannte die Sonne wie Kerzen. Grau, wie sein Gesicht und seine Hände, war der Stein, auf dem er saß.

Tagelang wich das Volk Venedigs, das den Fürsten von Padua geliebt hatte, nicht von den Gittern seines Kerkers.

Es hieß, Novello und seine beiden Söhne seien an einer Erkältung gestorben.

Carlo Zeno, verdächtig durch seine Freundschaft zu dem Carrara, kam ins Gefängnis. Er hatte dem von allen Mitteln entblößten Fürsten Geld geliehen. Das war verboten.

So kam der Winter.

Durch den carraresischen Krieg waren Padua, Vicenza, Verona mit seinen Kapitanaten über Gardasee und Pesciera, war das fruchtbare Gebiet des Policello, waren Feltre und Belluno an Venedig gekommen. Und immer neue Abgeordnete der Festlandsstädte erschienen am Markusplatz, dem Dogen Banner und Schlüssel zu überreichen. Die Bürger hatten die Herrschaft der kleinen Tyrannen kennengelernt und wußten die kluge, ge-

rechte und gleichbleibende Verwaltung der Republik von San Marco zu schätzen.

Ebenso wie an der Küste Dalmatiens wollte Venedig auch auf der Terra ferma keine Untertanen, sondern Bundesgenossen.

Die einzelnen Städte behielten im weitesten Maße ihre eigene Verwaltung und Verfassung. In die Angelegenheiten des ganzen Reichs allerdings hatten sie nichts hineinzureden. Sie waren in Venedigs Regierung nicht vertreten. Aber Venedig schützte ihren Besitz und ihre Rechtsverhältnisse. Venedig baute Straßen und Schiffahrtswege. Venedig half, organisierte und hob den allgemeinen Wohlstand. Es förderte die Künste und pflegte die Hohe Schule von Padua.

DRITTER TEIL

REIFE

XIII. DIE REDE DES MOCENIGO

1414–1423

Man kann nach besten Kräften oder weit über seine Kräfte hinaus vorwärtsstürmen, aber da man sterblich ist, wird dem Lauf einmal Halt geboten.
Innehaltend, wird der Mensch sich seiner Leistung bewußt. Aber diese Sekunde der Besinnung ist schon der Höhepunkt, den zu überschreiten ihm nicht mehr vergönnt ist.

Der Sterbende lag im großen Saal des Palastes. Sein Blick fiel auf die Bilder der Männer, die vor ihm Dogen gewesen waren. Der Weg, den sie gegangen waren, glich einer Treppe, die zum Weltruhm führte.
Da stand Venedig heute.
Der Sterbende stöhnte auf.
– Quaesumus, Domine, Deus noster: ut, quos divina tribuis partecipatione gaudere, humanis non sinas subjacere periculis – murmelte der Priester.
Wie lange wird es noch da stehen? dachte Mocenigo, und er blickte die Nobili an, die das Zimmer füllten und kniend oder stehend mit dem Priester beteten.
– Betet um Venedig! – sagte er mit klarer Stimme, – und nicht um mich. Ich gehe ein in die Gnade des Vergessens! –
Das Murmeln erstarb. Der Doge Mocenigo aber sprach weiter:
– Hütet euch vorm Krieg! Bewahrt den Frieden! Noch nie hat ein Land durch den Krieg etwas gewonnen!
Fahret fort, als Handelsvolk tätig zu sein, und bleibt dem alten

Prinzip der Nichteinmischung in die italienischen Verhältnisse treu, solange es Ehre und Gerechtigkeit fordern.
Wählt zu meinem Nachfolger Pietro Loredan, den Admiral, aber hütet euch vor Francesco Foscari! Macht ihr ihn zum Dogen, so wird, wer jetzt tausend Dukaten besitzt, nur noch hundert, wer zehn Häuser hat, nur noch eins behalten. Ihr werdet im ewigen Kriege leben! Gold, Silber, Ehre und Ansehen gehen dahin, und aus freien Männern werdet ihr die Sklaven eurer Söldner werden. Gott gebe euch Einsehen! –

– Confiteor tibi in cithara, Deus, Deus meus! – murmelte der Priester.

Der fünfzigjährige Prokurator von San Marco, Francesco Foscari, war in dem Zimmer, in dem der Sterbende lag. Er hörte, was Mocenigo sprach, und er lächelte nicht, obwohl er wußte, daß er Doge werden würde, denn er hatte sich die Stimmen der Nobili gekauft mit dem Geld anonymer Spenden, die für den Kirchenschatz eingingen. Er betete andächtig wie die anderen, aber er dachte an den italienischen Konflikt, in den Venedig sich einmischen mußte, sollte es leben bleiben.

Mächtig und alles überragend hatte Mailand sich auf dem Festland ausgebreitet. Seine Macht ging vom Gotthard bis zum Ligurischen Meer, von der Grenze Piemonts bis Toskana und zum Kirchenstaat. Und in die letzten Regierungsjahre Mocenigos fiel das Bündnisangebot von Florenz, sich gemeinsam gegen den Gegner zu wehren, der immer mehr Land eroberte und die beiden Reiche bedrohte.

Mocenigo hatte das Bündnis abgelehnt.

Der Sterbende sprach weiter:

– Was geht uns Florenz an, es ist nicht unser Nachbar. Wird es der Mailänder zur Untertanenstadt machen, dann werden die besten Leute dort, wie einst aus Lucca, auswandern und ihre Künste zu uns bringen. Wenn wir ruhig bleiben, werden wir das Gute zum Besseren erhöhen und die Herren des Geldes bleiben und der Welt.

Vor vierzig Jahren stand Genua an den Grenzen unserer Stadt. Wir schienen verloren. Aber unsere Väter, Freunde, retteten Venedig! –

– et exspecto resurrectionem mortuorum et vitam venturi saeculi – murmelte der Priester.
– Und wo ist heute die Grenze von Venedig? Ich sehe sie nicht mehr. Alle unsere Kaufleute, unsere Konsuln sagen, daß wir die Herren sind, weil alle Welt uns braucht. Venedig ist die Königin der Länder, durch ihre Klugheit und durch Geld! –
– Dominus vobiscum! – murmelte der Priester.
– et cum spiritu tuo – antworteten die Nobili.
– Wir hatten nichts als Salz, und heute liegt in unseren Händen der ganze Reichtum.
Wir hatten nichts als eine Stadt, und heute gehört uns die ganze Küste bis Byzanz, und Land bis zur Lombardei.
Der Handel nach dem Osten kostet Geld. Wir wären arm geworden, wenn unsere Väter uns nicht den Westen erschlossen hätten.
Jeder andere Staat führt das ein, was er braucht, und das aus, was er übrig hat. Venedig nicht. Venedig führt das ein und aus, was die anderen brauchen und was die anderen übrig haben. Es ist der Umschlaghafen der Welt! –
– Deus, qui humanae substantiae dignitatem mirabiliter condidisti et mirabilius reformasti – murmelte der Priester.
– Wir steigern die Bedürfnisse, wir schaffen den Sinn für Luxus, wir fertigen der Welt die Waren an, von denen wir ihr sagen, daß sie sie braucht.
Das ist die Macht des Friedens, Prokurator Foscari, des Friedens, den Sie so gern aufgehoben sähen! –
In der Durchleuchtetheit der Todesstunde wichen die Wände des Zimmers zurück, in dem Mocenigo lag. Und er, der letzte Doge der großen Zeit, der geniale Kaufmann auf dem Thron, sah nicht das, was anderen Sterbenden den Abschied schwer macht, die Schönheit dieser Welt, sondern er blickte auf das Kontobuch des Staates.
Seine blassen Hände zogen im Geist einen Strich unter die Zahlen, die er zusammengerechnet hatte und miteinander verglich. Und er sprach:
– Waren für zehn Millionen gehen jährlich nach allen Gegenden der

Welt, und wir gewinnen daraus vier Millionen: zwei aus der Einfuhr und zwei aus der Ausfuhr.
Wir haben dreitausend Kleinfahrzeuge stehen mit siebzehntausend Matrosen darauf. Dreihundert große Naves mit achttausend Matrosen und ein halbhundert Galeeren mit elftausend Matrosen.
Unser Arsenal ist die größte Schiffsbaustätte der Welt, es kann in vierzehn Tagen fünfundzwanzig Galeeren ausrüsten.
Das ist die Macht Venedigs, die auf dem Meer verankert ist, Francesco Foscari, und nicht auf dem Lande! –
– ut non declinet cor meum in verba malitiae ad excusandas excusationes in peccatis – murmelte der Priester.
– Wir haben hundertneunzigtausend Einwohner. Unsere Häuser sind sieben Millionen wert, und wir gewinnen eine halbe Million Miete daraus. Tausend Edelleute haben ein Einkommen von je siebentausend Dukaten und darüber und sind die reichsten Männer der Welt!
Unsere Staatseinkünfte betragen anderthalb Millionen –
– accendat in nobis Dominus ignem sui amoris – murmelte der Priester.
– Sie sind höher als die von Frankreich, England, Spanien, Mailand, Florenz und der Kurie –
– et flammam aeternae caritatis! Amen! – murmelte der Priester.
– Es sind die größten Staatseinkünfte der Welt!
Herrlich hält vor aller Augen Venedigs Flotte, die Weltüberwinderin, überall auf der Erde sind unsere Kapitäne gefürchtet, unsere Gesandten berühmt, unsere Doktoren und Richter. Ach, könnte ich leben bleiben für den Frieden Venedigs! –
Erschöpft fiel Mocenigo in die Kissen zurück. Im Raum herrschte ein banges Schweigen, das der Priester wieder mit seinem Beten durchbrach.
Der Doge hatte die Augen geschlossen. Es ist, als ob das zarte Gefüge des Staates bersten müsse unter dem Reichtum, der auf ihm lastet. Und die Königin der Meere wird eine Perle nach der anderen aus ihrer Krone verlieren.
Draußen, weit draußen, am Rialto, pulsiert das Leben der Welt in

dieser kleinen Stadt, wird der Handel der Welt am Fuße einer Holzbrücke abgeschlossen, schwanken die schwerbeladenen Schiffe von Ost und West heran, spricht die Erde mit allen ihren Zungen – hier im Zimmer stirbt der Doge, gehen ganz langsam die Zeiger der Uhr eine Minute nach der anderen weiter, halten nicht still, draußen auf allen Meeren, an allen Küsten, weht die Fahne des heiligen Markus, drinnen im Zimmer sind sie alle auf die Knie gesunken und beten. Nur Foscaris Antlitz steht steil. Nur er betet nicht.
Und noch einmal richtet sich das Gesicht aus den Kissen in die Höhe, und eine Stimme, wie sie noch nie jemand vernommen, schreit auf:
– Wählt nicht Francesco Foscari! –

Das konstruktive Denken, die schöpferische Spekulation, hat eine Grenze: wo das Schicksal: Nein! sagt, wird der stärkste Verstand, wird Weisheit, Wille, Verzweiflung nicht ein: Ja! daraus machen.
Wer meint, dem Schicksal ausweichen zu können, wird nur rascher ins Verderben geraten.

XIV. FRANCESCO FOSCARI

1423–1457

Venedig hatte die lästigen kleinen Nachbarn auf seiner Festlandsgrenze beseitigt. Aber es hatte dagegen einen gefährlichen, großen Nachbarn eingetauscht, dessen Macht sich im gleichen Maße entwickelt hatte wie die Venedigs: Mailand.
Mailand dehnte sich über ganz Oberitalien aus bis zur venezianischen Grenze und strebte weiter zur Adria. Es hatte fast die ganze Romagna erobert und war im Begriff, die Republik einzukreisen.
Venedig mußte um seine Existenz kämpfen: im Westen.
Aber im Osten war die Türkengefahr herangekommen. Der junge Eroberer war da, der die Trümmer zusammenfassen sollte, die Enrico Dandolo

in Byzanz hinterlassen hatte. Wie konnte das Levantereich Venedigs seinem Ansturm auf die Dauer Widerstand leisten? Was vermochten die Schiffe Venedigs gegen die Türken, die auf dem Lande kämpften?
Die Welle der Renaissance, die vom Festland hinüberschäumte, warf auch in Venedig einen Gewaltmenschen nach oben: Francesco Foscari.
Seine Größe war, daß er die Notwendigkeiten der Stunde erkannte und Venedig im Festland verankerte. Die Größe der seit einem Jahrtausend politisch geschulten Aristokratie aber war es, dann den Motor abzustellen, dessen allzu starker Antrieb die Maschine des Staates hätte zerstören müssen.

Rollende Kugeln entscheiden über das Schicksal des Staates.
Wird Pietro Loredan Doge werden, der siegreiche Admiral, der leidenschaftliche Wortführer und Anhänger der Partei, die dem Meer treu bleiben will?
Oder wird Francesco Foscari Doge werden, vor dem der Sterbende gewarnt, Schöpfer und Verfechter der Terra-ferma-Politik, Zerstörer des Hauses Carrara?
Die Kugel rollt hin und her. Sie schwankt zwischen diesen beiden Männern, die beide gleich kühn, gleich bedeutend sind. Feinde, die sich hassen bis in den letzten Blutstropfen hinein, nicht aus persönlichen Gründen, sondern wegen dieses Staates, den sie beide lieben mit einem Ehrgeiz, aber auch einer Opferwilligkeit, wie sie in solchen Ausmaßen nur ganz Große haben.
Wer wird regieren in dieser Stadt, die zum Brechen gefüllt ist mit Gold und Reichtum, deren schwerbeladene Schiffe die Meere, deren Handelszüge das Land befahren?
Wer wird siegen in diesem Staat, der vom Festland Italiens bis hinein nach dem Orient reicht, mit Festungen bewehrt, von Soldaten und Schiffen verteidigt, strahlend in seiner Größe, gerecht in seiner Verwaltung, zielsicher, unbeirrbar, nicht abzudrängen von der Weltmachtstellung?
Haß funkelt auf mit dem Blitzstrahl der Lichter, der über die runden kleinen Rücken der Stimmkugeln fällt, Haß, Zwiespalt, ein messerscharfer Schnitt, der alle Geister scheidet:

mare? – terra?
Da ist Mailand, dessen Gebiet bis an Venedigs Grenzen geht, es will sich ausdehnen, will mehr Land haben und zu dem einen Hafen Genua, der ihm schon gehört, auch noch den zweiten haben: Venedig.
Da sind die Türken. Das, was sie erobert haben, grenzt im Osten an Venedigs Levantegebiet, ihre Piratenschiffe gefährden das Meer. Aber sind sie wirklich so gefährlich? Loredan, der Admiral, Kapitän des Golfes, höchster Seebeamter der Republik, sagt: ja, denkt: ja, weiß: ja. Während des Chioggiakrieges, damals, als Venedig alle Hände gebunden waren, hatten die Türken die Dardanellen mit der Stadt Gallipoli erobert und Euböa bedroht, den wichtigsten Flottenstützpunkt Venedigs in der Levante. Loredan hatte sie fast vernichtend geschlagen und nach Kleinasien zurückgedrängt. Er konnte nach Hause melden, daß der venezianische Handel wieder gesichert sei und daß man fürs erste Ruhe haben werde vor diesem Volk. Aber wie lange? Und wirklich eroberten die Türken schon im Folgejahr von Land her Valona, den venezianischen Hafenplatz in Albanien, bauten dort ein Arsenal und gefährdeten das Meer.
Das war wenige Jahre vor der Wahl gewesen, die heute alle Gemüter erregt. Loredan hofft noch immer, daß er siegen wird. Es packt ihn wie Besessenheit, er muß die Türken vernichten, er muß ihr Arsenal bei Valona vernichten. Auf dem Meere darf kein anderer Staat herrschen. Früher, so denkt er, hätte Venedig nicht geduldet, daß sich eine Seemacht an der Küste der Adria ansiedelt. Und heute? Sie sprechen wohl in der Ratsversammlung von der Pest der türkischen Flotte, die die Eingeweide des Staates zerwühlt, aber aller Blicke sind nach dem Westen gerichtet, dem Lande zu.

Die Kugeln neigten sich, mehrten sich, rollten weiter. Foscari ging als Sieger aus dem Wettkampf hervor. Er hatte es gewußt. Er stieg die Treppe zum Dogenpalast hinauf und blickte auf das jubelnde Volk. Seine Brust spannte sich weit. Venedig! dachte er, Venedig durch mich zur Höhe, zur Vollendung! Ramme die Pfosten fest in das Land, Foscari, denn im Osten schwankt der Bau!

Loredan saß in seinem Kontor. Er rechnete.
Die Geschäfte blühten. Die Türken hatten Venedig volle Handelsfreiheit in ihrem Lande gegeben. Pfeffer, Seide. Wie lange noch? dachte Loredan. Seine Hände schrieben Zahlen ins Kontobuch. Wir brauchen Geld für Befestigungen in der Levante, das Arsenal muß wieder arbeiten, Schiffe, Waffen, Munition!
Er darf den Osten nicht vergessen, im Osten drängen die Türken vor, Byzanz ist in Gefahr! Ramme die Pfosten fest in den Osten, Foscari, hüte dich, Foscari, im Osten liegt Venedigs Macht!

Foscari spielte in Wahrheit ein hohes Spiel mit dem höchsten Einsatz, der: Venedig hieß. Er wollte das Schicksal zwingen und hielt sich die Ohren zu, wenn es ihm zuraunte, daß es nicht zu zwingen sei. Der Krieg gegen Mailand verschlang Geld. Verschlang ungeheure Summen. Er mußte sein, sollte Venedig nicht gefressen werden vom mächtigen Nachbarn. Wird das Ziel aber auch wirklich die Summe aufwiegen? Venedig erobert Plätze auf der Terra ferma, hält in Schach, was sich auf dem Festland entwickeln will. Aber im Osten drängen die Türken nach, fragen als einzige nicht, glauben als einzige nicht an die von Gott gesandte Oberhoheit Venedigs über das Meer.
Loredan starrt nach dem Osten. —
Foscari starrt nach dem Westen.
Der Haß zwischen ihnen blüht. —
Stürzen sie hinab in die Kluft, die aufgetan ist zwischen Vergangenheit und Zukunft, Tradition und Revolution, Land und Meer, Erobern und Erhalten? Alle Gegensätze, die zwischen Menschen liegen können, liegen zwischen ihnen.
Loredan, Venezianer, Erhalter des Alten, Diener des Staates. Foscari, erster Renaissancemensch, vom Rausch der Persönlichkeit erfaßt, ehrgeizig nicht nur seines Staates, auch seiner selbst willen, Herrscher von denen der neuen Richtung, die nicht dienen, sondern befehlen, die nicht verhandeln, sondern kämpfen. Kluft der Zeiten, die sich auftut, und in ihr werden sie beide vergehen, Loredan und Foscari, und das, was sie gewollt, und das, woraus sie kommen,

Venedig, zartes Gefüge des Geistes in der mächtig sich dehnenden Welt.

– Ich kann Loredan keine Flotte mehr geben und kein Geld, und wenn die Dardanellen verlorengehen. Ich brauche das Geld und das Arsenal für den Kampf im Westen, Bruder! –

– Dann mache Frieden mit Mailand, mache schnell Frieden, Francesco! Danke ab, aber hilf Loredan! Er beschwert sich bitter, daß er gegen die Mailänder Schiffe kämpfen muß, statt gegen die Türken. Hörst du! Er kann die Dardanellen nicht halten, Bruder! Sind sie in Händen der Türken, ist der Orient für uns und unseren Handel verloren, und dann wird kein Geld mehr in die leere Staatskasse fließen! –

– Ich werde die Gehälter sperren lassen! –

– Das reicht eine Woche! –

– Ich werde mein Vermögen dem Staate geben! –

– Das reicht einen Monat! Und was dann, Francesco? –

– Ich werde abdanken! – schrie Foscari. – Ich werde abdanken, und dann macht den Visconti von Mailand zu euerm Kaiser! –

Aber der Senat nahm die Abdankungsbitte Foscaris nicht an. Der Krieg gegen Mailand ging weiter. Er dauerte nicht ein, nicht zehn Jahre. Er dauerte dreißig Jahre lang.

Loredan, der Admiral, mußte sehen, daß die Türken die Dardanellen eroberten und in Gallipoli ihr zweites Arsenal bauten. Er wußte in jenen fernen Gewässern, daß in Venedig schon lange keine Gehälter mehr gezahlt wurden, wußte, daß Foscari sein ganzes Vermögen dem Staate gegeben hatte, wußte, daß der Handel nach dem Westen stockte und das Festland Venedigs durch Söldnertruppen verwüstet wurde. Er wußte das alles. Und fuhr vorüber an den Häfen der Levante, sah, wie schlecht sie verteidigt waren, sah, wie der Handel nach dem Osten stockte, durch türkische Piraten und türkische Willkür gestört. Man hätte das türkische Arsenal vernichten müssen, man hätte es vernichten können. Man tat es nicht. Sondern man schickte mailändische Schiffe auf den Grund.

Die Türken eroberten Saloniki von den Venezianern.

Ganz Kleinasien wurde türkisch.

Es war Kälte, die bis an das Herz griff und Foscaris Leben umgab und erfüllte. Einmal, es begann wie ein Märchen, einmal, vor langer Zeit hatten Reichtum und Glanz auf dem Handel geruht, und das Gold hatte als glitzernder Strom Venedig eingehüllt. Heute aber jagten sich die Bankbrüche und die Liquidationen großer Handelshäuser, und der Hafen war mit Schiffen gefüllt, die nur darauf warteten, daß es einmal Waren gäbe, für die sich das Ausfahren lohne.

Francesco Foscari trug die Fischermütze auf den weißen Haaren und ging schweigend den Weg, den er gehen mußte, und den jeder gegangen wäre, der die Geschicke der Staaten so weit voraussehen konnte, wie er es tat. Venedig mußte Herr in der Terra ferma sein, mußte zum Großreich sich entwickeln, in jenem Jahrhundert der Großmächte, sollte es nicht bald schon von einem anderen erobert werden.

Aber daß der Dreißigjährige Krieg den Staat bis an den Abgrund führte, daß er das Lebenselement, den Handel, zerstörte: Foscari wußte, irgendwie hätte es anders sein müssen, und darum war es Schuld. Seine Schuld.

So wurde das Leben dieses großen Mannes ein einziger Monolog des Schmerzes und des inbrünstigen Wollens.

Er trug das Schicksal seines Staates so, wie eine Mutter ihr Kind, und gebar es täglich aufs neue, um es täglich aufs neue zu empfangen.

Wenn er die Lider, die jetzt oft müde auf den Augen lagen, hob, sah er das Leiden, sah er Entbehrungen und Opfer rings um sich. Daß er alles hingab, was er besaß, war ihm zu wenig.

Venedig brannte wie eine Fackel in ihm. Sie verzehrte ihn. Sie dörrte ihn aus. Was er zu opfern hatte, schien ihm nur wie die Asche, die das Feuer gelassen hatte.

Den Haß seines Volkes legte er wie einen Mantel schützend um die Glut. Denn das Feuer, das war es, das trug er ja für Venedig. Nur er. Sonst niemand.

Pietro Loredan, der Admiral, siegte. Er siegte großartig auf dem Meere. Jubelnd empfing ihn das Volk.

– Es lebe Loredan, der die Türken besiegt! –

– Es lebe Loredan, der Genua besiegt! –
– Es lebe Loredan, der Dalmatien zurückerobert! –
– Es lebe – es lebe – Foscari hörte die Rufe der Menge bis in sein Zimmer.
Er siegte nicht. Er arbeitete für einen Wahnsinn. Aber der Wahnsinn wird Venedig retten. Da springt er auf und will zu dem Volk sprechen, das da unten irgendwo ist. Sein genial hingemeißelter Schädel erscheint am Fenster. Er ist kalkig weiß. Der Wind weht die roten Vorhänge wie Ströme von Blut. Niemand sieht ihn.
Foscari schämt sich seiner Lust, sich eins zu machen mit denen da unten, den Siegern. Er setzt sich wieder hin. Und arbeitet.
Alt. Müde. Und sehr einsam.
Nachts liegt er wach und hört das ferne Rauschen des Meeres wie ein Lied, das nimmer beginnt und aufhört. Man hätte ihm nicht untreu werden sollen! klagte die Stadt, die aus dem Schaum des Meeres geboren worden war. – Ich kann nicht mehr! – sagte Foscari zu dem Lied der Stadt Venedig.
Das Meer rauschte weiter. Es antwortete nicht.
Foscari reichte seine Abdankung ein, und wieder wurde sie abgelehnt.
Ihn fror. Und enger nur und enger preßte er den Haß des ganzen Volkes wie einen Mantel um sich.
So schritt er, die brennende Kerze mit beiden Händen haltend, vor dem Sarg, der seinen größten Widersacher, Pietro Loredan, den Admiral und Abgott seiner Flotte, zu Grabe trug.
Ein Wind kam auf und löschte die Kerze.
Francesco Foscari ging mit der erloschenen Kerze vor dem Sarg.
Da riß der scharfe Schnitt eines geschleuderten Dolches die Kulisse des Lebens in zwei Teile. Dazwischen lag er, der Doge, blutüberströmt am Fuße einer Treppe, die sich sanft über ihn neigte. Er klammerte sich an die Stufe an. Der Stein war kühl. Ganz in der Ferne sang ein Gondoliere sein Lied.
Jacopo, der letzte Sohn, den die Pest ihm gelassen, beugte sich über ihn.
– Hörst du das Lied? –

– Ja –, sagte Francesco, – ich höre es –. Er richtete sich auf und sah die vertrauten Möbel seines Zimmers.
– So ist das Ende noch nicht da? – fragte er.
Ihm schien, als schwanke der Kopf seines Sohnes wie eine Pappel hin und her.
– Das Ende, Jacopo – sagte er, und dann: – Es ist uns aufgetragen, am Werke zu arbeiten, aber es ist uns nicht gegeben, es zu vollenden. –
Der Sohn stand wie eine Silhouette vor der Stadt. Vor seiner Stadt. Vor Venedig, der mörderischen Stadt. Er saugte sich an an dieses Bild, er saugte das Bild in sich.
– Jetzt ist das Leben wieder da, Jacopo, das doch entschwinden sollte. Ein Leben, Jacopo, das keinen Anfang hat und kein Ende. Ein Leben, Jacopo, das uferlos schwebt. Wie lange noch, Herr Gott, wie lange? –
Jacopo beugte sich über ihn und sagte sehr leise: – Du mußt den Anker suchen, Vater. –
Unten, auf dem Kanal, zog der Gondoliere vorüber. Und in der Ferne verklang das Lied.

Der Krieg gegen Mailand ging weiter. Die Luft in Venedig war noch drückender seit dem Attentat auf Foscari.
Wer hatte den Dolch geschleudert?
Der Haß zwischen den beiden Familien, der ursprünglich ein gesunder politischer Gegensatz war, der die beiden Häupter zu großartiger Willensanstrengung peitschte, verflachte zur Intrige.
Jacopo Loredan, der Neffe, versuchte vergeblich, die Schuld Foscaris am Tode des Onkels festzustellen.
Das Gerücht sprach den Dogen schuldig. Foscari wußte es. Ein Stein mehr zu dem Grab, das die Stadt ihm baut. Er ging mit schweren Schritten seinen Weg weiter. Und daß er den Kopf höher trug als je, war nicht Hochmut, sondern Angst, im Pesthauch des Hasses zu ersticken.
Aber er hatte ja noch den Sohn. Er liebte ihn sehr. Ihn und Venedig.

Jacopo Loredan saß in seinem Kontor und schrieb in sein Hauptbuch:
Es schuldet mir Francesco Foscari für den Tod meines Onkels; er brach ab. Was schuldet Foscari? Alles.
Ja, alles schuldet dieser Mann, der dreißig Jahre Venedig geführt in seinem schwersten Jahrhundert. Alles schuldet Francesco Foscari, weil er Gift gereicht haben soll, um einen Gegner zu beseitigen, während die Klarheit und Klugheit seines Kopfes Venedig vorm Untergang schützt.
Der Sohn Foscaris mußte fliehen. Jacopo Loredan hatte ihn angeklagt, Geschenke angenommen zu haben, Bücher und Handschriften.
Der Rat der Zehn verzieh dem jungen Foscari, er durfte zurückkehren. Philippo Donato, das Haupt der Zehn, Freund Loredans, teilte es ihm mit, ging dann nach Hause und wurde erdolcht.
Gestalten huschten fort, weit flogen schwarze Mäntel, auch Jacopo Foscaris Diener huschte davon.
Der Sohn des Dogen mußte sich verteidigen. Er mußte sprechen, aber seine Lippen, die beredt von den Schönheiten dieser Erde erzählen konnten, verwirrten sich im Geflecht spitzfindiger Anschuldigungen. Er leugnete die Tat. Auch auf der Folter leugnete er. Aber er mußte in die Verbannung.
Francesco Foscari unterschrieb selbst das Urteil, das seinen Sohn nach Kreta verbannte.
Er saß auf seinem Sessel im Zimmer des Großen Rates. Vor ihm kniete der Sekretär und reichte ihm die Urkunde zur Unterschrift. Foscari fühlte, während er schrieb, die neugierigen Augen aller auf sich gerichtet. Dann reichte er dem Sohn die Hand. Er tat es ruhig und mit einer großen Geste, als Doge, und nicht als Vater.
So schieden sie. Das Leben war öde seither. Es war, als hätte Venedig ihn verlassen, seit der Sohn ihn verließ.
Ein Straßenräuber bekannte auf dem Sterbebett, Donato ermordet zu haben. Aber Jacopo blieb verbannt. Der Vater war machtlos.
Loredan hatte geschrieben: es schuldet mir Francesco Foscari.
Kontobuch des Lebens, auf der einen Seite die Schuld, auf der ande-

ren weißes Papier. Dazwischen Sterben, Tod, Haß, Vernichtung. Dazwischen lag Venedig. Aber es ging ja nicht mehr um Venedig. Das Herz des Achtzigjährigen war mit Trauer gefüllt.

Konstantinopel fiel den Türken in die Hände. Mohammed II. öffnete Enrico Dandolos Grab und streute die Asche in alle Winde. Der Wind trug sie weiter. Überall, wohin sie fiel, kamen die Türken nach.

Jacopo Foscari schrieb Mohammed, ein Stückchen der Asche sei auch nach Kreta gefallen. Er solle kommen und die Insel den Venezianern abjagen. Er schrieb an Francesco Sforza, den Feind seines Landes. Aber er sandte die Briefe nicht ab. Er schrieb sie, damit sie gefunden würden von denen, die ihn bewachten. Denn dann, das wußte er, würde er zur Vernehmung nach Venedig geführt und sähe sie wieder: Venedig und den Vater.

Gefühle treten ins Leben, die früher nicht da waren. Das Leben ist weniger hart, dafür böser geworden.

Jacopo wird abgeholt. Loredan, der Neffe des Admirals, ist Haupt der Zehn. Er spricht für den Tod.

Jacopo, aufgewühlt vom Wiedersehen mit dieser Stadt, sieht er sie auch nur durch die Stäbe seines Kerkers wieder, erklärt, beschwört die harmlose Absicht. Vergebens. Folter im dunklen Keller, die Hände sind aufgerissen, wund. Die Füße gebrochen. Folter, Schmerzen, Schreie, die wild durch die Gewölbe hallen, aber er bleibt bei seiner Aussage.

Warum glaubt ihm niemand? Es ist alles sehr dunkel.

– Vater! – schreit er auf. Er sieht ihn wieder, der zu ihm tritt und ihm die Hände streichelt, die rot vom Blute sind.

– Vater! Hilf mir doch! Du bist doch der Doge! Hilf mir! –

Er stammelt wie ein Kind. Er ist wie ein Kind. Der letzte Sohn, der Francesco geblieben, wund, zerrissen, gemartert geblieben.

– Ich kann nicht –, sagt der Vater. – Wir gehen zugrunde, du und ich. Aber wir müssen gehorsam sein diesem Staat. –

– Warum? –

– Weil wir ihn lieben, Jacopo, und weil er so liegt wie du, mit zerrissenen Händen und wund. Weil er uns braucht, Jacopo, unsere zerrissenen Hände, unseren Gehorsam, mein Sohn! –

Jacopo neigte den Kopf und schwieg.

Foscari wußte nicht mehr, wie er nach Hause gekommen war, nach jener Stunde. Er wird den Sohn nie wiedersehen.

Es schuldet Francesco Foscari!

Vor dem Bild der Mutter, die ihren gekreuzigten Knaben auf den Armen trägt, sank er nieder. Nichts war um ihn als das große Erbarmen der Frau, die gelitten hat wie er.

– O grande Pietà! – schrie er auf, und dem Manne, der kühn sein Angesicht dem Chor der Feinde gereicht hatte, schwanden die Kräfte.

Er ging von jenem Tage an nicht mehr zu den Beratungen des Staates. Er saß seit jenem Tage teilnahmslos und hoffnungslos und starrte dem Tod ins Gesicht.

Jacopo Foscari erlag im Kerker seinen Wunden. Jacopo Loredan lächelte. Gut, dachte er. Weiter, dachte er.

Er drang mit seinem Antrage durch, Foscari zur Abdankung zu zwingen, denn ein Doge, der zu Hause dumpf brütend säße, statt zu regieren, sei für den Staat Verderb. Er selbst würde ihm die Abdankungsurkunde bringen.

Foscari schüttelte den Kopf, als er Loredans Befehl gehört hatte.

– Nein –, sagte er. – Ich denke nicht daran. –

Wieder Beratungen im Senat, von denen der Doge nichts weiß. Wieder die Bitte, die einem Befehle gleicht, abzudanken. Foscari weigerte sich wieder. Er habe zweimal abdanken wollen, zweimal habe man ihn zum Bleiben gezwungen. Jetzt bleibe er.

Da traf ihn der Befehl, innerhalb drei Tagen den Dogenpalast zu räumen, sonst würde er verhaftet. Da wehrte er sich nicht mehr.

Francesco Foscari verließ noch am gleichen Tage den Palast, den er dreißig Jahre bewohnt hatte. Er stützte sich schwer auf seinen Stock. Niemand war bei ihm als Marco, sein Bruder.

– Laß uns die Nebentreppe hinabsteigen. Unten wartet das Volk! –

– Nein! – sagte Foscari, und zum erstenmal in diesem Jahr überzog ein schattenhaftes Lächeln das alte Gesicht: – Auf den Stufen, auf denen ich zum Dogate emporstieg, will ich auch wieder hinabsteigen. –

Durch die Menge ging es wie fühlbare Erregung. Aber niemand sprach ein Wort. Bei Todesstrafe war verboten, Mitleid oder Sympathie laut werden zu lassen.

Foscari sah das Schweigen. Über den Lagunen ging die Sonne unter. Kälte kam mit dem Abend.

– Marco –, fragte er, – wird einmal wieder die Sonne scheinen? – Marco schwieg. Ihm schien, als wachse das Gesicht seines Bruders mit dem abendlichen Venedig zusammen.

– Nicht mir –, sagte Francesco. – Ich frage nur, wird sie Venedig scheinen? – Und als Marco immer noch schwieg, sagte er ungeduldig: – Venedig ist groß. Aber ist es noch stolz? Venedig ist klug. Aber ist es noch weise? Venedig ist unbarmherzig. Aber weiß es noch wozu? Antworte! –

– Komm, mein Bruder! Du gehst die Stufen hinunter und verschwindest in der Menge. Die Menge und du, ihr werdet nicht bleiben. Wohl aber die Treppe, darauf du stehst.

Das Reich, das du gegründet hast, geht unter, Francesco, und die Erinnerung geht unter an dich.

Aber die Schönheit, mein Bruder, die um dich herum erblüht, die bleibt. Einmal wird niemand mehr wissen, wie sie gekommen ist. Verstummt wie das Schreien deines Sohnes verhallen alle Schreie des Werdens und Vergehens. Und nur das bleibt, worum geschrien wurde: Venedig bleibt, mein Bruder! –

Heiter grüßte Francesco Foscari die Menge. Sie machte ihm Platz, als er in seine Gondel stieg. Sein Palast nahm ihn auf. Er fühlte den Tod nahen und grüßte ihn als den vertrautesten Freund.

Der Tod hatte kühle Hände. Francesco faßte ihn an. Er umklammerte ihn. Er begehrte ihn. Der Tod wehrte sich nicht. Er nahm Francesco Foscari in seine Arme, als die Markuskirche mit ihrem Läuten den Nachfolger grüßte.

Lächelnd und siegend ging er ein in die große Vollendung, in der sein Sohn schon war und Venedig.

Jacopo Loredan schrieb in sein Hauptbuch an jenem Tage in das Konto des Francesco Foscari:

. . . hat bezahlt.

Während in Venedig die Schicksale sich entschieden, wurde auf der Terra ferma immer weiter gekämpft. Niemand wußte mehr vom Anfang, und niemand konnte das Ende sehen.
Der Krieg war allen zur Gewohnheit, er war zum bleibenden Zustand geworden.
Und das Schicksal, das Foscari angebahnt hatte, konnte durch seinen Tod sich nicht ändern und wird sich weiter vollziehen, für die Stadt und für den Staat.

XV. CONDOTTIERI

1432–1452

Die Renaissance hatte in Italien das Individuum aus den Bindungen des Mittelalters gelöst. Als Reaktion hatte sich eine Vergötterung der überragenden Einzelperson eingestellt, der alle Bindungen zum Opfer fielen.
Großartige Gewaltmenschen hatten Städte und Gebiete an sich gerissen und machten die Herrschaft zu ihrem privaten Eigentum. Die Bürger wandten sich von der Politik ab, die nur noch die Tyrannen anging. Die ehemals kriegerischen Mailänder wurden ebenso schlechte Soldaten wie die venezianischen Seefahrer. Auch das Kriegführen wurde zum Monopol großer Individuen. Auch ihre Triebfeder war der Wunsch nach Entwicklung der eigenen Persönlichkeit; Ehrgeiz, Ruhmsucht, Machtgier und Streben nach Reichtum.
So wurde die Seemacht Venedig plötzlich zur Militärmacht auf dem Festland, weil sie, die reichste Stadt, die besten Feldherrn und Truppen bezahlen konnte.
Auch das hatte Francesco Foscari erkannt und ausnützen wollen, als er den Krieg gegen Mailand begann und führte.

Es ist der Traum kleiner zerlumpter Hirtenjungen, die irgendwo mit den Stecken, mit denen sie das Vieh antreiben, Linien in den dunklen Himmel zeichnen, Länder, Reiche.
Der Traum von einer Zukunft, die irgendwo schwebend liegt, zwischen Himmel und Erde. Der Weg, der hinführt, ist die Straße

des Abenteurers, man kämpft sich mit dem Schwert weiter, kennt keine Müdigkeit, kein Mitleid. Aber man ist großartig in der Unerbittlichkeit des Schicksals, das man im Herzen trägt.
Es ist die Einsamkeit langer Tage, die man verträumt. Es ist das gleichmäßige Gleiten der Gestirne, es ist der Pulsschlag der Erde, auf der man liegt.
Die Erde ist eine große runde Kugel, sie birgt so viel Geheimnisvolles, das man neugierig zu ertasten sucht, Wünsche und Träume kleiner Knaben, die zum Großen treiben, Gedanke werden oder Tat.

Die Persönlichkeit erwacht. Es ist ein Rausch. Immer sind es wenige, die ihn spüren, aber sie unterliegen ihm. Sie werden groß.
Gott trägt auf seinem Schoß das Buch des Lebens aufgeschlagen, und er nennt seine Lieblinge, die die Zeilen des Buches füllen.
In jenen Jahrhunderten, da seine Sonne strahlender als je zuvor über Italien stand, lagen auch die Schatten tiefer als je zuvor über dem Land.
Licht und Dunkel, jäh nebeneinander gestellt, teilt sich als Licht und Dunkel den Menschen mit.
Über Italien stand damals der Tag, stand die Gegenwart. Sie preßte die Menschen in ihren Bann. Sie waren erfüllt mit Leben.
Und sie gehorchten ihm.
Es war Gehorsam gegen das Leben, das die Knaben den Hirtenstecken fortwerfen ließ und die Axt an den Stamm der Bäume lehnen. Es war das Leben, das sie hinaustrieb in die große Einsamkeit des Abenteurers, um Männer zu werden in langen, unblutigen Kriegen. Bei dem Staat, bei der Stadt, die gut bezahlte, nahmen sie eine Condotta an, um sie sofort wieder zu verlassen, wenn eine andere Stadt, ein anderer Staat mehr bezahlte. Wilde und wüste Gesellen, großartige Kerle, voller Ehrgeiz, ohne Schamgefühl, stritten sie, kämpften sie, für Geld und für sich selbst.
Ihre Ahnherren waren Deutsche gewesen, die in der Zeit, als die Kaiser Italien zu erobern suchten, mit ihren Kaisern gekommen waren, denen den Traum des Reiches zur Wirklichkeit zu machen.

Die Kaiser verschwanden. Die Reste ihrer Heere aber blieben, eine Plage für Stadt und Land.
Man mußte mit ihnen rechnen, denn loswerden konnte man sie nicht mehr. Der Tod lichtete ihre Reihen. Italiener füllten die Lükken, jene, die als arme Hirtenbuben anfingen und als die wichtigsten und umworbensten Männer endeten, im Reichtum, im Kerker, im Tode letzten Endes, aber nie vergessen. Gestalten wie aus der Sage, teuflisch und heilig zugleich, in einer teuflisch heiligen Zeit.
Sie lagen in den Schlössern und plünderten das Land. Immer war Krieg.
Die Bürger kämpften nicht. Sie gingen die Kriege nichts an, die ihre Fürsten führten. Vor den Toren der Städte schlugen sich die Condottieri. In den Mauern der Stadt blühte die Renaissance auf.
Schnell sind Kriege vergessen und die Eroberungen und auch das Blut, das sie gekostet. Die Kirchen und Paläste, die Bilder und Plastiken sind dauerhafter, und wichtiger.
Kunst und Kriege vertragen sich nicht. Immer muß eines zurückstehen, außer in jenem Jahrhundert, da Fremde Kriege führten.
Den Condottieri verdankt Italien das, was Italien ist.
Mit irgendwelchen Gefühlen haben Kriege nie zu tun, auch jene nicht, welche die Condottieri führten; auch sie waren eine reine Geldangelegenheit; nur, man gab es zu.
Venedig war der reichste Staat und konnte sich darum die besten Heerführer kaufen. Der Mailänder Herzog war der verschuldetste Herrscher, und er hätte nie einen guten General bekommen, wenn er nicht die andere der beiden Habgierden hätte pflegen können, die in jedem Condottiere schlummerten: selbst einmal Herrscher zu werden. Warum auch nicht? Auf Tradition konnte keiner der Herrscher Italiens sich stützen. Filippo Maria Visconti, der mit weiblicher Verwandtschaft überreich gesegnet war, hatte keinen Sohn. Das war die Chance! Die nützte er, indem er fast alle Bandenführer seinem Hause verlobte oder verheiratete und sie so an sich band. Alle fielen darauf herein. Geld, dachten sie, wird man im Kriege genügend erplündern können. Das andere aber ist dauerhafter.

Das waren Kriege! Manövrierkunst, dem Gegner die besten Condottieri abspenstig zu machen! Venedig war wie ein Bär, der am Strick angebunden zu einer Flöte tanzt. Die Flöte spielte der Mailänder Herzog. Venedig tanzte schwerfällig und ungeschickt, auf einem Element, das nicht Wasser war. Man konnte wohl, und tat es auch, den Bandenführern versprechen, wenn Mailand erobert sei, so solle er, der jeweils für sie kämpfte, dort Herrscher werden. Aber Herrscher von Venedigs und nicht von eigenen Gnaden, dann doch bei Gelegenheit vom Gift beseitigt, das behagte ihnen nicht. Und so fanden sich alle Bandenführer von Ruf in Mailand, obgleich der Visconti sie sehr schlecht behandelte.
Aber von differenzierten Gefühlen waren die Bandenführer nicht erfüllt. Sie waren Sportsleute, die ersten Künstler des Krieges, sie waren Bankiers auf einer anderen Ebene als der der Börse. Wer für den Kaufmannsberuf zu wild und zu ehrgeizig für den Politiker war, der wurde Soldat, arbeitete sich hoch, bis er Führer war. Ihn nahm der Fürst in Dienst, und er holte sich seine Leute, die lediglich zu ihm kamen und zu ihm hielten und denen der Herrscher, dem sie dienten, völlig gleichgültig war. Sie schwuren auf die Fahne des Führers und nicht auf die des Staates. Das alles hatte seine Richtigkeit. Und ängstlich hütete der Bandenführer das Leben seiner Soldaten und ließ lieber seinen Kriegsherrn zugrunde gehen, denn die Soldaten waren sein Kapital, mit dem er arbeitete und das er nie aufs Spiel setzte. Darum waren die Kriege ungeheuer lang und vollkommen unblutig.
So ziehen sie in diesem Mailänder Kriege alle vorbei, diese Männer, und man trifft sie in Mailand und in Venedig, geliebt, gehaßt, gemordet und geehrt, und die Reihe eröffnet Carmagnola, der schweinehütende Bub, der die Treber ißt mit seines Vaters Vieh, verlorener Sohn, der aber niemals reumütig zurückkehrt, sondern auch noch das Pferd dazu stiehlt, mit dem er endgültig den heimatlichen Kotten verläßt.
Soldat wie alle anderen, läßt er sich vom Ehrgeiz treiben, den er in den Sternen verwurzelt glaubt. So reitet er, im fanatischen Glauben an den Sieg, über das einsame Schlachtfeld, in dem die

Gegner sich fein säuberlich getrennt zu halten wissen, irgendeinem Feinde nach, um ihn zu töten.
Dem Mailänder Herzog, der dieses Spiel mit ansieht, gefällt der Knabe, und er nimmt ihn in seinen Dienst. Alte Taktik zunächst: als er die Tüchtigkeit an sich binden will, verheiratet er ihn mit irgendeiner natürlichen Nichte oder Schwester. So ist der Dreißigjährige wichtigster Mann am Hofe geworden, er hat Genua erobert und verwaltet dort, als kluger Kommandeur, die ewig rebellische Stadt.
Aber dann bläst der Wind plötzlich aus einer anderen Richtung, und er bläst die Sonne fort und auch die Sterne des Glücks. Carmagnola fällt in Ungnade. Höflinge sorgen dafür, daß das Mißtrauen gegen den gefährlich tüchtigen Feldhern nicht mehr einschläft.
Carmagnola weiß das. Doch er weiß nicht, wie er sich wehren soll, denn das Parkett des Hofes ist glatter als die Schneide des Schwertes; aber zu sprechen hat ein Condottiere nicht gelernt. Carmagnola läßt sich entgehen, was er mühsam errungen: den Oberbefehl über die mailändischen Truppen.
Fürchtete der Herzog einen Staatsstreich? Wankte der Thron, auf dem er saß? Carmagnola soll seine dreihundert Soldaten, seine genuesische Leibwache entlassen. Aber ohne diese Gefährten langer Kriege ist er nichts als ein geadelter Schweinehüter, er weiß, kein Hund würde ein Stück Brot mehr von ihm nehmen, wenn er das täte. Er reitet zum Hofe und verlangt den Herzog zu sprechen, aber für ihn, der seine Macht erst eigentlich geschaffen, ist er nicht mehr zu sprechen, er muß vor dem Schloß warten wie ein Bettler. Bewegt sich hinter den Gardinen das Gesicht des Herzogs? Wird er ihn hören, wenn er schreit, als läge die Weite einer Ebene vor ihm?
Carmagnola, er sitzt auf seinem Pferd und hat die beiden Hände vor den Mund gepreßt wie einen Trichter, erhebt seine Stimme und schwört Rache und immer wieder Rache, und es klingt schauerlich in den dumpfen Wänden aus Stein.
– Rache! Rache! – Noch hat Venedig nicht das Bündnisangebot von Florenz angenommen, noch ist kein Krieg! Aber: – ein Krieg wird

kommen, Fürst, und ich werde ihn führen gegen Sie! – Bewegt sich eine Hand am Fenster oder ist es nur ein Schatten? Carmagnola wendet sein Pferd und reitet fort, und draußen warten die dreihundert Soldaten, und mit ihnen reitet er weiter, reitet der Haß und der Wille zur Rache, reitet der tüchtigste Feldherr des Herzogs ein in die feindliche Stadt Venedig.
Und auf seinen Rat hin begann Venedig den Krieg gegen Mailand. Man sagt, daß Carmagnola kühn war. Er eroberte Brescia für Venedig, denn er hatte dort viele Anhänger. Es war keine Schlacht geschlagen worden. Warum auch? Es ging auch so:
Carmagnola verschanzte sich zwischen Sümpfen. Die Straße ließ er unbesetzt. Schadenfroh, die Gegner in eine Sackgasse getrieben zu haben, sprengten die Mailänder heran. Als sie nahe herangekommen waren, empfing sie ein Hagel von Speerwürfen. Sie flohen. Unordnung entstand durch die Nachdrängenden. Die Straße war sehr schmal, und viele kamen von ihr ab. Der Morast nahm sie auf.
– Furchtbar war das Blutbad – berichtet ein Chronist –, und nur die Nacht rettete die Mailänder vor völliger Vernichtung. – Von Carmagnolas Leuten fehlte einer. Er hatte die Unvorsichtigkeit begangen, vom Pferde zu fallen, und brach sich das Genick.
Dann belagerte Carmagnola Cremona. Ein breiter Graben trennte seine Leute von den Gegnern. Niemand wagte den Angriff. Endlich dann die Mailänder, als der Herzog selbst auf dem Kampfplatz erschien. Aber der Sommer war sehr heiß und hatte die Erde zu Staub verwandelt. Die Hufe der Pferde wirbelten ihn. Es war wie Nebel, der vor den Augen lag und die Augen schmerzhaft reizte.
Der andere, gegen den man vom Leder ziehen und den man töten sollte, verschwamm in Tränen. Man erkannte ihn nicht. So wurde zum Rückzug geblasen. Viele ritten in das fremde Lager, denn sie meinten, dort zu Hause zu sein. Auch Carmagnola fand sich, als der Staub sich wieder zu Erde verwandelt hatte, bei den Gegnern. Aber die Schlacht war ja nun zu Ende. Man lachte, schüttelte sich die Hände und trennte sich. Gefangene wurden als Freunde behandelt. Gegnerschaft war Zufall. Freundschaft war gegeben. Man kannte sich von früheren Kriegen, in denen man Schulter an Schulter gekämpft.

Und man wird in ferneren Schlachten wieder Schulter an Schulter kämpfen. Schonst du den anderen, so wirst du auch geschont, lautete die Spielregel. Gefangene wurden gleich wieder entlassen. Nur das Erplünderte verkaufte man den fahrenden Händlern, die, einem Insektenschwarm gleich, jedes Heer begleiteten. Der Feind kaufte es zurück; meist noch am gleichen Tag. Und so standen sich die gleichen Heere wie gestern, ausgerüstet wie gestern, gegenüber, und vermieden wie gestern die Schlacht.
Also mit einer Erstürmung war es nichts. Cremona fiel lediglich durch List.
So werden Kriege lang und kosten sehr viel Geld, und nicht einmal Humor vermag darüber wegzutrösten, daß die Erfolge gering sind. So auch bei Carmagnola, dem Verwandten des Herzogs, der zögernd nur zugriff und die besten Bissen dem Herzog überließ, statt Venedig.
Venedig wartete und warnte. Aber Carmagnola siegte nicht mehr. Er wollte nicht mehr siegen.
Venedig sagte: – Verrat. – Carmagnola sagte: – Verrat ist eine Sache der Überzeugung, und ein Condottiere hat keine. –
Auf Venedig aber lastete dieser Krieg wie ein Alp, der in der Nacht das Herz zusammenpreßt. Krankheit und Not kam mit dem Mailänder Krieg immer und immer wieder in die Stadt.
Venedig waren auf dem Lande die Hände gebunden. Es hatte Matrosen und Kapitäne, aber keine Soldaten und Feldherrn.
Hei, wie der Mailänder Herzog auf seiner Flöte spielte, und Venedig mußte tanzen! Aber es wollte nicht tanzen, es wollte Siege haben für sein sauberes Geld!
Kann man die Condottieri nicht zum Siege zwingen, wird man sie zum Tode zwingen!
Venedig empfing fürstlich Carmagnola, damit er nicht Mißtrauen schöpfe, Carmagnola zog ein in den Kerker und dann, zwischen den Säulen der Piazzetta wurde er enthauptet, in der Nacht.
Die Witwe bekam eine große Rente zugesichert, die sie aber nie sah, denn sie entfloh mit dem Leichnam des Gatten nach Mailand, zum Herzog, dem Herrscher, dessen Verbrechen so gigantisch waren, daß

sie Bewunderung einflößten, und der keine Hemmungen kannte. In nichts.

Der Krieg ist nicht eine Unterbrechung des Friedens, sondern der Friede unterbricht den Krieg. So ist es immer, und so ist es auch hier. Was tat der Mailänder Herzog, der seine Truppen nicht entlassen wollte, da er sie bald wieder brauchen würde, der aber auch keine Lust hatte, sie zu bezahlen im kurzen Frieden?

Er schickte seinen Feldherrn Francesco Sforza aus, den Kirchenstaat zu erobern. Die Gelegenheit war günstig. Denn der Papst war auf dem Konzil zu Basel. Sforza eroberte schnell. Seine Fahne wehte über den Städten. Filippo Maria lachte. Aber er lachte zu früh. Sforza dachte nicht daran, seine Eroberungen herzugeben. Aus seinem Hauptquartier erließ er Befehle: – Aus unserem Schlosse Ferme. Peter und Paul zum Trotz. Es ist hier weder von einem Herzog noch von Mailand die Rede. Ich habe euch besiegt und für mich erobert. – Florenz und Venedig vermittelten für den Papst. Sforza schloß Frieden und trat mit seinen Truppen in die Dienste des Papstes über, aber er war nicht gewillt, dort zu bleiben.

Diente er nicht früher dem Herzog? Und fehlte dem Herzog nicht der Thronfolger? Und war er nicht, wie Carmagnola, dem Hause Visconti verwandt durch seine Verlobung mit des Herzogs einziger Tochter, die zu heiraten er keine Mühe scheute? Sforza warb um sie in biblischen Jahreszahlen, nicht aus Liebe, sondern weil der Herzog keinen Sohn hatte.

Aber er ging einen anderen Weg als Jakob damals ging. Er diente nicht dem Vater, sondern versetzte ihn, ganz im Gegenteil, in ständige Furcht vor sich und seinem Heere. Wirkliche Angst hatte der Mailänder nur vor seinem Gegner: Venedig. Also trat Sforza in venezianische Dienste.

Sforzas Fahnenwechsel nahm niemand übel. Es war nichts Außergewöhnliches und bei Sforza überhaupt die Regel. In Venedig atmete man auf. Der Krieg verschlang Unsummen Geld. Mit Sforza würde man siegen! Und glänzender war noch nie ein Empfang als jener, den man dem General gewährte.

Weiter ging der Krieg. Unblutig. Zögernd. Bedächtig.

Wieder einmal ging es um Brescia, das der Mailänder gerade zurückerobert hatte.
Colleoni, der damals noch einfacher Soldat unter Francesco Sforza war, dachte es sich aus, und also geschah es: ein Teil der venezianischen Flotte wurde die Etsch aufwärts geschleppt und dann mit zweitausend Ochsen über die Berge zum Gardasee gebracht. Das Experiment glückte, aber es ließ sich nicht verhindern, daß sich die Mailänder am Gardasee festsetzten. Denn der Mailänder General Piccinino eroberte die Schiffe.
Francesco Sforza mußte nun, um Brescia zu helfen, den Gardasee im Norden umgehen. Dort aber waren Natur und Mensch feindlich in ihrem Element. Schroff fielen die Felsen herab, durch reißende Ströme getrennt.
Francesco Sforza faßte sein Pferd am Zügel und zwang es, den Weg zu gehen, und er zwang seine ganze Reiterei, und sie kletterten auf dem nassen Feld, vom Schwindel gepackt, und trotzten den Gefahren, und kämpften sich weiter am Tage bei glühender Sonne, in der Nacht bei schneidendem Wind. Und sie kamen an, im engen Paß von Tana, und also geschah es, daß Piccinino rief, wie im Märchen vom Wettlauf zwischen Hase und Igel der Igel gerufen hatte: – Ich bin schon da! – denn er hatte den See im Süden umgangen, wo alles milde ist und freundlich in seinem Element.
Im engen Paß von Tana kam es zur Schlacht, was alle Geschichtsschreiber wunderte. Es kam auch nur durch Zufall zur Schlacht, da das Tal so eng war, daß nichts anderes übrigblieb, als es zur Schlacht kommen zu lassen.
Die Venezianer siegten. Nicht durch Tapferkeit, sondern durch die Brescianer, die im Rücken der Mailänder erschienen und schwere Felsblöcke auf sie hinunterrollten.
Das Mailänder Heer floh. Piccinino, der General, – er war so klein und so verwachsen, daß er nicht allein sein Pferd besteigen konnte, aber in seinem kahlen Schädel steckte Verstand und in den Augen Mut, – der General vertraute seinen Körper einem Pferdeknecht an, der ihn in einen Sack steckte und über den Rücken warf. So ging er, eine Glocke schwingend, durch das feindliche Lager.

– Lumpen! Wer verkauft Lumpen? Eine Zechine für einen großen Lumpen! – und bückte sich und sammelte, was er fand auf dem Feld, steckte es in seinen Sack, ging immer weiter, sammelte, schwang die Glocke und rief.
– Idiot! – sagten die Venezianer.
So kam der General, gebettet in Lumpen, auf dem Rücken seines Pferdeknechts nach Riva. Er kletterte aus dem Sack, ließ sich aufs Pferd setzen, sammelte sein versprengtes Heer und nahm den Venezianern das schlecht befestigte Verona fort.

In Venedig stürzten die Kurse an der Börse,
die Banken brachen zusammen.
Die Pest drang über die Lagunen,
der Hunger drohte zu kommen.
Krieg – ein Menschenalter hindurch Krieg!

Filippo Maria Visconti starb. Um das Recht, sein Nachfolger zu werden, bewarb sich unter vielen anderen auch sein Schwiegersohn und Feind: Francesco Sforza. In dem Hin und Her der politischen Intrigen wurde der Herzog zu Grabe getragen. Würdig und feierlich bewegte sich ein schier unübersehbar langer Zug unter dem Läuten der Glocken durch die Stadt. Träger im dunklen Gewand trugen des Herzogs Sarg.
– Was nun – was weiter – was wird jetzt geschehen – wer wird unser Herr sein – Venedig – Neapel – der Papst –Sforza – was meint ihr?
– Herrgott, geht das langsam – sind schon neue Nachrichten da? – Ich will mal sehen!
Jeder will sehen, will hören, das Trauergefolge wird immer kleiner – geht doch schneller mit der verdammten Leiche! – Die Glocken klingen immer schneller, immer schneller, ihr Ton überhastet sich, flieht vor dem anderen, sie jagen sich, sie überschneiden sich, sie brechen ab. Die Seile der Glockenstränge bammeln, die Küster laufen auf die Straße. – Soll wirklich Sforza der Herr werden, Sforza der Verräter? –
Immer mehr Menschen biegen in die Seitenstraßen ab. Nur der

Priester merkt noch nichts, der betend hinter dem Sarge geht. Warum antwortet die Gemeinde nicht? Er blickt auf. Wendet sich um. Niemand ist mehr bei ihm. Was ist los?

Er läuft, als sei der Teufel hinter ihm her – Gott gebe ihm ewige Ruhe! Gott gebe ihm ewige Ruhe – Amen – Amen – mit wehenden Rockschößen seinen Gläubigen nach und schwingt das Meßbuch wie eine Fahne.

– Was ist los? Wer wird der Herr werden in dieser Stadt? – Allein mit seinen Trägern kommt der tote Herzog an. Wird schnell hinuntergelassen, ein wenig Erde, es ist genug, und die Träger laufen, was sie können, um zu erfahren, wer der Herr sein wird in dieser Stadt.

Vor den Toren Mailands lag Sforza mit seinem Heer. Er schnürte jede Lebensmittelzufuhr ab. Hunderte starben an Hunger.

Aber auch Sforza war belagert durch das venezianische Heer, das Sigismondo Malatesta im Auftrage Venedigs führte.

Es wäre eine Kleinigkeit für Malatesta gewesen, Sforza zu schlagen. Malatesta aber hatte Angst. Er hatte eine Tochter des Condottiere zur Frau gehabt und sie vergiftet. Nun fürchtete er die Rache des Vaters und vermied daher jede Begegnung. Sehr zum Schaden Venedigs. Denn immer erregtere Massen Volkes stauten sich vorm Palast des venezianischen Gesandten in Mailand und riefen: Viva San Marco! im fremden Dialekt. Und der Gesandte saß im Zimmer, wartete verzweifelt auf Malatesta, auf die venezianischen Truppen, auf ihren siegreichen Einzug. Malastesta aber vermied es, seinem Schwiegervater zu begegnen. Also geschah es, daß Mailand Venedig verlorenging, denn in das: Viva San Marco! rufende Volk mischten sich Sforzas Freunde und sprengten mit den anderen jubelnd die Tore zum Gesandten; aber dann ermordeten sie ihn. Und niemand wußte, warum.

Aber der Mann, der sie geführt, sprach weiter, sprach von Sforza, dem Helden, der draußen warte, nur wenige Schritte vor den Toren der Stadt – ja, ihr könnt ihn sehen, dort steht er, steigt nur herauf auf die Mauern, schwenkt eure Mäntel zum Gruße, dort steht Sforza, der Sieger! –

Die Tore öffneten sich, und das Volk, das sich noch eben Venedig ergeben wollte, trug den Condottiere mitsamt seinem Pferde auf den Händen zur Kirche.

– Viva Francesco Sforza! –

Hinter den Fenstern des Gefängnisses steht Colleoni, der einzige Aristokrat unter den Condottieri, und rüttelt an den Stäben des Kerkers! – Sforza! Sforza! –

Jahrelang hat er hier geschmachtet in dieser Hölle, in Stacheldraht gebettet, der Schmerzen verursacht und Pein.

Pein des Körpers und der Seele, die ihn zerriß, die seine Lippen schmal machte und seinen hohen Wuchs krümmte. Ein wildes Leben hat er geschrieben in dieser Zelle. Da er es nicht leben durfte, schrieb er es auf, mit dem Blut seiner Adern, mit dem Schmutz seines Kerkers, statt zu reiten hoch auf hohem Roß an der Spitze seiner Soldaten.

Er hatte Venedig verlassen, weil er Sforza haßte, unter dem er kämpfen sollte für die Republik. Er hat Sforza gehaßt, weil Sforza der Nebenbuhler war um den Thron von Mailand. Nebenbuhler um den Ehrgeiz, er ist wichtiger als irgendeine Frau. Auch ihm schien die Gnade des letzten Mailänder Herzogs nach der Untreue gegen Venedig. Aber auch über ihn fiel der Schatten. Der Schatten hieß: Kerker, hieß: warten auf den Tod. Doch der Tod ließ ihm Zeit. Er holte zuerst den Herzog.

Noch muß Colleoni warten. Noch kann er rütteln an den Stäben des Kerkers, kann rufen wie die anderen gegen Sforza, für, ja wofür soll er rufen, da ihn niemand hört?

Ein Thron wankt, ist frei für einen Pulsschlag lang, und er sitzt im Kerker, sieht dann, daß Sforza einzieht, Sforza, der Feind.

Aber der Herzog Francesco Sforza, dessen Diadem noch neu auf seinem Haupte blitzt, hat Colleoni schon lange vergessen. Sehr klug läßt er seine Gnade walten über der hungernden Stadt, macht sich beliebt durch die beliebteste Geste der Fürsten, eine allgemeine Amnestie.

Als er Colleoni wiedersieht, das hart geschnittene Gesicht schmal geworden und blutleer, kommt ihm die Erinnerung, und er weiß: hier vor dir steht der Mann, der einzige, der deinem Thron gefährlich werden kann, der einzige Mann, der fast so klug ist wie du.

Drüben die Tore der Gefängnisse stehen offen. Sollen sie sich wieder schließen hinter Colleoni? Sforza schüttelt den Kopf:
– Geh! – sagt er, und Colleoni geht und kehrt zurück nach Venedig, das gerade wieder ein Heer zusammenstellt, um gegen Sforza, den Mailänder Herrn, zu kämpfen. Auf Colleonis Namen melden sich die meisten Söldner, und doch gibt die Republik nicht ihm den Oberbefehl.
Warum mißtraut sie ihm? Ist er auch Venedig zu tüchtig und zu ehrgeizig oder vollzieht sich an ihm die Tragik, daß er immer zu spät ist, einen Schritt langsamer geht als die anderen?
Colleoni nimmt seinen Abschied. Das aber hat Venedig nicht gewollt. Was, wenn Colleoni sich wieder mit Sforza vertrüge?
Der Löwe des heiligen Markus ist etwas müde geworden und fett wie ein alter Löwe, dem die Übung des täglichen Sprungs fehlt. Seine Tatze schlägt nicht mehr zu, sondern er wendet nur noch langsam den Kopf, und ein Kopfwenden heißt: Colleoni ist aus dem Wege zu räumen.
Piccinino, der Bruder des buckligen Generals, erhält den Befehl. Er dringt mit seinen Soldaten in Colleonis Schloß ein. Aber Colleoni hat für jede Wunde, die er im Kerker empfangen hat, Schönheit um sich gesammelt.
Scheu der Soldaten zuerst, alles das zu vernichten. Aber wenn die Regierung befiehlt, so vernichtet man auch, raubt, plündert, steckt sich die Taschen voll.
Colleoni, voll wilden Lachens, von den Soldaten vergessen, flieht, und weiter geht der Krieg.
Einen Sommer lang lagen sich Sforzas und Venedigs Heere gegenüber, ohne eine Schlacht zu wagen. Sforza verlor die Geduld. Er schickte den Venezianern einen Herold mit einem Handschuh, einem Fehdeschreiben und einer blutigen Lanze. Man empfing den Herold fürstlich, bewirtete ihn reichlich und einigte sich mit ihm, daß man am nächsten Tag zur Schlacht schreiten werde.
Der Morgen dämmerte. In der Nacht war ein kühler Regen gefallen und hatte den Mut der Venezianer merklich gedämpft. Sforza blickte sich auf dem Schlachtfeld um. Kein Feind war zu sehen.

– Hallo! – rief er. Keine Antwort. Da fing er an zu schimpfen, und das Schimpfen kam wie ein Echo zurück von den Schanzen, hinter denen die Venezianer sich versteckt hatten.
Dann kam der Nebel, und der Krieg war aus, der Krieg in Italien, denn drüben, jenseits der Dardanellen, waren vierzigtausend Europäer im letzten Verteidigungskampf der Stadt Byzanz gegen die Türken gefallen.
Konstantinopel wurde von den Türken erobert.

Diese Nachricht war die erste Erschütterung, die Europa als Gesamtheit empfing. Leider zog es keine dauernden Konsequenzen daraus, aber immerhin genügte sie für einen Frieden in Oberitalien. Florenz, Mailand und Venedig beschlossen, von nun an ihre Rechte gegen jeden zu verteidigen, der angriffsweise gegen Italien vorgehen werde.
Ein Menschenalter hindurch blieb Friede. Die großen Condottieri starben. Nur Colleoni überlebte sie alle. Ausgesöhnt mit Venedig residierte er auf seinem Schlosse Malpaga, als Mäzen der Künstler und Liebhaber schöner Frauen.
Noch einmal kämpfte er im Auftrage seines Staates, als verbannte Florentiner Venedig für den Plan erwärmten, Toscana zu erobern.
Der Kampf zog sich hin, bis die Nacht hereinfiel. Dann wurden Reisigbündel und Fackeln angezündet, und die Heere traten zusammen, beglückwünschten sich auf das herzlichste, so tapfer gefochten zu haben, plauderten, tauschten Erinnerungen aus. Jeder fühlte, daß sich das Söldnerwesen überlebt hatte.
Eine leichte Staubschicht lag darüber. Man sagte: es war einmal. Und nicht mehr: es wird sein.
Dann rostete das Schwert an der Wand.
Als Colleoni starb, wunderte sich die Welt, wie reich er war. Üppig waren die Spenden, die Venedig erhielt. Dafür aber wollte er ein Denkmal haben. Als die Statue aufgerichtet war, hängten die Venezianer Colleoni einen Sack, einen Besen und eine Kehrichtschaufel um, zur Erinnerung an seine Habsucht.
So endet das Lied von den großen Condottieri, von den Männern, deren Handeln Italien jahrzehntelang in Schach gehalten hat.

Die Feuerwaffen kamen auf. Daß etwas traf, tödlich und auf die Entfernung, war ein Greuel für alle die, deren Kriegführung nicht zu den blutigsten gehörte.
Es war das Ende der friedlichen Kriege, das Ende der Söldner und ihrer Herrn.
Eine neue Zeit kam heran mit anderen und neuen Gesetzen. Trotzdem änderte die Welt sich nicht.

Dreißig Jahre lang waren die Söldner Mailands und Venedigs durch Oberitalien gezogen und hatten gegeneinander Krieg geführt. Sie selbst waren reich geworden und zufrieden. Die Staaten aber, die sie bezahlten, waren arm, müde und erbittert.
Venedig hatte nichts gewonnen als die beiden Städte Riva und Brescia und den Umstand, daß Mailand ebenso müde geworden war.
Venedig war in Zukunft, soweit es seine Behauptung zu Lande anging, für immer in die Defensive gedrängt, denn die Mächte, die nun auf dem Schauplatz Italiens erscheinen, sind Großmächte und keine Stadtstaaten mehr.

XVI. DIE LIGA VON CAMBRAI

1454–1517

Der Garantievertrag zwischen Mailand, Florenz und Venedig vom Jahre 1454 hätte der Ausgangspunkt für einen italienischen Staatenbund sein können, denn es gab außer ihnen jetzt nur noch zwei Mächte in Italien: den Kirchenstaat und Neapel.
Inzwischen aber war Frankreich, durch die Einigungsaktionen seiner Könige, zu einer modernen Großmacht emporgewachsen. Karl VIII. zog mit einem großen Heer über die Alpen, Neapel zu erobern und so seine Vormachtstellung in Italien durch Umklammerung des Landes zu begründen. Die italienischen Staaten, durch innere Konflikte in Anspruch genommen, blieben neutral und ließen ihn gewähren, und bald war Neapel in des Königs Hand.
Dieser Siegeszug erschreckte nun doch Italien. Und außerdem rief er auch

Spanien und den deutschen König Maximilian auf den Plan. So kam am 31. März 1495 in Venedig die heilige Liga zustande, in der sich alle italienischen Fürsten, Deutschland und Spanien Bundeshilfe im Falle eines Angriffs versprachen.

König Karl von Frankreich, beängstigt durch diese Verbindung, ließ die Hälfte seines Heeres zum Schutze Neapels zurück und machte sich mit dem Rest auf den Heimweg. Er bereitete einen zweiten, größeren Feldzug vor, indes Venedig dem geflohenen König von Neapel wieder in den Besitz seines Landes half und die Hafenstädte Brindisi, Trani und Otranto als Dank dafür bekam.

König Karl von Frankreich starb. Sein Nachfolger, Ludwig XII., der Erbansprüche an Mailand erhob, überschritt die Alpen, unterstützt von Venedig. Gemeinsam eroberten sie das Mailänder Gebiet und teilten es sich. Dadurch wurde die heilige Liga zersprengt und die Augen der Welt von neuem auf die Republik gerichtet, deren Reichtum schon lange den Neid Europas erweckte.

Zudem glaubte jetzt jeder der ehemaligen Verbündeten, einen Grund zur Beschwerde gegen Venedig zu haben.

Papst Julius II. forderte die Romagnastädte zurück, die Venedig nach dem Tode des Borgia-Papstes erobert hatte; der neapolitanische König verlangte die Rückgabe der apulischen Städte; Kaiser Maximilian war durch venezianische Eroberungen in Friaul geschädigt worden; und Frankreich wollte die venezianische Hälfte Mailands.

So kam zwischen diesen vier Mächten die Liga von Cambrai zustande und begann ihren Kampf, in dem es Frankreich auf das Protektorat über Italien, dem Papst auf die inneritalienische Vormachtstellung des Kirchenstaates und Maximilian auf das Geld ankam.

– Ich sage Ihnen zum letztenmal – Papst Julius sprach die Worte auf einem Nachen, der ihn und den venezianischen Botschafter hinaus aufs Meer fuhr, – ich sage Ihnen zum letztenmal: im Interesse Italiens bin ich bereit, mich zufriedenzugeben, wenn die Signorie mir einen Bürger zum Lehnsträger ernennt, für die Städte, die sie mir geraubt. –

Der Gesandte lächelte höflich: – Wir pflegen keine Könige zu machen, santo padre. –

Der Kahn fuhr der Erde wieder zu, die bald erzittern wird von Leid und Tod und namenloser Pein. Julius II. hüllte fester den Mantel um sich. Das Abbild seines Kopfes, von Michelangelo gemeißelt, wird eingeschmolzen werden in diesem Kriege, zu einer Kanone, die Julia heißen wird. Das wußte er nicht. Aber er wußte, daß dieser Krieg Italiens Ende werden wird.
Später dann kniete er vorm Altare und flehte von Gott die Vergebung für die Sünde des Krieges, die er auf seine Schulter nahm, als auch er den Pakt des Cambraikrieges unterschrieb. In Venedig fielen die Aktien, und die Preise auf dem Rialto stiegen. Die Signorie hob überall, in allen Landen, tüchtige Soldaten aus. Nachts schienen die Feuerzeichen flammender Hochöfen über dem Arsenal. Und wieder und wieder erstand auf den Geschützen des Markuslöwen Gesicht.

– So glauben Sie wirklich, daß die Dummheit gesiegt hat? – fragte der Doge Loredan den Provveditore Gritti.
– Wann siegt sie nicht? –

Sie boten dem Papst jetzt doch die Romagnastädte an; aber es war zu spät. Julius II. hatte über die Stadt des Heiligen seinen Bann gelegt. Pitigliano und D'Alviano hießen die Führer einer fünfzigtausend Mann starken venezianischen Armee, die in der Frühe des zweiten April unweit Brescia stand.
Es war kein Zweifel vorhanden, daß sie siegen würde, denn sie war zahlenmäßig überlegen und besser bewaffnet als das französische Heer. Es fehlte ihr nur eines: die einheitliche Führung. Die zwei Feldherren waren verschiedener Ansicht, die Provveditoren, die ihnen beigegeben und dem Senat verantwortlich waren, auch wieder anderer Meinung. Man verhandelte, ob man am Oglio sich verteidigen oder an der Adda angreifen sollte, und kam zu keinem Entschluß.
Alviano, der Leidenschaftlichste und Kühnste von allen, sagte:
– Gleichgültig, was wir tun. Nur: wir müssen etwas tun. –
So fanden die Franzosen, als sie nach Agnadello vorrückten, nur jene Heereshälfte vor, die Alviano führte.

Drei Tage blieb Venedig ohne Nachricht. Tag und Nacht lag das Volk vor den geschlossenen Pforten des Markusdomes auf den Knien und betete um den Sieg. Da kamen Soldaten, schwankend und stumm, und brachen beim Anblick des betenden Volkes zusammen.
– Wo sind die anderen? –
Irgend jemand spricht endlich, und seine Hände sind zum Himmel gerichtet:
– Wir hatten uns verschanzt zwischen Weingärten, wo ihre Reiter nicht durchkamen, wir kämpften unter Alviano, er rief Pitigliano zu Hilfe, der die andere Hälfte der Armee führte, die andere Hälfte der Armee hätte uns retten können, und der Sieg wäre unser gewesen. –
– Herr erbarme dich! –
– Der Sieg –
– Christus erbarme dich!–
– Aber Pitigliano kam nicht. Er ließ uns sagen, wir sollten fliehen, aber wir flohen nicht. Drei Stunden kämpften wir gegen das ganze französische Heer, bis unser General verwundet, gefangen wurde. –
– Heilige Maria –
– Mutter Gottes –
– Bitte für uns! –
Fünfzehntausend Mann sind gefallen.
In dieser einzigen venezianischen Feldschlacht bei Agnadello hatte Venedig bewiesen, daß es keine militärische Landmacht sein konnte. Das Volk der Seefahrer und Städtebauer hatte unter sich keinen Mann, der befähigt gewesen wäre, einen siegreichen Feldzug durchzuführen. Die Schlacht von Agnadello zerbrach das letzte Selbstvertrauen im Staate und im Heer. Die Truppen wurden zurückgezogen.
Morgen wird Maximilian in Verona sein und nach wieder einem Morgen können die Verbündeten am Rande der Lagune stehen.

Am Fenster lehnte der Doge. Er sah einen Stern an, der am Himmel leuchtete.
Andrea Gritti trat in das Zimmer. Er hörte den Dogen sprechen:

– Glauben Sie, daß irgend jemand dieser Stern am Himmel fehlen wird? –
– Nein, – sagte Gritti. – Niemand! –
– Vielleicht ist er schon erloschen. Und nur noch das Licht, das er gesendet hat, gaukelt uns vor, als sei er noch ein Stern. –
– Und morgen? –
– Morgen – sagte Loredan und starrte weiter zum Himmel, – morgen kommt ein neuer Tag. –
– Was heißt das? –
– Ich möchte wissen, ob der Stern –
Er brach ab und legte die Hände vor die Augen. Ein Zittern überfiel ihn.
– Venedig – sagte er.

In jener Nacht ritt der kaiserliche General Trivulzio mit dreihundert Mann gegen Padua.
– Ich bin Paduaner wie ihr – ließ er den Aristokraten sagen. – Der Kaiser ist fern. –
Dann ritt er weiter, durch die dämmernden Straßen.
– Es lebe – rief er, aber es antwortete ihm nichts als das Hufeschlagen seines eigenen Pferdes.
– Es lebe die Freiheit! –
Alles schwieg.
Vorm Stadthaus band er sein Pferd an. Über ihm wehte die Markusfahne. Er zog an dem Strick, sie herunterzuholen. Der Strick riß. Da wurde er wütend und zerrte die schwere Flagge mit beiden Händen zu Boden. Er sah sie lange an. Der Löwe schien zu lächeln. Er wollte sie zerreißen, doch der Stoff gab nicht nach.
Irgend jemand lachte. Doch er sah niemand. Die Spitzen der Türme glänzten nun golden in der Sonne.
Da stieg er wieder aufs Pferd und ritt, und er ritt einen ganzen Tag durch Padua, ohne daß er hinter den geschlossenen Läden ein Gesicht sehen konnte.

– Dort –, sagte ein Bürger, der oben auf dem Campanile Paduas stand –, dort kommen die Venezianer. –

Andrea Gritti, der Provveditore der Vernichtungsschlacht bei Agnadello, führte die Reste der geschlagenen Armee nach Padua. Venedig mußte die Stadt zurückerobern, denn Padua war das Bollwerk gegen das Festland. Wer diese Stadt in Händen hatte, hatte den Zugang zur Lagune.

Der Abend kam. Da standen sie vorm Tor.

Das Volk von Padua warf die Kaiserlichen über die Mauern, öffnete die Tore und geleitete die Venezianer in die Stadt. Gritti ritt durch die Hauptstraße. Sie hatten ihm Blumen gestreut, und die Frauen knieten hin und legten aus dem Stoff ihrer Kleider einen Teppich, der ihn zum Stadthaus geleitete. Dort stand, neben der zertretenen Fahne des Heiligen, Trivulzio, der sich nicht wehrte, als man ihn gefangennahm.

Gritti hatte den Auftrag, den Kaiser, der auf dem Eroberungszug nach Venedig war, monatelang vor Padua zu beschäftigen. Der Senat machte kein Hehl daraus, daß alle, die in der Stadt eingeschlossen wurden, verloren sein würden. Aber je langsamer sie sterben, um so sicherer wird Venedig leben. Denn jede Woche Zeitgewinn bedeutete für die Diplomatie Venedigs die Sicherheit, durch ihre geschulte politische Klugheit die Liga der Feinde zu sprengen.

Doch darüber sprach Andrea Gritti nicht. Er sprach überhaupt sehr wenig.

Pitigliano und Alviano, die Feldherrn der Agnadelloschlacht, kommandierten in Padua.

Gritti aber organisierte. Er war der Kopf. Jeden Tag sah er nach den Festungswerken, prüfte die dreifach gezogene Schanzenreihe, die rings um die Stadt gebaut wurde, untersetzt mit Minen, bestimmte die Anzahl der Kanonen, die auf den Mauern standen, und sorgte für die Tiefe und Vollständigkeit der zweimal gezogenen Gräben und Wälle.

Er holte die Landbewohner, die sich mit ihren Ernten und Herden in die Stadt geflüchtet hatten, zur Vervollständigung der Verteidigung heran, und dann umgab der Kaiser die Stadt mit seinem

Heer, das aus den besten französischen Rittern, spanischen Söldnern, deutschen Landsknechten und einer gewaltigen Anzahl Kanonen bestand. So schloß sich der Ring.

Unten, vor den Säulen der Piazzetta Venedigs, lag der Bucintoro, festlich geschmückt. Heute war Himmelfahrtstag, und, wie jedes Jahr, sollte auch heute die Stadt Venedig sich dem Meer vermählen. Der Himmel war dunstig und grau, und in der vieltausendköpfigen Menge, die wartend am Platze stand, sprach keiner ein Wort.

Lange schon war die Stunde vorüber, in der der Doge zum Schiff gehen sollte, aber noch immer öffnete sich nicht die Tür zum Palast und noch immer donnerten nicht die Geschütze, den Herrn der Stadt zu grüßen.

Da kam er. Der Hermelin lag um seine Schultern, aber sein Haupt war unbedeckt. Er, der selbst in der Kirche die Dogenmütze aufbehalten mußte, trug sie jetzt in Händen.

Die Menge verneigte sich tief.

Er aber blieb stehen und blickte über sie hinweg, hinaus auf die Lagune.

Fern, wie ein Zug von Geistern geführt und von Geistern bemannt, zog am Horizont die venezianische Handelsflotte der Stadt zu. Sie fuhr langsam. Ihre Borde ragten hoch aus dem Wasser; die Schiffe waren leer. Schwarz war das Tuch, das die Fahnen umhüllte. Der Handel, der die Welt ernährte, hatte in der Schlacht von Diu den Todesstoß erhalten. Portugals Handel hatte Venedigs Handel besiegt. Das war vor wenigen Wochen gewesen. Die Zeugen kamen jetzt in Venedig an. Agnadello und Diu – Schicksale eines Jahres – der Doge stand wie wartend. Er sah der stummen Parade der Schiffe zu.

Dann trat er hinaus auf den Platz. Um ihn herum war Leere. Es fehlten die Gesandten der Welt, die ihn sonst geleiteten. Der Doge war allein, Venedig war allein.

Fern am Horizont zog die Handelsflotte des Staates in stummer Parade vorüber. So sehen Soldaten aus, die geschlagen wurden.

Der Doge wandte sich nicht der Riva zu. Er ging nicht zum Bucintoro. Er ging in die Mitte des Platzes. Das Volk stand wie eine Mauer um ihn. Dann sprach er:
– Die päpstlichen Truppen haben die Romagnastädte erobert, die Terra ferma ist in den Händen des Kaisers,
Brindisi, Trani, Otranto sind von Neapel erobert,
die Polesine und Rovigo sind von Ferrara erobert,
Asola, Bergamo, Brescia und Pesciera sind von Frankreich erobert,
Modon und Koron sind von den Türken erobert,
unser ägyptischer Handel ist von den Portugiesen erobert,
die Truppen der alliierten Mächte ziehen auf unsere Lagune zu.
Das ist die Bilanz des letzten Jahres.
Wie kann ich hinausfahren, Venedig zu vermählen, wie es vor mir alle Dogen taten?
Venedig ist nur noch: diese Stadt und wir. –
Drüben am Horizont zog die Handelsflotte der Stadt in stummer Parade vorüber.
In die Menge kam Bewegung. Sie wich zur Seite, um einer Schar bewaffneter Jünglinge Platz zu machen, die sich von der Merceria auf den Dogen zu bewegte. Aber erst als sie alle um ihn standen, blickte der Fürst der Stadt auf.
– Wir wollen für Venedig kämpfen –, sagte einer von ihnen. – Wir wollen nach Padua. –
– Ihr wollt kämpfen? – sagte der Doge ruhig, – wißt ihr denn wofür? Ihr sagt für Venedig. Aber Venedig werdet ihr niemals wiedersehen. Denn ihr werdet sterben.
Niemand zwingt euch zum Tode. Tretet ihr jetzt noch zurück, so wird jeder sagen, daß ihr klug gehandelt habt. –
Er schwieg und sah jedem der Jünglinge ins Gesicht. Er kannte sie alle. Es war die Blüte der venezianischen Aristokratie, die vor ihm stand. Er prüfte ihre Gesichter; und er war stolz, daß er ein Venezianer war.
– Ihr werdet sterben. Man kann vielleicht den Tod verachten. Aber ihr seid ja noch sehr jung und habt ja kaum gelernt, das Leben zu lieben. –

Wärme kam in seine Stimme:
– Ich kenne euch. Ich weiß, daß eure Tage nicht mit Waffenlärm erfüllt waren, sondern mit der heiteren Musik sorgloser Feste. Wenn eure Wangen blaß waren, so war es nicht die Politik, die euch bedrückte, sondern weil die Nächte sehr lang waren, die ihr durchtanztet.
Nun steht ihr vor mir und begehrt in eine Dunkelheit zu treten, vor der die Heiterkeit eures Lebens bisher geflohen ist. Die Nacht, die euch umfangen wird, sie wird lange dauern. Und wer kann sagen, ob Venedig durch diese eure lange Nacht gerettet wird?
Wenig tröstlich wäre, wenn ich euch sagen würde, daß euer Opfermut euch die Dankbarkeit sichert. Morgen werdet ihr vergessen sein wie alle Toten, und später, wenn man eure Namen nennt, wird jeder fragen: Wer waren diese Männer? Was taten sie? Und niemand wird es wissen.
Das ist, ihr Freunde, das Heldentum, das ihr begehrt! Geht! Ihr braucht nicht zu sterben. –
Keiner rührte sich. Da sprach der Doge weiter:
– Padua wird vom Riesenheer des Kaisers erwürgt.
Geht hin. Ihr werdet Venedig nie mehr wiedersehen. Niemand wird euch retten, ihr seid verloren. –
Keiner rührte sich. Da sagte der Doge hart:
– Geht! –
Als die ersten schon die Schiffe betreten hatten, die sie auf der Brenta nach Padua bringen sollten, rief der Doge, und seine Stimme klang von den grauen Mauern Venedigs zurück und von dem blaßgrauen Himmel und den bleigrauen Wassern der Lagune:
– Und doch! Venedig wird durch euch gerettet werden! –
Da erst brach die Erstarrung, und von den Schiffen und von dem Kai, an dem jetzt die Menge winkend und jubelnd stand, rief es herüber und zurück:
– Viva San Marco! –

So vergingen die Wochen. Das Leben war für alle, die an ihm beteiligt waren, sehr langweilig. Denn es geschah nichts.
Und Maximilian hatte sich doch auf den Sieg gefreut.

Und die in Padua Eingeschlossenen hatten sich doch mit dem Tode abgefunden.
Aber weder Sieg noch Tod.
– Es muß etwas geschehen! – sagte Alviano, der General.
– Nein! – antwortete Gritti.
– Wie lange? –
Schweigen.
– Und wenn die Nahrungsmittel knapp werden? –
– Noch sind sie nicht knapp. –
– Es ist nicht schön, auf den Tod zu warten, wenn die Kammern voll Munition liegen – meinte ein junger Aristokrat.
Gritti sah ihn lange an.
– Man soll nicht soviel Aufhebens vom Tode machen. Nicht soviel von ihm sprechen. –
– Aber wir wollen doch kämpfen. –
Der Provveditore der Republik stand langsam auf und sprach im Hinausgehen:
– Solange wir nicht kämpfen, können wir nicht verlieren. Solange wir nicht angegriffen werden, sind wir unbesiegbar. Wir dürfen, Freunde, in diesem Kampf nicht wieder versagen, sonst ist Venedig verloren. Darum wartet, bis die Stunde da ist, in der ein Kampf unvermeidlich ist. Gute Nacht. –
Er ging. Die anderen blieben noch zusammen, aber keiner sprach mehr.
Bis der Morgen graute. Da sagte der Knabe, der vorhin gefragt hatte: – Ob Venedig ... und dann der große Kanal ... ich meine, ob das alles noch so ist ... ob alles weiterläuft ... man weiß gar nichts mehr davon. – Er ging aus dem Zimmer.
– Niemand sollte so früh schon sterben müssen wie dieses Kind –, sagte Alviano, der General.

Wenn Andrea Gritti, das überschmale Gesicht erhoben, durch die Straßen Paduas ging, jubelte das Volk wie damals, als er einzog. Er war Venedig. Und Venedig war die Freiheit.
Er lächelte flüchtig zu dem Jubel des Volkes, aber in den Nächten

prüfte er die Munitionsvorräte der Stadt, fand sich aber, ab und zu, wie erwachend dabei, daß er etwas dichtete, was nichts mit diesem hier zu tun hatte,
vielleicht ein Sonett an die Freude.

Ruhelos irrte der Papst in den Gängen des Vatikans. Er hatte Italiens schönste Stadt dem Untergang geweiht, statt mit ihr Italien zu einigen.
Venedig aber, von Europa und von Gott aufgegeben, arbeitete seit dem Tage von Agnadello daran, die Liga von Cambrai zu sprengen.
Neapels König war der erste, der ausschied. Er hatte seine apulischen Städte zurück und keine Sehnsucht, einen weit gefährlicheren Nachbarn, mochte er Frankreich oder Deutschland heißen, zu bekommen.
Ihm folgte nach langen Zweifeln der Papst, nun wieder Herr der Romagnastädte und vom Tode sichtbar gezeichnet. Nur der deutsche Kaiser, der vor Padua lag, blieb hart. Er träumte von einem Schloß, das da liegen sollte, wo Venedig stand. Nur: er hatte kein Geld, bis dorthin zu gelangen, und er fand niemand, der es ihm geliehen hätte. Nur einer hätte es gehabt: Venedig.
Mit einer gewissen Lässigkeit gab Maximilian endlich den Befehl, Padua anzugreifen, nachdem er viele Wochen gewartet hatte, ob sich nicht die Stadt freiwillig ergeben würde.
Und nun schlugen die schweren Kugeln seiner Kanonen in die Mauern, ohne daß sich die Stadt im geringsten dagegen wehrte. Aber nachts, wenn er schlief und nur die sanften Schimmer nächtlicher Lagerfeuer über eine ausgestorbene Landschaft hinzuhuschen schienen, erwachte auf den Bastionen Paduas das Leben.
Alles wurde wieder instand gesetzt, um dann, wenn der Tag erschien, wieder zerstört zu werden.
Das geschah viermal so, und noch war in dieser Schlacht kein Mann gefallen. Es schien, als scheue der Engel des Todes sich, zu erscheinen.
Dann kamen wieder Wochen der Ruhe.

Und dann begann es wieder, das Beschießen der Mauern, das nächtliche Ausbessern.
Maximilian wurde ungeduldig. Noch immer hatte sein Alchimist kein Mittel gefunden, Gold zu machen, und noch immer zeigten die Sterne kein freundliches Gesicht.
Der Sommer war heiß. Jeder sehnte sich nach Hause.
Aber er wollte siegen, der Kaiser unglücklicher Kriege.

Der junge Aristokrat, der in der Nacht so plötzlich das Zimmer verlassen hatte, traf auf den Wällen der Mauer Andrea Gritti.
– Was tust du? – fragte Gritti.
– Nichts! –
– Wenn du auf den Turm dort steigst, kannst du Venedig sehen. –
– Ich will es nicht sehen. –
– Doch –, sagte Gritti. – Es geht uns doch allen so. Nur wir anderen lassen es uns nicht merken. Geh nur, mein Kind. –

Sumpf lag vor den Toren Paduas. Feuchtigkeit am Tag und Feuchtigkeit bei Nacht. Die Dunkelheit gaukelte Fieberkranken Träume vor. Und dann starben sie.

– Hörst du etwas? –
– Nein. –
– Ist es Tag oder Nacht? –
– Ich weiß es nicht. –
Kaiserliche Soldaten gruben eine Mine unter der Erde, um die Mauern Paduas in die Luft zu sprengen.
– Hörst du etwas? –
Der andere legte den Finger auf den Mund:
– Die Kaiserlichen graben eine Mine. –
– Höher als wir? –
– Ich weiß es nicht. –
– Glaubst du –, sagte der kaiserliche Soldat zum anderen, – daß wir in den Himmel kommen, wenn wir sterben? –
– Nein. –

– Dann ist es gut. –
– Ja. –
Die Zündschnur, die die Kaiserlichen gelegt haben, brennt gleich ab. Vielleicht können, die sie treffen werden, noch drei Atemzüge machen, vielleicht auch vier, wenn Gott ihnen sehr gnädig ist.
Dann brach die Erde auf, als sei ein Gewitter in sie gefahren. Und die Mauer, die sie trug, ist nichts mehr als Staub.
Ununterbrochen schlugen die Kugeln der kaiserlichen Armee in die Bresche. Ununterbrochen hetzte die Trompete zum Vormarsch auf.
Sie kamen heran, nun sind sie da, die Kaiserlichen, ein Handgemenge entsteht, sie dürfen nicht in die Stadt.
– Markus! Markus! – Sie dürfen nicht nach Padua!
Die Venezianer wurden zurückgedrängt, Padua ist verloren!
Da warf Alviano, der General, eine Lunte in die Pulverkammer des östlichen Tores, an dem sie kämpften.
Später dann glommen verkohlend die Leichen, und eine Rüstung schmolz, ganz langsam, und das Metall floß wie ein Bach und mündete ein in einen Bach aus Blut.

Warten, ewiges Warten auf den Tod.

Aber eines Morgens, es war im Spätherbst, sahen sie, wie das Feld leer war vor ihrer Stadt. Und keiner glaubte es.
Nein, keiner glaubte, daß Kaiser Maximilian abgezogen sei mit seiner Armee, wenige Wochen nur vor dem Tage, an dem Padua sich hätte ergeben müssen.
Aber im Dunst der Berge stand silhouettenhaft noch ein Reiter, und ganz von fern verklang der letzte Ruf der Trompete.
Das Feld war leer vor ihrer Stadt.

Sie standen stumm, mit gesenkten Köpfen, und starrten in das graue Wasser der Lagune. Ihre Gesichter waren blaß und schmal geworden, obwohl sie niemals Hunger leiden mußten.
Venedig, vom päpstlichen Bann befreit, empfing die Heimkehrenden mit Glockenläuten und Festesfreude. Der Doge umarmte wei-

nend Alviano und Gritti. Aber beide verstanden das alles nicht mehr. Sie gingen über Teppiche, die man ihnen gelegt, und sahen Venedigs Gesicht. Aber sie erkannten es nicht mehr.
Denn Venedig war heiter. Es war heiter gewesen, vielleicht die ganze Zeit, die sie doch täglich starben.
Aber sie waren nicht gestorben. Den Strick schon bereithaltend, hatte der Henker gezögert, und war dann gegangen. Jeder von ihnen empfand es:
Venedig hatte den Tag schon lang vergessen, an dem es zitternd um sein Leben gebetet hatte. Venedig war gerettet, durch sie. Aber sie konnte nichts mehr retten. Sie konnten nicht mehr leben, nachdem sie so lang gestorben waren.
Die jungen Aristokraten kehrten heim in ihre Paläste und sahen die Schatten sich spiegeln auf dem großen Kanal. Sie lernten wieder das Sprechen, und hie und da lächelten sie auch vielleicht. Aber sie starben alle sehr früh im Frieden Venedigs.

Hinter dem Rücken des abziehenden Kaisers schlossen Frankreich und Venedig gegen ihn ein Bündnis. Das war das Ende der Liga von Cambrai. Ganz Europa hatte gegen Venedig im Felde gestanden, um es zu vernichten. Und doch hatte Venedig nur seine Städte in der Romagna und in Apulien verloren, die ihm eher zur Last als zum Nutzen gewesen waren.
Der größte Angriff, der je gegen Venedig gerichtet wurde, war abgeschlagen, und die unkriegerische Politik der „Bilancia“ hatte ihren größten Sieg errungen.
Der Doge der schweren Zeit, Leonardo Loredan, starb bald. Und wenig später wird Andrea Gritti Doge werden, der große Fürst der venezianischen Renaissance.

XVII. SUEZKANAL ODER TIZIAN

1486–1510

Die Schlacht bei Agnadello war für Venedig eine deutliche Mahnung gewesen, daß es in seiner italienischen Politik die Grenzen seiner Möglichkeiten erreicht hatte.
Gleichzeitig wurde die Republik im Osten auf dem Weltmeer von einer Kette von Schicksalsschlägen getroffen, die auch seiner Handels- und Levantepolitik ein deutliches Ende setzten.
Es war kein Zufall, sondern ein Beweis, daß die Weltgeschichte in eine neue Epoche eingetreten war, in der für die Inselstadt im Mittelmeer kein Platz mehr sein wird.

Als Francesco Foscari seine Regierung antrat, war Venedigs Levantereich gesichert durch eine Kette von Handelsstationen und gut befestigten Flottenstützpunkten, die vom Südrande der Lagune bis Saloniki nirgends abriß.
Als Francesco Foscari starb, war das Festlandreich Venedigs gegründet.
Aber im Osten rüttelten die Türken an den Grundfesten des Levantereichs.
Aber im Westen wuchsen die national geeinigten Großmächte heran.
Dazwischen lag Venedig, und in seinen Händen lag der Handel der Welt. Dazwischen lag Venedig, vom Osten und Westen von Feinden umlauert, die sich zu seinen früheren Gegnern wie Riesen gegen Zwerge verhielten.
Nachdem die Türken Konstantinopel erobert hatten, fiel ein Platz nach dem anderen in Kleinasien, und ungehindert konnten die Osmanen durch ganz Griechenland und den Balkan marschieren. Gleichzeitig tauchte ihre Flotte in der Ägäis auf und erschien sogar in der Adria.
Venedig konnte sie nicht hindern. Auf See wäre die Republik noch stark genug gewesen.

Aber die Großmächte Europas hatten im Mailänder Krieg und in der Liga von Cambrai gegen die Republik im Felde gestanden. So konnte Venedig seine Kraft nicht auf einen Türkenkrieg konzentrieren. Damals feierte die Politik, die sie Bilancia nannten, ihre größten Triumphe: alle Feinde gegeneinander auszuspielen, alle Mächte ringsum gegeneinander im Gleichgewicht zu halten, ein ewiges Gleiten und Kreuzen, ein ewiges Spiel um das Dasein, bei dem man niemals sein Leben einsetzte. Man opferte stückweise, um nicht alles auf einmal zu verlieren. Die Aristokratie Venedigs bebeherrschte diese Politik so vollkommen, wie sie jede Politik beherrschte, welche die Zeit gebot.

Aber die Türken hatten Konstantinopel erobert, und wieder sitzt eine Großmacht in der Stadt, die das Tor des Orienthandels ist.

Noch ist das Leben für Venedig erträglich. Die Stadt bezahlt an die Türken hohe Tribute, aber sie darf den Ost-West-Handel weitertreiben. Er wird zwar weniger ergiebig, aber er bleibt rentabel. Noch ist das Monopol in Venedigs Hand.

Aber plötzlich sperrt England die Wollausfuhr. Das Inselreich verhandelt seine Wolle in der Levante selbst.

Genua, Florenz und Frankreich folgen dem englischen Beispiel. Genuesische, florentinische und französische Kaufleute tauchen in der Levante auf und machen Geschäfte, ohne Venedig.

Aber das ist alles noch nicht gefährlich. Was ist das gegen einen solchen Handelskoloß, wie ihn die Lagunenstadt in einem Jahrtausend aufgebaut hat!

Da geht ein Gerücht durch ganz Europa, das alle Welt aufhorchen läßt: eine neue Welt ist entdeckt: Amerika!

Ein Goldstrom fließt nach Europa. Inflationen jagen sich. Venedigs Währung steht fest. Venedig ist das Land der Silberwährung. Spanien, England, Holland, Portugal bauen Flotten für die Ozeane. Die Welt ums Mittelmeer ist in einer Nacht winzig klein geworden.

Und doch: Venedigs Levantehandel wird durch die Entdeckung Amerikas nicht berührt.

Aber da jagt wieder eine andere Nachricht durch Europa: Portugals Ozeanschiffe haben den Seeweg nach Ostindien gefunden!

Den Venezianern bleibt das Herz stehen: wird es den Portugiesen gelingen, auf dem Seeweg sicherer und billiger die Waren des Fernen Ostens nach Europa zu bringen, als sie es bisher auf den Karawanenstraßen konnten?
Eine Hoffnung besteht: Venedig hat einen natürlichen Bundesgenossen in dem Sultan von Ägypten, der bis jetzt das Durchgangsmonopol für die indischen und persischen Waren hatte. Er hat die Macht, die Portugiesen auf ihren Reisen aufzuhalten. Doch ein Vierteljahr vor der Schlacht bei Agnadello, in der Venedigs Landarmee von dem vereinigten Europa vernichtet und die Terra ferma den Feinden ausgeliefert wird, schlagen die Portugiesen die vereinigten Ägypter und Inder im Hafen von Diu auf Vorderindien.
Portugal hat nun den Orienthandel fest in der Hand. Es monopolisiert ihn sofort. Es beschützt sein Monopol durch seine Kriegsflotte.
Pfeffer, das ist der Maßstab des Handels und des Reichtums.
Pfeffer, das ist der Begriff des Orienthandels und seiner phantastischen Gewinne.
Pfeffer, das war der Inbegriff von Venedigs Weltgeschäft, von dem Reichtum und der Macht der Republik.
Fünftausend Körbe Pfeffer bringt die portugiesische Flotte nach Lissabon und weiter nach Antwerpen, Brügge, London.
Im Jahre 1506 kaufen französische und deutsche Kaufleute nicht ein Pfund Pfeffer in Venedig. Die Preise dort stehen gegen Lissabon wie fünf zu eins.
Die Börse in Venedig stockt. Der Senat atmet schwer. Und jedermann weiß: Venedig hat den Orienthandel in Europa verloren.
Das Monopol ist schon gefallen. Die einzelnen Zweige werden ihm folgen. Venedig hat nicht mehr die Macht, ihn zurückzuerobern. Denn der Kern des Staates ist nur eine Stadt. Ringsum aber sind Nationalstaaten entstanden.
Venedig kann vielleicht noch den Mittelmeerhandel beherrschen. Das Mittelmeer aber ist aus einem Weltmeer zu einem Binnenmeer geworden. Es hat seine Bedeutung verloren.
So schied Venedig für immer aus der Reihe der Großmächte aus.

Lange, leidenschaftliche Sitzungen im Senat und im Großen Rat. Alles: Venedigs große Geschichte und sein noch immer großartiges Leben, sein Reichtum, sein Können, sein Geld, alles wehrt sich dagegen, mitten im Leben den unvermeidlichen Tod zu erkennen und so zu handeln, wie es die Erkenntnis befiehlt und nicht der Wille, das Schicksal zu überwältigen.
Ein gewaltiger Plan ist aufgetaucht: man müßte die Landenge von Suez durchstechen, dann würde wieder der kürzeste und sicherste Weg, der Indien und Europa verbinde, über Venedig gehen.
Es wäre den venezianischen Ingenieuren, den besten Wasserbauern der Welt, möglich gewesen, die Arbeit zu bewältigen.
Die Mittel waren da. Man hätte mit dem Suezkanal alles erreichen können:
Aber Venedigs Regierung erkannte, daß es nicht mehr um einen kürzeren Weg ging, sondern daß sich die Mächte und Schwergewichte auf der Welt verschoben hatten, wie es die unerbittliche Logik der Geschichte will, und daß es nicht mehr in ihrer Macht lag, den Gang der Geschichte aufzuhalten oder zurückzuwenden.
Und so resignierten sie auf dem Gebiet, das ihnen für immer verschlossen war.
Gleichzeitig aber rüsteten sie zu neuen Taten, die den Staat in das Gedenkbuch der Menschheit eintragen sollten: Das Geld, das größte Vermögen der Welt, das nun nicht in den Bau des Suezkanals investiert wurde, mußte nutzbringend verwendet werden, denn noch ging der Handel ja weiter, noch wurde verdient, noch floß Geld nach Venedig, noch blühten die Industrien in Murano und auf der Terra ferma. Und all das Geld, das hier einging, mußte dem Staat einen Sinn geben, den er auf dem Gebiet der Politik nicht mehr fand.
Die venezianischen Kaufleute gaben Tizian den Auftrag, die Wände des Fondaco dei Tedeschi mit Fresken zu schmücken.

Venedigs politische Geschichte war abgeschlossen. Von nun ab diente seine Außenpolitik nur noch dem einen Zweck, die friedliche Entwicklung der venezianischen Kultur vor allzu harten Schlägen von außen her zu schützen.

Die völlige Konzentration aller Mittel auf den Handel zwischen Morgen- und Abendland hatte Venedig seinen großen Platz in der politischen Geschichte gesichert.
Jetzt wird ihm die Konzentration aller Mittel auf die Entwicklung der Kunst und des Geistes den ersten Platz in der Kulturgeschichte der Welt verschaffen.

XVIII. VINETA

Aus den Tagebüchern und Briefen des Flamen ten Werth

1554

Die strenge Stadt wird heiter. Die schlichte Würdigkeit ihres Gewandes macht dem Prunk langsam Platz. Später als in anderen italienischen Städten beginnt in Venedig die Kunst.
Der Renaissance Venedigs ist die Wiedergeburt der Antike ebensowenig Leitgedanke, wie seine Gotik jemals vom mittelalterlichen Mystizismus abhängig war.
Und hier, in dem Kleinod, dessen Reiz durch den feuchten Schleier seiner Luft die letzte Vollendung erhalten, entsteht das Märchen von Vineta, der Stadt, die untergehen mußte, weil sie zu schön war.

Asolo, im November 1553.
Ich habe nie geglaubt, daß etwas mich so weit erschüttern könnte, daß ich wie eine Frau die Tränen spüren würde.
Doch als ich hier ankam, an diesem Schloß, das selbst in Flammentränen des abendlichen Himmels stand, obwohl es noch in seinen Mauern das letzte Echo fröhlicher Heiterkeit zu bergen schien, wurde ich traurig.
Der Cambraikrieg hat dieses Schloß veröden lassen und diesen Garten mit den vielen Blüten und Laubengängen und sanften Wasserspielen, gebettet auf der Höhe über einer Landschaft, die zu meinen Füßen liegt wie ein Meer, ein flaches, reiches Land, das fern im Horizont sich im Nebel auflöst, dort, an jenem Punkte, an dem Venedig liegt, dem es gehört.

Ich weiß nicht, wem Kriege nützen. Das aber weiß ich, daß plötzlich hier, durch diesen Krieg, ein Leben unterbrochen wurde, das genau so schön war wie eine Blüte, von der du noch nicht weißt, nur ahnen kannst, wie wohl ihr Kelch geformt sein mag, den du nicht sehen kannst.

Hier in diesem Schloß hütete und pflegte die Herrin und Königin Catarina Cornaro die Knospe jener Kunst, die sich nun voll entfaltet hat, und der heute in Venedig Tizian, Tintoretto und Veronese den Namen geben.

Ich suche in dem Kies des Parks die Spuren menschlicher Füße und lausche in die Dämmerung auf irgendein Geräusch. Aber ich sehe nichts und höre nichts.

Nicht einmal Kardinal Bembo begegnet mir und bringt mich durch eine Unanständigkeit zum Lachen. Soll ich gestehen, daß ich ihn suchte in diesen Laubengängen und mich verirrte dabei, und tiefer in den Park drang, verwirrt von der Dunkelheit und dem betäubenden Duft der Blüten? Was suche ich? Die Jugend, oder die Königin, die jetzt auf ihrer Flucht – ach, sie ist lange tot, und ich träume nur von verschwundenen Tagen! – zum erstenmal den Schleier vom Gesicht zieht, den sie schützend vor den Strahlen der Sonne darübergebreitet hat?

Die Königin floh aus ihrem Reich, dem Reich der Maler und der Dichter, des Schwärmens und des Denkens, in dem nur die Lakaien in orientalischen Kostümen die Wache bildeten.

Ich sehe sie, die hier versammelt waren, sie wollten nichts als für die flüchtige Minute des Lebens die Schönheit bannen: so malten sie, so dichteten sie, vielleicht um einen Baum gelagert, dessen Namen sie nicht kannten, doch der Schatten zeigte ihnen Gaukelbilder, an die sie glaubten. Sie glaubten, was sie nicht sahen, und malten, was es nicht gibt. Sie waren heiter und tanzten zu der Musik, die die Bauern des Dorfes ihnen spielten. Sie sangen: Catarina Cornaro, sie dichteten: Catarina Cornaro, sie liebten: Catarina Cornaro.

Die Nacht löscht die Erinnerung an Catarina Cornaro, und nur ich, der sie nie sah, darf weiter von der Königin sprechen: es ist sehr lange her, und sie war noch ein Kind, als sie hinüberfuhr nach Zypern, den König dort zu heiraten, weil Venedig es wollte. Das Meer schien ihr damals mit Blumen bestreut. Doch in der Zeitspanne, in der eine Agavenblüte wächst und verwelkt, sterben Catarinens Mann und Sohn, weil Venedig es so gewollt. Und statt dem Zug der Barken, der sie hergeleitet, sieht Catarina venezianische Kriegsschiffe in dem Hafen von Famagosta landen. So nimmt sie Abschied von dem kurzen Traum des Königtums und fährt, geleitet von den nackten Leibern glänzender Delphine, der Heimat wieder zu.

Ich sehe sie, die in ihren Zügen noch nicht die Ahnung vergangenen Leides trägt, vom Dogen feierlich empfangen, mit ihrer kindlichen Hand den Namen setzen unter die Urkunde, in der sie ihr Königreich Zypern der Heimatstadt schenkt.

Später mußte sie wieder Abschied nehmen vom zweiten Königtum, vom Schlosse Asolo, das ihr mit einem kleinen Reich an Wäldern, Feldern und Dörfern gegeben worden war, weil sie Königin bleiben sollte wie bisher.

Morgen, wenn die Sonne aus den Nebeln des Flachlandes unter mir wieder aufersteht, wird Catarina erwachen und fragen und ein ganz klein wenig Wehmut wird in ihrer Stimme sein:

– Wo werden wir die nächsten Feste feiern, Kardinal? –

Venedig, im Mai 1554.

Ein neuer Tag kommt.

Jetzt erscheint die Sonne. Die Stadt ist noch ganz neblig, nur Stein, ziemlich grau und ganz ohne Farbe, mit häßlichen engen Gäßchen, mit ölig-dunklen Kanälen, auf denen hie und da ein Nachen schlafend ruht, und etwas Gemüseabfall auf der Straße, weißt du?

Alle Vögel in den vielen Gärten, die voller Heimlichkeit neben den Häusern und Palästen liegen, fangen an zu singen, und mit ihren langen, goldglänzenden Fingern hebt die Sonne langsam den Schleier, gewebt aus Dunst und Traum und Alltag, von Venedigs Haupt fort, erst vom Campanile, dessen Glocken zu singen beginnen, dann von den Kaminen, dann von den Wipfeln der Bäume, dann von Venedig. Golden ersteht die Stadt, und sie ist nicht mehr Stein, nicht mehr enge Gasse und ölig fließender Kanal, nicht mehr Schmutz oder Alltag.

Da kommen die Frauen Venedigs mit ihren Krügen, Wasser zu holen. Niemand ist wach, außer ihnen. So trippeln sie, so lachen sie, so flüstern sie durch die schmalen Gassen, im Dunkel der Haustüren, im engen Hof, verweilen ein wenig, sagen: – oh, es wird ein schöner Tag werden – heben den Krug und neigen ihn in die Schale der Brunnen, und tragen ihn fort, lachend, flüsternd.

Ich schreibe nicht, daß sie aussehen wie Skulpturen, aus Marmor gemeißelt, nicht wie die Gattinnen von Königen oder wie Sklavinnen, die von einer weiten Küste hierher verschlagen sind, nein, sie sind nichts als Venezianerinnen, kleine, zierliche Gestalten, die mit heiterer Miene Wasser holen, sonst sind sie nichts. Sie sind wie eine Schar Schwalben, die erschreckt vom plötzlichen Erscheinen der Sonne aufflattern, zwitschern, ein wenig vom Zuckerwerk der Erde naschen, sonst sind sie nichts. Sie sind wie das Auflachen der Morgendämmerung, ein Weckruf der Freude, der allem und allen gilt.

Du siehst über die Stadt hinweg, die noch etwas dunstig im Morgen liegt, und hörst noch immer in der Ferne das Echo von leise verklingenden Stimmen.

Ich gehe zum Dom, neben den gleichen Frauen, die eben noch mit all ihrer Schönheit und Heiterkeit der Welt gehörten. Aber das Gesicht, das eben noch von blonden Haaren umgeben war, ist unter dem Rahmen des Schleiers verhüllt. Sie sind wie anmutig wandelnde Gräber, die unter dem Sargdeckel der schwarzen Seide ungeahnte Schönheiten verbergen, Lippen, die lachen können, Augen, die versprechen können. Doch niemand kann es sehen.

So sind die Frauen Venedigs: verhüllt, verschleiert, wie Büßerinnen, die nie gesündigt haben, wie Nonnen, die nicht wissen, daß es etwas anderes als Keuschheit geben kann.

Später dann knien sie vor dem Gold der Mosaiken, mit denen der Dom seine Wölbungen gefüllt. Sie beten, und für einen Augenblick ziehen sie den Schleier vom Gesicht zurück. So hat nur Gott den

Anblick ihrer schönen Gesichter und ein Priester, dem sie beichten, ich ahne nicht was, aber es muß sehr langweilig sein.
Hier in dem Dom behält Giovanni Bellini recht, und die Stadt, eine Zeichnung in Schwarz-Weiß, wird in ein Bild von Gold gewandelt. Nur hier vergißt man das Wasser und das schemenhafte Bild der Stadt. Alles, was außerhalb des Domes aufgelöst ist, ist hier gesammelt. Alles, was draußen entweicht, weil kein Horizont es zusammenhält, ist hier zusammengehalten.
Ich bete, meine Nachbarinnen plaudern leise miteinander, ich hebe den Blick in das Angesicht der Madonna und erkenne das Bild, das die Venezianer aus Byzanz gestohlen haben. Meine Andacht verfliegt. Seltsame Stadt, die ihre Frauen verhüllt und ihre Heiligen raubt.

Venedig, im Mai 1554.
Sie hatten keine Muße gehabt, an das Heute zu denken, weil sie an die Ewigkeit ihres Staates denken mußten.
Sie hatten gerade Zeit, sich den Pulverdampf vom Gesicht zu wischen, dann mußten sie wieder in die Kontore. Und sie verließen sie nur, um von neuem die Schiffe des Krieges oder des Handels zu betreten.
Und doch war Blut und Geld nicht der Inhalt ihrer Gedanken. Sie waren auch dafür zu kühn. Ihre Gedanken waren weit gespannt, wie die Segel ihrer Schiffe, und sie kreuzten, wie die Segel ihrer Schiffe, an allen Küsten aller Länder der Welt. Sie fragten nicht, ob es richtig sei, eine Weltherrschaft zu gründen; sie gründeten sie.
Ja wahrlich: Könige und Herren! Aus dem Sumpf, dem absoluten Nichtsein, das sie vorfanden, formten sie ihre Krone. Und ihre Krone ist die Stadt, die jeder von ihnen trägt und die sich vererbt von Generation zu Generation.
Venedig ist die Stadt der tausend Könige. Sie sind ein Herr mit tausend Köpfen, ein Kopf mit tausend Händen. Ein Wille mit tausend Möglichkeiten, und tausend Möglichkeiten mit nur einem Ziel: Venedig.
Gefährliche Leidenschaften und nur eine Beherrschung: Venedig.

Verschiedenstes Material und doch nur eine Form: Venedig. Vielerlei Wissen und doch nur ein Geist: Venedig.
Die Worte, die sie sprechen, füllen sich mit Leben, denn sie haben Leben in ihrem Munde. Sie sagen: Alexandrien, und du siehst eine Stadt, die vom venezianischen Geiste lebt.
Du hörst: Kiew, oder Mallorca, oder Tana, oder die Wüste Gobi, und siehst Karawanen ziehen, die Venedig Reichtum bringen.
Sie kennen die Welt und wissen, daß die Welt voll ist von ihrem Geld, von ihrem Wollen und von ihrer Ordnung.
Sie sind reich geworden in vielen Jahrhunderten. Das Geld, das die ganze Welt durchlaufen hatte, floß immer wieder zu ihnen zurück, vermehrt, wertvoller geworden. Sie schickten es ständig wieder auf die Reise, so wie sie selbst immer wieder auf die Reise gingen.
Jetzt sehen sie die Goldstücke an und behalten sie in der Hand. Jetzt sehen sie Venedig an und beginnen, es mit dem Gold ihres Geldes zu schmücken. Denn jetzt wollen sie hierbleiben. Darum beginnen sie jetzt erst, die Altäre mit Bildern zu schmücken, die Mauern ihrer Häuser mit Fresken. Bisher war das Schiff die Heimat und die stürmende See. Nun wird es Venedig.

Venedig, im Mai 1554.
Wirrwarr an Gassen. Und doch: warum ist diese Stadt die schönste, die ich jemals sah? Warum ist Venedig die schönste Stadt der Welt?
Wohin ich mich auch wende, ich sehe sie nirgends als schönes Bild. Flach liegt sie im Sumpflande.
Was das Stadtbild beherrscht, sind die Paläste. Venedig ist die höchstmögliche Summe von Schlössern auf dem geringstmöglichen Raume.
Palast drängt sich an Palast wie die Hütten der Armen in anderen Städten. Schmal wie in anderen Städten sind die Gassen und Kanäle, die Palast von Palast trennen. Löste man jeden dieser Paläste aus dem Stadtbild aus und stellte ihn in eine Landschaft, so würde der Fremde, der vorübergeht und schon von weitem das gewaltige Bauwerk erblickt, tief den Hut ziehen. Er würde einen Sklaven, der die Gartenwege reinigt, fragen:

– Wem gehört das Fürstentum? – Und der Sklave würde antworten:
– Meinem Herrn, dem Kaufmann von Venedig! –
Hunderte von Birkenstämmen waren nötig, das Fundament eines Palastes zu bilden. Schiffsladungen Stein, um einen Palast auf den Stämmen zu bauen.
Stein wird aufgelöst, Sumpf wird bezwungen: so entsteht eine Stadt.
Nichts blendet. Nichts schmeichelt dem Auge, außer dem Platz, dem Dom und dem Regierungshaus des Staates. Alles andere ist einfach. Die Fassaden der Paläste sind klein und schmal, und ihre Größe sieht man erst, wenn man ihn umgeht. Alles ist von dem Vordergrund in den Hintergrund gebannt. Alles ist nach innen gekehrt.
Aber ein Geist atmet hier. Und dieser Geist formt die Stadt. Von den Palästen, die den Canal grande säumen, erhebt sich nicht einer über den anderen. Ihre Fassaden sind schlicht. Keine zieht im besonderen das Auge auf sich. Aber als Ganzes ist diese Straße vollendet. Als Ganzes hat sie eine vollkommene und vollkommen schöne Fassade.
Als Ganzes, immer wieder: es herrscht hier nicht ein König, es herrschen ihrer tausend. Tausend Könige, die sich gegenseitig übersteigern. Tausend Könige, die alle den gleichen Beruf, die gleiche Herkunft, das gleiche Alter haben. Tausend Zwillingsbrüder bauen an Venedig.
Sie lassen sich Zeit, die Kaufherren von Venedig, ihre Stadt zum Wunderwerk zu formen. Vater, Sohn, Enkel, so heißt der Ablauf ihres Lebens. Der, der anfing zu bauen, wußte: es ist nicht meine Kultur, es ist der Geist Venedigs, der das hier schafft. Sterbe ich, so wird mein Sohn weiter daran bauen, er hat den gleichen Geist, die gleiche Kultur.
So gibt es keine Beschränkung in ihrem Handeln, wie es keine in ihrer Politik gibt. Es gibt keine Beschränkung der Zeit, und es gibt keine des Geistes, die den weiten Flug ihrer Gedanken hemmen könnte.
Sie sind reich. Jeder ist reich. Das ist selbstverständlich. Niemand

braucht es zu zeigen. Niemand braucht seinen Kredit durch Prunk zu erhöhen.
Du siehst eine Dame des Adels, die eine Kette trägt. Sie ist ein Wunderwerk, aber nur aus Holz. Ihr steht sie. Einer anderen stehen Perlen besser. So trägt sie Perlen. Das ist hier gleichgültig.
Sie essen einfach; aber das Geschirr ist aus Gold. Sie kleiden sich einfach, aber die Tuche, die sie tragen, sind die besten Europas. Sie gehen zu Fuß, wenn sie wollen. Aber vor ihrer Tür sind unzählige Gondeln angebunden, und ein Heer von Bediensteten wartet auf ihre Befehle.
Und: alles, was sie tun, tun sie für die Dauer. Ihr ganzes Sein ist vom Geiste beherrscht, von dem überwältigenden Geist der Stadt.
Als sie die Schiffe verließen, um das Haus ihres reifsten Lebens zu bauen, kannten sie die Welt. Nichts war ihnen fremd. Ihr Wissen war jahrhundertelang durch die Schule der Erfahrung gegangen. Sie konnten unterscheiden, was gut war und was schlecht.
Durch Jahrhunderte hindurch hatte sich diesem Volk der untrügliche Instinkt ausgebildet für das, was wirklich und unbedingt Wert hat.
In ihrem Hause, das Venedig heißt, würden sie nie etwas anderes als Qualität dulden.
Durch Jahrhunderte war es unmöglich, die Kaufleute Venedigs durch schlechte Ware zu betrügen. Auch jetzt lassen sie sich nicht betrügen. Die ganze Welt steht ihnen zur Verfügung.
Sie haben alles gesehen und wissen, wo sie das Beste finden: Gedanken, Formen, Stoffe und Künstler. Ihr Sinn für Qualität läßt sie bei Kunstwerken die Dauer erkennen und läßt sie einen Tizian finden, einen Bellini fördern, einen Sansovino an die Stadt binden, um ihrem Bilde die letzte Vollendung zu geben. Und mehr noch: die Künstler bleiben. Giorgione wie Palma, Tintoretto wie Bassano.
Sie haben keine ererbte Kunstkennerschaft, denn ihre Väter hatten keine Zeit, sich Bilder anzusehen. Es ist der kaufmännische Sinn für Wert, der gleichermaßen bei der Wahl ihrer Maler wie ihres Schiffsbauholzes maßgebend ist.

Dieser Sinn hat sich auf das Bürgertum übertragen. Sie, bei denen der einzelne nicht soviel Geld verdient, vereinigen sich, um sich gemeinsam einen Palast zu bauen, den sie bescheiden ihre Schule nennen, Kunstwerke, die ihnen gehören, so wie der Canal grande ein Kunstwerk ist, das dem Adel gemeinsam gehört, und die Stadt etwas, was sie alle umfaßt.

Venedig, im Mai 1554.
Der harmonische und logische Ablauf von Geldverdienen und -ausgeben atmet durch die Lungen dieser Stadt und macht sie, wie es die Folge jedes gesunden Kreislaufs ist, froh und glücklich.
Ich gehe durch Venedig.
Eine ganze Stadt ist glücklich? Ein Begriff, den die größten Denker aller Zeiten geleugnet haben – hier soll er Wirklichkeit geworden sein?
Ich verließ die großen Straßen, die ich bis dahin gegangen war, dem lebhaften Strom des Tages folgend, und drang in die Seitenstraßen ein, die still dalagen, nur selten von einem schmalen Strahl der Sonne getroffen, enger noch als in unseren Städten. Nur selten klingt in ihnen das lustige Klappern venezianischer Mädchenschuhe oder der eilige Gang geschäftiger Kaufleute. Grau sind die Mauern aus grauem Stein im ewigen Schatten. Hier, dachte ich, mußt du die Armut finden.
Aber ich suchte vergeblich, ich fand Vorhänge aus Samt, die aus schön geformten Fenstern ihre Zipfel in die freie Luft flattern ließen, und ab und zu ein abgerissenes Lachen, das über die Straße wehte wie der Samt. Wenn ich den Blick dem Lachen folgen ließ, traf er hoch oben das Grün schwebender Gärten.
Auf dem schmalen Plätzchen vor einer der ungezählten Kirchen stand der Pfarrer und ließ seligen Lächelns einen der kostbaren Sonnenstrahlen auf seinem Bäuchlein tanzen.
– Ich möchte Ihnen –, redete ich ihn an, – eine kleine Spende geben für die Armen Ihres Sprengels! –
– Arme? – meinte er. Hier sind sie alle wohlversorgt und niemand braucht Ihre Gabe. – Fröhlich sah er auf mein Erstaunen: – Wenn

Sie aber wirklich Ihr Geld loswerden wollen, so geben Sie es dem Heiligen. Er braucht es zwar auch nicht, denn er ist reich, wie alle hier, aber dann kommt es doch Ihrem Seelenheil zugute. –
Ich tat es und eilte weiter in die entlegeneren Viertel.
Ich sah die Handwerker nach der Arbeit ausrasten in schlichten Röcken, aus einem Tuch, wie es unsere Patrizier nur an Festtagen tragen. Da trat ich in den Laden eines Barbiers, Barbiere wissen immer alles. Er wird mir Auskunft geben können.
Der Meister seifte mich ein und plauderte vieles von vielen Leuten, die ich nicht kannte und die mich nichts angingen. Aber es war nichts Häßliches darunter, kein Wort von Elend oder von Verbrechen, wie sie aus dem Elend entspringen. Nur immer Glück und Glanz und Gold. In fünf Minuten stürzten so große Geldsummen, die irgendwer irgendwann verdient hatte, aus dem Munde des Mannes, daß man woanders eine ganze Stadt hätte davon ernähren können.
Einen Bettelvogt gab es nicht in dieser seltsamen Stadt. Ein Polizist, den ich fragte, sagte, bei ihm gäbe es keine Armen. Aber vielleicht drüben im anderen Revier. Drüben schickte mich der andere Polizist wieder zu ihm zurück.
Da ließ ich es bleiben.
Ging hilflos durch eine Straße mit wundervoll gemeißelten Portalen, die Königsschlösser zieren müßten und hier kaum von eines Menschen Auge erblickt wurden, ging durch den Dunst von köstlichem Essen und Weinen, durch den Gesang und die Freude des Tages, durchschritt einen dunklen Durchgang, und da, in der hintersten Ecke eines taglosen Hofes sah ich eine Frau sitzen, die einen Säugling an der nackten Brust hielt.
– Gott schütze dich! – sagte ich. – Ich möchte dir eine Freude machen. Was kann ich dir geben? –
– Nichts, Herr! – sagte sie mit dem Lachen der Madonna. – Ich bin glücklich! –

Venedig, im Mai 1554.
Als für alle anderen der Kosmos noch sehr eng war, wurde er für

die Venezianer schon sehr weit: klare, selbstverständliche, einfache Wirklichkeit. Es ist die Welt des Kaufmanns. Sie ist ihm untertan, er ist ihr Herr.

Er war wiederholt in Amerika gelandet, hatte ganz Asien, Grönland, Afrika, Island und die Nordpolarländer bereist, während überall sonst in Europa die Scheiterhaufen loderten. In seinen Händen liegt der Handel zwischen Spanien und Afrika wie der Orienthandel Englands. Venedig versorgt Konstantinopel mit Lebensmitteln, wie es Italien versorgt. Venedig vermittelt den Warenaustausch zwischen Afrika und Frankreich, und venezianische Schiffe fahren vom Schwarzen Meer die Flüsse hinauf, um Rußland und die nordischen Staaten in den Welthandel einzubeziehen, wie sie auch Deutschland einbezogen.

Überall, wo Venedig handelt, und es handelt überall, hat es seine Niederlassungen und seine Konsuln. Sie sitzen in Bulgarien wie in London, in der Krim, Konstantinopel, Akkon, Mallorca, sie sitzen in Alexandrien wie in Brüssel, in Wien wie in Lissabon, in Cadiz, in Barcelona wie in der Champagne.

Und keine auch noch so unbedeutende Stadt in diesem riesigen Handelsnetz, die nicht ihr eigenes venezianisches Viertel hat, mit Faktoreien, Fabriken, Landwirtschaften und Kirchen.

So hat auch Venedig Verträge mit all seinen Handelspartnern, den Seldschuken, den Königen von Armenien, dem Kalifen von Bagdad, den Tataren, Kaisern oder Städten, Verträge, die alles umfassen, von der Wegsicherheit angefangen über die Rechte und Pflichten ihrer Kaufleute bis hinab zu den Zöllen. Dreitausend Schiffe oder noch mehr versuchen die Fülle des Handels zu bewältigen in regelmäßigen Fahrten.

Es ist der Staat, der die Schiffe baut und aussendet.

Eine Linie geht nach Alexandrien, wo die Erze und Hölzer Deutschlands und Ungarns, die italienischen Tuche und venezianisches Glas gegen die Schätze des Orients getauscht werden.

Über Konstantinopel nach der Krim geht die zweite, um Wachskerzen und Seife nach Kiew zu bringen, und Sklaven, Pelze und Getreide dort einzukaufen.

Nach Zypern und Syrien ging eine dritte, die Zucker lädt und Gewürze. Nach dem Westen die vierte und längste, die an der Küste Nordafrikas Tuche und Glasperlen für das Innere verkauft und mit den dort erzielten Phantasiepreisen die Waren des Ostens bezahlt, weiter, um Kerzen nach Spanien, Goldketten nach Frankreich zu bringen, dann nach London und Flandern, um Wolle zu laden.
Dort, wo die venezianischen Schiffe Station machen oder wo die Fahrten zu Ende sind, geht das Netz des Handels weiter, warten vierzigtausend Pferde in Istrien, die jedes Jahr aus Deutschland, Ungarn und Kroatien kommen, um Salz zu holen, warten Züge von Waren in Tana, an der Mündung des Don, um die westlichen Warenladungen von dieser Endstation der großen chinesisch-indischen Überlandstraße nach Persien und Trapezunt zu bringen.
In wochenlangen Zügen kommt auf dem Rücken der Kamele die Seide von Zentralasien und China nach Bagdad, dem Sammelplatz aller asiatischen Waren, und wird dort von Venedig abgeholt und weiterverfrachtet.
All dieses tausendfältige Hin und Her hat seinen Ruhepunkt wie seinen Ausgangspunkt in Venedig, am Fuße dieser Brücke, auf der ich jetzt stehe, schwindelnd vor dem Getriebe und bewundernd vor dem Geist, der dieses Handelsnetz erschuf und leitet, ehrfürchtig vor Venedig, der vollendeten Stadt.

Venedig, im Mai 1554.
Wir stehen am Rialto. Da kommen die Schiffe.
Vorhin, als sie am Horizont sichtbar wurde, die Flotte dieser Stadt, klangen die Glocken auf, im jubelnden Empfang, und die Teppiche an den Wänden des Markusplatzes wehten.
Vorhin war es ein berauschendes Bild, die festlich geschmückte Menge, die am Kai stand und rief, und von den Schiffen rief es zurück.
Jetzt ist das Bild verändert. In ihren schwarzen Gewändern stehen die Kaufleute und warten; man hört nur das Rasseln der Anker.
Ich sehe mir die Gesichter an; sie sind kühl und ernst. Vor einem

Jahr, oder vor einem halben, fuhren die Schiffe aus und trugen in ihren Leibern den ganzen Reichtum ihrer Herren. Was werden sie bringen? Noch mehr Reichtum oder die Armut? Werden sie überhaupt alle wiederkommen?
Vielleicht lachte der Besitzer noch heute früh und wird heute abend weinen. Vielleicht muß sein Palast verfallen, der halbfertig am Kanal steht. Vielleicht aber kann er sich einen noch schöneren auf dem Lande bauen.
Er denkt: vielleicht, und hofft: vielleicht, und wird es heute abend erst wissen.
Ein Schiff nach dem anderen wird ausgeladen und fährt zurück zum Arsenal; als seien sie müde.
Ich gehe weiter zur Börse, dort ist Kühle und Dunkelheit. Der Raum ist wie die Menschen. Der Rhythmus des Tages verfolgt mich auch hier. Eine Stimme spricht. Sie ruft die Schiffe auf, die eingefahren sind, ihren Namen, ihren Weg und ihre Fracht. – Indigo, Pfeffer und Nelken. Seide. Wachs – eintönig weiter: – Kreta, Morea, Zypern. –
Eine Glocke tönt. Bewegung kommt in die Harrenden. Ich sehe ihre Gesichter nach oben gekehrt.
Name, der verklingt, wie das Schiff verklungen ist, verschollen. Die Kaufleute senken die Köpfe. Wem mag das Schiff gehören?
Aber schon spricht es weiter: – Holz. Wolle. Eisen. –
Archipele tauchen auf. Mein Träumen ist wach: ich sehe Bürger eines Staates, die sie erobert haben. Viele einzelne, die alles auf sich nehmen und es tragen. Die alles verlieren können, ihr Gut und ihr Leben, und die dennoch nicht zögern.
Und wofür? Für den Staat.
Das Schicksal des einzelnen mag zerschellen. Das Schicksal des Staates nicht.
Der einzelne mag heute, in dieser Stunde, die ich erlebe, zum Bettler geworden sein. Der Staat wird reich, in dieser Stunde, die ich erlebe.
Die Glocke tönt. Ein Schiff liegt auf den Felsen.
Was tut's?

Tage später bin ich wieder hier. Vergessen ist, was war. Zu neuer Fahrt sind die Schiffe bereit.
Nun werden sie für diese neue Fahrt versteigert.
Ein Jahr lang wird die Glocke schweigen. Ladung nach England, Frankreich, oder auch nach Afrika, oder zu den Türken.
– Ja! – sagt ein Mann neben mir. Der Hammer fällt auf die Tischplatte. Das Geschäft ist abgeschlossen.
– Ja – Nein – diese Worte umfassen eine Welt.
In Konstantinopel werden die venezianischen Kaufleute schlecht behandelt. In Kairo müssen sie sich hängen lassen, wenn es der Sultan will. In England kämpfen sie auf der Themse und in Afrika gegen die Portugiesen.
Solange der Staat steht, ist es nicht anders gewesen.
Solange er stehen wird, wird es so sein.
Aber der Mann neben mir sagt: – Ja! –

Venedig, im Mai 1554.
Sie sind den Anblick gewöhnt, darum können sie kühl sein. Mich reißt er hin. Ich bin nur noch Träger aller fünf Sinne, und meine Beine sind nur noch dazu da, mich von einem Rausch zum anderen zu tragen.
Alles, was glitzern kann, glitzert auf diesem Jahrmarkt der Welt.
Denke dir, sie haben innen im Markusplatz einen zweiten Platz gebaut, mit Verkaufsständen, mit schön geschwungenen Dächern gegen die Sonne. Und sie haben auch diesen zweiten Platz mit Teppichen geschmückt!
Alles, was glänzen kann, gleitet in den Ballen der Seide, und wie der Tanz eines Fadens ist Stoff aufgelöst zur Spitze. Duft aller Meere und aller Länder, es ist nicht mehr nötig, daß du reisest, du hast die Welt in den Hallen Venedigs.
Die Welt sendete ihre Waren hierher. Die Welt sendete ihre Kaufleute hierher, um sie zu holen.
Die Frauen der ganzen Welt werden morgen in die Stoffe gekleidet sein, die heute hier liegen, mit den Perlen geschmückt sein, die heute hier liegen, sich in Spiegeln bewundern, die hier gekauft, und durch

Fenster sehen, die hier gefertigt wurden. Gegen die Eisschollen nordischer Meere werden morgen Schiffe ankämpfen, die hier gebaut wurden. Kaiser werden an Tischen speisen, die hier erhandelt wurden, aus Gläsern trinken, die der Atem eines Venezianers gehaucht. Die Gemälde, die du in Schlössern der Fürsten bewundern wirst, auch sie sind von hier, wie der sanfte Kerzenduft russischer Kirchen. Die Gasthäuser können die Kaufleute kaum fassen, und Venedig ist zu klein für ihre Fülle.

Ihre Schuhe tragen die Zeichen weiter Reisen. Staub von Englands Straßen oder den Wegen Ungarns, oder den Sand der Wüste.

Sie sind die Flüsse hinaufgefahren und haben die Alpen überschritten. Sie haben Meere und Kontinente durcheilt. Nun sind sie hier. Ihre Gesichter formte die Landschaft der Welt verschieden, und ihre Haut färbte die Sonne der Welt verschieden. Verschiedene Worte gab ihnen Gott für die gleiche Sache.

Das einzige, was ihnen allen gemeinsam ist: sie haben Geld mitgebracht und: sie wollen kaufen.

Vom Rialto zum Markusplatz und vom Markusplatz zum Rialto strömt ein ununterbrochener Zug lauter und hastender Menschen. Für vierzehn Tage scheint Venedig ihnen zu gehören, obwohl Venedig noch nie so sehr es selbst war, wie gerade in diesen Tagen.

Hochmut dieser Stadt! Überlegenheit der Könige, die sie beherrschen! Wie ragen sie aus der Menge hervor! Ihr Wandel ist Ruhe. Und ihr Blick ist kühl.

Sie blicken sich um und sagen, wie Gott am letzten Schöpfungstag:

– Es ist gut! –

Diese Stadt, noch im Vollbesitz ihrer Kraft, kann in dem Ende ihrer politischen Expansion nicht das Ende ihrer Existenz sehen. Dieses Venedig muß über das politische Spiel hinaus sich neue Aufgabe suchen, die es zum zweiten Male auf einem anderen Gebiet an die Spitze der Welt setzt, noch höher, noch eindringlicher, – allen zum Hohne, die sein Ende zu früh bejubeln möchten.

XIX. PIETRO ARETINO

1492–1556

Als Venedig geboren wurde, lag es in der Mitte des Römischen Reiches zwischen seiner westlichen und seiner östlichen Hälfte. Im Laufe ihres Lebens hatte die Republik schmerzlich erfahren müssen, wie Orient und Okzident sich immer feindlicher und endgültiger voneinander trennten. Jetzt waren sie nicht mehr die Nachbarn am Mittelmeer; jetzt waren sie Europa und Asien. Einst war Venedig das Bindeglied gewesen, jetzt mußte es sehen, Anschluß an seine Welt zu erlangen, wenn es nicht isoliert bleiben wollte. Venedigs Welt war Europa. Die römisch-byzantinische Stadt wurde italienisch.

Doch da sie noch immer mit einem ihrer beiden Füße im Orient stand, wurde ihr früher als allen andern die europäische Gemeinschaft zu einem Begriff, und sie wußte die Notwendigkeit: Europa.

Es bedurfte moderner Mittel, um den modernen Gedanken zu verbreiten. Diese Mittel heißen:

öffentliche Meinung, politischer Journalismus, politische Propaganda.

Ein Mann hatte sie alle erfunden.

Er kam nach Venedig, um sie anwenden zu können.

Pietro Aretino ist der Schatten der Renaissance. Das ganze Jahrhundert trägt ihn wie eine Schleppe. Aber das Jahrhundert ist selbst so riesengroß. Von welcher Höhe muß Aretinos dunkler Stern strahlen, damit ein Schatten bemerkbar ist!

Er wurde geboren in einem kleinen Ort, er stieg in Rom aufwärts, und fand an Venedigs Himmel seinen Platz. Rom und Venedig: die beiden Pole der Welt, ständige Beweglichkeit und ständige Ruhe, die beiden Gegensätze der Welt, schufen und trugen:
Pietro Aretino.

Sie übersteigerten sich selbst, die Menschen der Renaissance. Sie trugen das Schwert oder das Diadem der Kirche, die Krone oder gewaltige Geldbeutel, aber das alles trugen sie nur, um ihre Per-

sönlichkeit noch weiter auszubilden, noch weiter strahlen zu lassen, und um die Macht zu suchen.
Sie selbst hatten schon lange den Boden der Erde verlassen, und ihre Hirne waren im Firmament verwurzelt. Haltlos kreisten sie in unerhörten Ellipsen über der Welt, und glichen Göttern, die nur von der Anbetung der Menge leben.

Hingerissen von der Größe der Zeit aber arbeiteten die Künstler und drückten den Stempel der Ewigkeit in die vergängliche Materie.

Es war ein Ringen im Weltall, das sich entspannte. Und auf Erden und in der Zeit blieben Sieger, die Herren wurden über Leben und Tod, und machten den zum Sklaven, mit dessen Kopf sie spielen konnten.
Wer leben wollte, lebte nur durch sie. Wer schaffen wollte, schaffte nur durch sie. Sie legten Ketten aus Gold und aus Gewalt um die Genies des Jahrhunderts und banden sie fest an sich. Sie machten sich zu dem Thema, das gedichtet, gemalt, gemeißelt werden mußte.
Denn da sie Götter waren, brauchten sie Weihrauch, um zu leben. Und da sie sich selbst zu Göttern erhoben hatten, hatten sie Rechte an sich gerissen, die dem Irdischen nicht zustehen. Ein Gott kann den Weihrauchdunst verweigern, wenn er ihm unangenehm in der Nase kitzelt; er kann zerschmettern die Sklaven, die in goldenen Ketten gebunden, für ihn die Schönheit erschaffen:
Ein Papst der Renaissance kann Michelangelo ohrfeigen und ihm dann Geld geben,
ein Fürst kann einem Bildhauer die Hände abhacken und ihn dann adeln.
Das Genie des Jahrhunderts aber kann nur fliehen, um in einer anderen Sklaverei das gleiche zu erdulden. Wehren kann es sich nicht, denn es braucht alle seine Kraft, um in einer unerhörten Zeit ihre Kunst zu schaffen, und hat keine Kraft übrig, sich der Götter der Erde zu erwehren.
Das alles ist in eine Atmosphäre ständigen Glühens und ewig kreisender Gestirne entrückt.

Aretino aber, der Mann mit der königlichen Seele und dem Mangel jeglichen Autoritätsgefühls, sah in Rom, wohin er als Maler ging und als Dichter lebte, daß er als Maler ein Sklave und als Dichter ein Knecht werden würde.
Er aber war gewillt, ein freier Mensch zu werden.
Und so verließ er Rom und ging ins Feldlager des Giovanni Medici della bande nere.
Aber er wurde kein Krieger. Er wurde Publizist.
Der Condottiere des Schwertes und der Condottiere der Feder hatten keine Gelegenheit zur Tugendhaftigkeit. Aber sie kämpften gemeinsam für etwas, was mehr wiegt: für die Einigung der italienischen Nation.
Erträumtes Italien, vage Sehnsucht der Dichter: hier wird es Schlachtruf und Leitgedanke.
Bande nere gründet die italienische Nationalarmee, Aretino fängt an, mit der Feder das italienische Volk zu rufen.
Die Freunde kämpfen; sie sind frei; keiner Macht untertan, von keiner Macht abhängig.
Bande nere fällt. Wohin soll Aretino gehen? Die Fürsten, die ihn ihrer Liebe versichern, sind jeden Tag bereit, ihn zu vergiften, denn Aretino kämpft für die Einheit Italiens und die Freiheit des Geistes, er hat vor keiner der altehrwürdigen Konventionen Respekt, er sagt allen die Wahrheit. Aretino ist nirgends seines Lebens sicher, außer in Venedig.
Denn Venedig hat nichts gegen die Freiheit des Geistes, es freut sich, Aretino als Bundesgenossen seiner Politik gewonnen zu haben, die in vielen Punkten mit der Aretinos übereinstimmt,
denn auch Venedig vertritt den Verstand in der Politik, und wenn Aretino für den europäischen Gedanken kämpft, so kämpft er in jenen Tagen gegen die Türken, die auch Venedigs Feinde sind.
Der Doge Andrea Gritti erkennt, worin die Bedeutung Aretinos liegt:
Pietro Aretino hat die Macht der öffentlichen Meinung erfunden.
Sie schlummerte irgendwo; Aretino weckt sie auf, formt sie, haucht ihr Leben und Geist ein.

Niemand hat die öffentliche Meinung bisher benutzt.
Aretino organisiert sie. Er macht sich zu ihrem Sprecher. Er erfindet die Presse.
Früher gaben die Astrologen Prophezeiungen heraus, die auf den Jahrmärkten verkauft wurden. Aretinos Prophezeiungen sind noch sensationeller aufgemacht; aber seine Voraussagen stützen sich nicht auf den Lauf der Gestirne, sondern auf die eigene Einsicht in den Lauf der Politik und auf seine eigene, ganz genaue Kenntnis sämtlicher Personen, Faktoren und Intrigen.
Durch diese außerordentlichen Kenntnisse nimmt Aretino eine einzigartige Stellung in der Geschichte des politischen Journalismus ein, den er doch selbst erst gegründet hat. Ganz Italien horcht auf seine Worte. Er sagt dem Volk, was es von den Fürsten und der Politik zu halten habe, und er sagt es so, daß jeder ihn verstehen kann.
Denn Pietro Aretino schreibt nicht lateinisch, sondern in der Sprache Italiens.
Doch er wächst weiter, Pietro Aretino, er wächst hinein und verschmilzt mit dem Gewissen Europas, dieses Europas, das er selbst als Begriff erst erfunden hat.
Er ruft das Abendland gegen die andringende Türkengefahr in die Schranken, er warnt die Fürsten Europas vor den unheilvollen Bündnissen im Osten, und er ist es auch, der nach dem Sacco di Roma, als spanische und deutsche Landsknechte die ewige Stadt verwüsten, empört die Einheit der europäischen Kultur beschwört.
Doch Aretino begnügt sich nicht immer damit, das zu sagen, was die öffentliche Meinung will, sondern er benutzt sehr häufig seine Macht dazu, seine Ansicht zu der der Öffentlichkeit zu machen und so seine Geistesmacht immer weiter strahlen zu lassen: Aretino schüchtert die Herren Europas ein.
Er ist der erste Zeitungskönig der Welt.
Er kann die Politik beeinflussen nach seinem Wollen, er kann die Künstler durchsetzen, die er für groß hält, und er kann die Großen dieser Welt zwingen, in seinen eigenen Geldbeutel die Summen zu legen, die er für angemessen hält.

Immer aber erinnert er sich an seine römische Zeit, als er gesehen hatte, daß die Künstler Diener und Sklaven der Mächtigen waren, von ihrer Willkür abhängig.
Darum flüchtet er, nun, da er die Macht dazu hat, den ganzen Stand der Künstler an die Öffentlichkeit und befreit sie aus den Fesseln der Tyrannen, der Machthaber, der Geldgewaltigen.
Pietro Aretino erschuf die Kritik.
Durch sie lernte das Publikum die Größe und die Würdigkeit der Kunst und der Künstler achten und schätzen, durch sie lernte das Publikum sich ein Urteil bilden und dieses Urteil selbst auf die Würdigen zu lenken.
Es müssen Menschen wie Aretino geboren werden!

Was ist heute Aretino?
Er ist der Skandal, er ist kompromittierend.
Über Aretino kann man höchstens schweigen.
Aretino, das ist die Korruption, das ist der Revolverjournalismus.
Aretino, das ist der Sumpf schlechthin.

So aber war er zu seiner Zeit:
Papst Julius II. küßte ihn auf die Stirn, erhob ihn zum römischen Adel und bot ihm den Kardinalshut an. Aber der päpstliche Hof war ihm zu arm.
Als Karl V. sich auf der Rückreise von Italien befand, bat er Venedig, daß man ihm Aretino entgegenschicke. Sie ritten einen Tag nebeneinander her.
Luigi Gritti, der Sohn des Dogen, lud Aretino nach Konstantinopel ein, da er ohne ihn das Leben langweilig fände.
Die Studenten von Padua zogen Aretino entgegen, als er durch Padua kam.
Arezzo, seine Heimatstadt, erhob ihn in den Adelsstand. Giovanni della bande nere sagte: – Ich aber kann ohne Aretino nicht leben. –
Sebastiano del Piombo: – Es ist wahr, es müssen Leute wie Aretino geboren werden. –
Seinem Wirt, der sich über die unregelmäßigen Mietzahlungen be-

schwerte, erklärte er, daß Kaiser sich für die regelmäßige Zahlung verbürgen.
Papst Clemens sagte, der Sacco di Roma hätte nie stattgefunden, wenn Aretino bei ihm gewesen wäre, da er ihm immer die Wahrheit gesagt.
Papst Clemens VI. schickte Aretino eine goldene Kette und ein Adelspatent.
Calmo sagte von ihm: – Er ist ein Tempel der Poesie, ein Schauplatz der Erfindungsgabe, ein Wald von Vokabeln, ein Meer von Vergleichen, ein Schrecken der Toten, gefürchtet von den Fürsten und geliebt von der ganzen Welt. –
Priscionese: – Aretino ist das neue Weltwunder. –
Michelangelo: – Eure Erfindung ist derart, daß, wenn der Tag des Jüngsten Gerichts schon gewesen wäre, und Ihr ihn mit angesehen hättet, Eure Worte ihn nicht besser würden zeichnen können. –
Cosimo Medici schickt ihm Wein und Geflügel.
– Komm, Freund, und mache mein Haus zu dem Deinen. Du sollst für Dich den Palast Strozzi zum Geschenk haben –, schrieb Alessandro Medici.

Seit den Briefen der heiligen Catarina waren Pietros Briefe die ersten, die im Druck erschienen, und sie waren ganz und gar weltlich.
– Ich wünsche, daß die Höflichkeit der Fürsten mir die Mühe meiner Schriftstellerei bezahle, und nicht, daß die Armut meiner Käufer dies tue –, sagte Aretino und verzichtete auf das Honorar.
Die Briefbände Aretinos erweckten ungeheures Aufsehen, denn nie vorher und nie nachher durfte ein Mensch seine Ansicht den regierenden Personen gegenüber so offen äußern, und nie vorher und nie nachher war ein Mensch so herrlich indiskret, geistreich und frech in seinen Briefen.
– Eine Unmasse Herren liegen mir beständig im Kopfe mit ihren Besuchen, und meine Treppen sind schon ganz abgenutzt von ihren Füßen, gleichwie das Pflaster des Kapitols von den Rädern der Triumphwagen. Ich glaube nicht, daß nach Rom ein solches Völker-

gemisch kommt, wie in mein Haus. Ich komme mir vor wie das Orakel der Wahrheit. Ich bin der Sekretär der ganzen Welt. –

– Wahrlich, mein Lieber, von den fünfundzwanzig Skudi, die ich frisch aus den Eingeweiden der Fürsten durch das Geheimnis meiner Feder herausgezogen habe, habe ich nicht einen einzigen, wie Ihr behauptet, auf die Straße geworfen. Was soll ich denn damit machen? Ich bin einmal geschaffen, so zu leben, wer kann mich verhindern, so zu leben?
Ich lache in der Seele, wenn Ihr mir ein festes Einkommen wünscht, denn Ihr wißt ja, daß, wenn die Pyramiden von Ägypten eine Rente brächten, ich sie in Umlauf setzen würde wie etwas Bewegliches.
Also lasset uns leben! Alles andere ist Posse! –

– Glücklich die Narren, die in ihrer Narrheit sich selbst und dem Nächsten angenehm sind! –

An Tizian: – So stützte ich die Arme auf das Fensterbrett und lehnte mich weit hinaus, indem ich mich ganz der Betrachtung des wunderbaren Schauspiels hingab, das die zahllosen Barken voll Fremden und Einheimischen gewährten. Diese Barken schienen nicht nur den Zuschauer zu erfreuen, sondern auch den Canal grande, der jeglichen erfrischt, der ihn durchfährt, und der sofort das Vergnügen zweier Gondeln lieferte, mit der gleichen Anzahl von Insassen, die um die Wette fuhren. Ich hatte viel Freude an der Menge, die, um das schöne Bild anzuschauen, stehengeblieben waren. Und als die Scharen mit fröhlichem Beifall wieder ihres Weges gingen, siehe, da wandte ich wie ein Mensch, der nicht weiß, was er mit seinem Fühlen und Denken anfangen soll, die Augen pöltzlich zum Himmel, welcher, seit Gott ihn erschuf, niemals von einem solch entzückenden Gemälde von Schatten und Lichtern verschönt war; das gab der Luft eine Färbung, die gerne diejenigen zum Ausdruck bringen möchten, die Euch um Eure Kunst beneiden.
Darum will ich es Euch schildern.

Zunächst schienen die Häuser, obwohl aus wirklichen Steinen, aus einer künstlichen Masse geformt. Sodann stellt Euch die Luft vor, die an einigen Stellen rein und frisch, an anderen trüb und rot war. Erwägt auch das Wunder, das ich in den von dichter Feuchtigkeit erfüllten Wolken schaute, die in der Hauptansicht halb auf den Dächern der Häuser zu liegen schienen, und halb in dieser Feuchtigkeit verschwammen, denn rechts war alles in einen schwarzgrauen Dunst gehüllt. Ich staunte über die Verschiedenheit des Kolorits der Wolken. Die nächsten lohten in den Flammen des Sonnenfeuers, und die entfernteren glommen zinnoberrot. Oh, mit was für einer schönen Linienführung dehnte der Pinsel der Natur die Luft in die Weite und hob sie ab von den Palästen. An manchen Stellen kam ein azurnes Grün, an anderen ein azurnes Blau zustande, das aus allen Seltsamkeiten komponiert war von der Natur, der Meisterin der Meister.
Sie verschmolz, und hob durch Hell und Dunkel das hervor, was ihr hervorzuheben oder zu verschmelzen gut schien, so daß ich, der ich sehr wohl weiß, wie Euer Pinsel Geist von ihrem Geiste ist, drei- oder viermal ausrief: – Tizian, wo seid Ihr? –

An den Kardinal von Trier: – Nun muß der arme Aretino, der unglückliche Greis, der in der ganzen Welt dafür bekannt ist, immer nur furchtlos die Wahrheit gesagt zu haben, in die Türkei gehen, sein Brot zu suchen. Er verläßt die christlichen Fürsten, die ihre Schätze an die Schmeichler, an die Parasiten, an die Heuchler verschwenden.
Jawohl, ich werde nach Konstantinopel gehen, Monsignore, werde dahin gehen, ohne Eure Erlaubnis. Während Elende sich des Reichtums freuen dürfen und Nutzen aus ihren Lastern ziehen, werde ich die Wunden zeigen, die meine Tüchtigkeit und mein Talent mir geschlagen haben. Die Ottomanen, die doch nur wilde Bestien sind, werden Mitleid haben mit diesem Schauspiel, das die Geister der Christenheit nicht bewegt.
Was die hundert Skudi betrifft, die Ihr mir versprecht, so habe ich sie in meinem armen Greisenalter sehr nötig. –

An Tizian: – Ich bin wie Philipp, der Vater Alexanders des Großen, der mitten auf der Höhe seines Glückes die Götter um eine Demütigung bat.
Ich, den die Fürsten fürchten, lege wenig Wert darauf, daß mich die Mägde achten. –

An Vittoria Colonna, die ihm Vorwürfe machte, daß er sein Talent nicht christlichen Dingen zuwende: – Ich gestehe, daß ich der Welt nicht weniger nützlich und Jesu nicht minder angenehm bin, wenn ich meine Nächte flüchtigen Dingen widme, als wenn ich sie für fromme Werke verwende. Und warum?
Nun, die anderen sind sinnlich, und ich bin arm.
Wären die Fürsten so fromm, wie ich bedürftig bin, so würde meine Feder nur lauter Miserere niederschreiben.
Verehrteste Madonna, allen Leuten der Welt wurde nicht die Inspiration der göttlichen Gnade zuteil. Das Feuer der Begierde verzehrt die meisten.
Ihr jedoch seid nur von engelhaftem Feuer entflammt. Für unsereins sind Musik und Komödien das, was für Euch Predigten und Gebete sind.
Seht, ich habe einen Freund, der seine Bibel dem christlichsten Könige widmete. Nach fünf Jahren hatte er immer noch keine Antwort. Meine Komödie „Die Kurtisane" trug mir dagegen von demselben König eine reiche Kette ein.
So könnte meine Kurtisane sich versucht fühlen, sich über das Alte Testament lustig zu machen, wenn das nicht zu unziemlich wäre.
Ich bitte tausendmal um Vergebung, hochverehrte Frau, für die Possen, die ich nicht aus Bosheit geschrieben habe, sondern um zu leben.
Jesus gebe Euch ein, wie Ihr am besten bei Sebastiano durchsetzt, daß ich den Rest der Summe erhalte, auf die ich schon dreißig Skudi bekommen habe, und für die ich im voraus dankbar bin. –

– Es ist ein großartiger Anblick, wenn die Menschen einen Dämon verehren, als wenn er ein Heiliger wäre. –

An ein Mädchen: – Ich habe den Brief gelesen, den Du mir vielleicht von Deinem Liebsten hast schreiben lassen, und worin Du weinst und Dich betrübst und Dich entschuldigst, Du seist aus meinem Hause geflohen, weil Du mir mit Deiner bestialischen Unachtsamkeit Geschirr, Vasen und Gegenstände zerbrochen hast, deren Wert hingereicht hätte, um Dich zwei Jahre lang zu besolden.
Es ist sehr unrecht von Dir gewesen, Reißaus zu nehmen, denn Du mußtest doch wissen, daß mein Zorn schneller verraucht als ein Strohfeuer, namentlich wenn es sich um die Vernichtung von Manufakturwaren auf Tellerbrettern und Kredenzen handelt, auf deren Trümmern die Gläser und Tassen eine Pracht zeigen, die Euch Weibsbildern den Kopf verdreht, wenn Euch in einer verliebten Laune die Herren von hundert Malen einmal attackieren, sobald der Teufel sie reitet.
Der soll Euch alle miteinander holen, Ihr Landstreicherinnen, Diebinnen, Schurkinnen!
Der Verdruß über Dich und auch ein wenig der Ärger über Dein Tun läßt mich solche dumme Schimpfworte aussprechen. Gott verzeih es mir!
Kehre zurück in die Herberge, aus der Du davongelaufen bist, denn Du hast ja selbst gesagt, daß man hier nicht das Brot verschließt, daß man hier nicht den Wein wässert, und daß man hier nicht barfüßig ist, außer im Bett. –

– Die Dinge, die Du mir geschickt hast, sind zur rechten Zeit gekommen, denn die Freunde haben mich während des Karnevals so beraubt, daß ich acht Tage nicht auf die Straße gehen konnte. Meine Kleider werden das Glück haben, versetzt zu werden. –

An seinen Verleger: – Mein Name ist im Munde der Bänkelsänger, man liest ihn auf Geschichtenbüchern, die sonst keinen Absatz finden, man prägt mich in Kupfer, Silber und Gold.
Mein Bild ist über dem Eingang der Paläste zu sehen. Mein Kopf ist auf Kannen, auf Tellern, auf Spiegelrahmen, wie die Köpfe Alexanders, Cäsars und Scipios.

Kristallgläser, die in Murano fabriziert werden, nennt man aretinische Vasen. Eine bestimmte Pferderasse hat den Namen bekommen, weil mir Papst Clemens VII. ein solches Pferd geschenkt hat. Das Wasser, das einen Teil meines Hauses umspült, heißt man das aretinische.
Meine Weiber wollen Aretina genannt werden.
Man spricht von einem aretinischen Stil.
Die Pedanten können vor Wut sterben, ehe sie zu solcher Ehre gelangen.
Nehmt es für ein Zeichen meiner Größe, daß mir die großen Herren mehr aus Furcht als aus Liebe Geschenke machen.
Wenn ich ein Fürst wäre, würde es mir angenehm sein, eher geliebt als gefürchtet zu werden. Da ich indessen Pietro bin, so lege ich mehr Wert auf das Schicksal Furcht, als auf das Glück, Liebe zu erregen.
Ich fürchte nicht, daß mein Name sobald vergehen wird, denn auch im Skandal finde ich meinen Ruhm. –

Als er zum Ritter geschlagen werden sollte: – Ein Ritter ohne Einkünfte ist wie eine Mauer ohne Kreuz, wo jeder Hund seine Notdurft verrichtet. –

– Alle kommen zu mir, wie wenn ich der Schatzmeister des Königs wäre. Kommt ein Mädel in die Wochen, muß ich die Hebamme zahlen. Steckt man einen zerlumpten Edelmann ins Gefängnis, muß ich ihn mit meinem Gelde loskaufen. Heruntergekommene Soldaten, aus dem Lager gejagte Troßknechte, zahlungsunfähige Schuldner, zugrunde gerichtete Kaufleute nehmen zu meiner Freigebigkeit ihre Zuflucht. Mein Haus ist ein Hospital für alle Krankheiten, mein Arzt der Arzt der ganzen Stadt. Seit mehr als achtzehn Jahren steht meine wohlversorgte Herberge allen fahrenden Rittern offen. –

An einen Bänkelsänger: – denn von einem der ersten Bänkelsänger immer und immer wieder besungen zu werden, gereicht mir mehr zum Ruhme, als ich Tadel befürchte von den tausenderlei Redereien, die hundert mittelmäßige Gelehrte über mich verbreiten. –

Er fand die Welt so heiter, daß er sie lachend verließ, als die Götter ihn begehrten: Pietro Aretino.

Trunken noch vom Wein und dem Gelächter der Freude, stieg er aufwärts.

Dann wandte er sich um. Ihn umgab jetzt das Nichts, vor dem jeder Irdische erschauert. Doch er empfand es nicht. Er suchte das Leben, die Freunde, die Stadt.

Sie war aufgetan, seinen Leib zur Ruhe zu geleiten. Tizian schritt hinter dem Sarg. Dann kamen, die seine Freunde gewesen waren, und die ihn gehaßt. Frauen, die er geliebt, und Frauen, die er nicht kannte. Könige, Huren und Bettler geleiteten Aretino zu Grabe.

Das Theater, das sie um ihn spielten, riß ihn hin. Und sein Lachen, dieses wollüstige, unverschämte, laute Lachen klang wie das Platzen eines Gewölkes zur Erde herunter.

– Gott nimm
Pietro Aretino
zu dir, und lasse ihn nie wieder auf die Erde, ihn nicht, und niemand, der ihm gleicht! – sangen die Priester und hüllten sich fester in ihre viel zu weiten Gewänder.

Es kamen die Fürsten, die er so bitter gehaßt und so leidenschaftlich wahr beraten hatte, damals, als er noch lebte. Sie waren sich einig in dieser Stunde, als sie gemeinsam begruben Pietro Aretino, oder die öffentliche Meinung.

– Niemand wird dich je wieder wecken,
Aretino,
Geist und Gewissen der Welt, – und lachend schlossen sie die Börse zu, aus der der Lebende so lange und so gut gelebt hatte.

Es klagten die Bettler an seinem Grab: – Er ist tot,
Pietro Aretino,
und wir, wir müssen leben. Da er uns nicht mehr hilft, sterben und verwesen im Spital –

Es weinten die Kinder: – Wer wird uns jetzt etwas schenken, nur aus Freude daran, daß andere Freude haben? –

Dann aber kamen, die er auf dieser Welt am meisten geliebt hatte, die Frauen und die Künstler.
Ihr Klagegesang schwoll wie ein Strom zu ihm empor:
Künstler: – Er war sehr groß, und sah das Künftige voraus. Sein Geist zersprengte die Fesseln der Länder. Er dachte das Abendland und nannte es Europa. Er liebte es. Und starb, ehe es geboren ward. –
Frauen: – Ach, Aretino starb! –
Künstler: – Europa wird einmal mehr als ein Gedanke werden, doch die Erinnerung an Aretino wird immer so sein, wie man an die Gosse denkt, in die der Abfall von Millionenstädten schwimmt. –
Frauen: – Ach, Aretino starb! –
Künstler: – Wird noch einmal ein Mensch wie Aretino geboren werden? –
Frauen: – Ach, Aretino starb! –
Künstler: – Nie wieder wird eine Zeit so groß sein, daß sie Menschen wie ihn tragen kann. –
Frauen: – Ach, Aretino starb! –
Künstler: – Doch wer wird ihn vermissen? Wer wird die Welt, die er zusammenhielt, die Welt des Geistes retten, wenn sie zu zerfallen droht? –
Frauen: – Niemand! –
Künstler: Wer wird den Stern vermissen, den er erdacht, Europa, wenn es stirbt? Wird man dann auch so daran denken, wie an ihn und sagen: eine Gosse, in die der Abfall von Millionenstädten schwimmt? –
Pietro Aretino stieg die letzte Sprosse zum Himmel empor. Unten lag Venedig, aufgetan, seinen Leib zu empfangen, jenes winzige Staubkorn, das von ihm übrigblieb.

Alle die Aretino gefürchtet hatten, nannten seinen Namen nur, wie man den Namen des Teufels nennt.
Seine Werke wurden aus dem Gedächtnis der Menschen vertrieben.
Unauffindbar ist sein Grab.

Wofür er aber lebte, lebt durch ihn weiter:
Die Presse und die Politik der öffentlichen Meinung, und die Idee: Europa.
Und lange lebte auch noch der Freistaat der Künstler, dessen Hauptstadt für die Dauer eines Jahrhunderts Venedig wurde.

XX. TIZIAN – TINTORETTO – VERONESE

Tizian: 1477–1575; Tintoretto: 1518–1594; Veronese: 1528–1588

Kurz nach der Sterberede des Dogen Mocenigo, in der Stunde, da Venedig den Zenith erreichte, wurde Giovanni Bellini geboren und mit ihm die venezianische Malerei, deren erste Versuche er in der Werkstatt seines Vaters Jacopo sah, und die seine Schüler Giorgione, Palma und Tizian dem Höhepunkt entgegenführen sollten.
Vieles kam zusammen, um der venezianischen Malerei ihren beispiellosen Aufstieg zu ermöglichen: der unerhörte Reichtum, der in der Stadt einer sinnvollen Verwendung harrte, das öffentliche Interesse, das sich von der Politik auf die Kunst richtete, und nicht zuletzt die Erfindung der Ölfarbe, die im Gegensatz zur bis dahin bekannten Tempera- und Freskotechnik die Überwindung der Form durch die Farbe ermöglichte und so den Venezianern ihr eigentliches Feld öffnete.

Sie waren immer stolz darauf gewesen, die Erben Roms zu sein. Mochten Florenz und Rom anfangen, in Erde und Schutt nach den Trümmern der Antike zu graben, mögen sie jetzt einsehen, daß das Kolosseum schön ist und nicht nur ein Steinbruch, mögen ihre Maler und Bildhauer die römische Kunst wiedergestalten, Erben des Geistes und der Seele Roms waren die Venezianer, wenn auch im Sumpf ihrer Heimat nicht eine einzige antike Säule zu finden war.
In den anderen Städten bauten Guelfen und Ghibellinen Wehrtürme, vermauerten ihre Paläste, gossen Pech auf den Nachbar herunter, war das Mittelalter mit Feuer und Schwert eingezogen, und

die Hälfte ihrer Bürger lebte in der Verbannung. Venedig war frei davon geblieben. Und an den sanften Wassern öffneten sich die Portale seiner Schlösser, bereit, jeden zu empfangen, brannten keine Scheiterhaufen, schwieg der Zwiespalt. So zog auch die Antike nie in das Herz der Venezianer, da sie ja nie ihr Herz verlassen hatte.

Rom und Florenz brachen mit der nahen Vergangenheit, um die fernere Vergangenheit wiederzufinden. Rom und Florenz wurden Stätten klassischer Kunst. Sie fanden die herbe Schönheit der Linie, sie fanden die Form; die Landschaft, in der sie lebten, zwang sie dazu, den Meißel an den unbehauenen Marmor zu setzen.

Venedig aber war in dieser Zeit damit beschäftigt, sich ein Weltreich zu erhalten, wie es sich für die Erben Roms geziemt, ohne darüber nachzudenken, daß die Römer nicht anders gehandelt hätten.

Denn Venedig war eine unliterarische Stadt.

Rom und Florenz stellten Gesetze auf für die Kunst. Rom und Florenz waren streng, göttlich, unerhörter Spannungen voll.

Venedig war heiter.

Rom und Florenz bekamen in der Renaissance erst ihr ewiges Gesicht.

Venedig besaß das seine schon von Anfang an.

Es gibt Menschen, die den Namen: Venetia aus den Worten Veni etiam deuten: Kehre wieder!

Venedig war schon immer die geheimnisvolle versunkene Stadt im Meere, von den glitzernden Wassern umhüllt wie von einem Glorienschein.

– In der ununterbrochenen Bewegung wandeln sich und schmelzen alle Farbtöne. Je nach den Farben des Himmels wechselt das Wasser, und alles vermischt sich zwischen dem Rieseln des Lichts und den Goldflittern, unter den Silberwirbeln und unter den breiten Leuchtscheinen und plötzlichen Blitzen, die die gebäumte Wand einer Woge ausschickt. Die Gewohnheiten der Augen werden gewandelt und erneuert. An Stelle der klaren, starken und trocknen Töne des festen Bodens gewahrt es ein Schillern und Verschwimmen, ein unaufhörliches Aufstrahlen verschmolzener Farben, die einen zweiten,

ebenso glänzenden, aber mannigfaltigeren, wechselnderen, reicheren und tieferen, aus übereinandergesetzten Tönen bestehenden Himmel bilden und deren Verbindung eine Harmonie ist.
Man könnte Stunden damit verbringen, diese Abstufungen, Tönungen und diesen Glanz zu betrachten.
Ist aus einem derartig täglich betrachteten Schauspiel, aus dieser unwillkürlich als Lehrerin aufgenommenen Natur und aus der durch dieses wogende und sinnenreizende Äußere der Dinge gezwungenermaßen angefüllten Phantasie das Kolorit der Venezianer entstanden? –
Alles Land um Venedig haben die Flüsse angeschwemmt, wie sie Holland angeschwemmt haben. Durch den ewig währenden leichten Dunst der aufsteigenden Wasser verschwimmen alle Linien, und nur die Tönungen bleiben, die Farben. Die Menschen, die hier leben, werden niemals den Meißel nehmen. Nie wird die Form sie reizen, aber immer die Farbe, die verschiedensten Tönungen des Brauns, des Blaus, des Graus: aller jener Farben, die der Dunst in Verbindung mit der südlichen Sonne Italiens hervorzaubert.
— Von allen Seiten, in allen Leinwänden schwingt und blitzt das Licht; es gibt nicht ein Atom in der Luft, das nicht zittert, und das Leben ist so überströmend, daß es durch die Steine, die Bäume, das Erdreich, die Wolke, durch jede Farbe und jede Form wie ein alles ergreifendes Fieber hervordringt und belebt. —
Aber die Kunst ist nicht nur eine Summe von Licht und Farben. Sie ist nicht nur durch die Landschaft bedingt, obwohl die Landschaft die Menschen formt, die Neigungen, Temperamente, die Nahrung und damit die Körper. So hat auch Venedig wie die Niederlande Freude an allen Wollüsten der Augen, der Ohren, der Sinne, an üppigen Körpern und großen Bewegungen, an Reichtum der Seiden, der Farben, der Poesie.
Kunst ist der Ausdruck der geistigen Situation der Zeit. Künstler sind die Künder der Zeit und ihre Werke der vornehmste Ausdruck.
Veronese erhob Venezia zur Göttin und setzte sie, den anderen Göttern ebenbürtig, in den Himmel des Olymp ein.

Dort thront sie, eine üppige glückliche Frau, und nimmt die Huldigungen mit dem Lächeln der Gesundheit an.
Wenn man an die Symbolik von Bildern glaubt, so findet man in diesem Werk die ganze venezianische Renaissance und das Verhältnis der Künstler zu Venedig.
Venedig war souverän, glücklich und reich. Der Staat, der zur Erreichung seiner politischen Ziele das Gift niemals gescheut hatte, kannte nichts, aber auch gar nichts, was die Kunst vergiften könnte. Weder Weihrauch noch Peitsche, weder Gefängnis noch Scheiterhaufen. Venedig war von jeher in sich selbst verliebt, und es war von jeher so schön, daß auch alle anderen in Venedig verliebt waren. Durch alle Bilder geht das gleiche Gefühl. Sie ist die schönste Stadt der Welt, die geheimnisvollste, die Stadt der zarten Farbenskalen unter dem ewig sich wandelnden Himmel.
Während um sie herum die Staaten Kirchen bauten, die den römischen Gerichtshallen nachgebildet waren, Burgen, die römischen Forts, und Stadtmauern, die römischen Mauern glichen, baute Venedig sein Weltreich.
Aber früher schon, während seine Nachbarn sich Pech auf die Köpfe gegossen hatten und Schriften verbrannt, wußte Venedig, daß das Märchen von der Stadt, die so schön war, daß sie nicht lebenbleiben konnte, ihr galt. So klang ein Lachen auf mitten in der schmerzhaften Zeit, in der die Menschen Vorurteile statt Herz trugen.
In den Blüten und Ranken und Farben, in den Lichtern, Balkonen, Geländern, Plastiken, Treppen und Säulen der wunderschönen Stadt schwang von Anbeginn an die orientalische Freude an Schmuck. In den Gewändern, Trachten und Bewegungen war Venedig keine italienische Stadt; in den Gedanken und Empfindungen war sie nur eines: venezianisch.
Die Venezianer dachten so, wie die Römer einst gedacht haben mögen, aber sie trugen keine römischen Köpfe. Sie waren nicht vom Sarazenentum und vom Christentum berührt. Sie waren Heiden. Nur sie. Rom und Florenz kämpften den Gigantenkampf gegen das Christentum und waren in Wahrheit doch fromm. Venedig schützte das Christentum, aber es glaubte an Epikur, dessen Philo-

sophie in Padua gelehrt wurde. Es hatte nie etwas fürs Luthertum übrig gehabt, aber auch nie Ketzer verbrannt. In seiner Universität zu Padua wurden Ansichten geäußert, die zutiefst heidnisch waren: unsere Seele sei durch die Kraft des Samens erzeugt und darum sterblich. Es ahnte ihnen, daß der Mensch nicht die Krone der Schöpfung sei, und ein Professor der Medizin ließ das Seziermesser fallen, breitete die Hände aus wie zum Gebet und rief: – Ach, könnte ich doch Gott so lieben, wie ich ihn verstehe. –

Und die Kunst ist ein Ausdruck der Geisteshaltung. Die venezianische Kunst ist nicht abstrakt. Es schwingt nicht der Gedanke darin, daß die Welt etwas sei, was man fliehen müsse.

Venedig und seine Künstler lieben die Welt, lieben das Leben, jauchzen auf bei jedem neuen Tag, den die Sonne ihnen schenkt, sind erfüllt von der Aktualität des Lebens, und es reißt sie hin, dies Leben, diese Schönheit, diese Welt, die ganz irdische, ganz farbige, von Seiden umflossene, von Händen gestreichelte, von Lippen berührte und von Musik geleitete Welt zu malen, in Tausenden von Leinwänden, in Kirchen, in Treppen, in ernsten und heiteren Räumen, immer und immer wieder das Thema: Venedig, die Göttin: Venedig, wandelbar, in vielerlei Gestalt, mit Emblemen verziert, zeitlos, ewig, üppig und reich.

Er, der Künder und höchste Ausdruck der Renaissance in Venedig, Tizian, war ein Sohn der Berge, die schemenhaft hinter der Stadt stehen, der Berge, deren Quellen und Flüsse Venedigs Erdreich schufen.

Er war ein Liebling der Götter, die ihm ein Leben von hundert Jahren schenkten, und dann war es auch nur die Pest, die ihn hinwegraffte. Päpste, Fürsten und Kaiser überhäuften ihn mit Ehren und Aufträgen. Die ganze Welt war voll von seinen Bildern, und der ganze Erdkreis von seinem Ruhm.

Ein Blick auf einen Menschen genügte ihm, ihn so darzustellen, daß wir wissen, was der Gemalte dachte, wollte, worüber er glücklich war und worunter er litt.

Tizian ist völlig Original, das will heißen, er hatte kein Vorbild, keinen Meister, dessen Jünger er werden konnte. Als er, ein Knabe,

Venedig betrat, war Gianbellin ein Greis, der in inbrünstiger Frömmigkeit Madonnen malte. Und Giorgione, der andere Große, starb wenige Jahre später, geheimnisvoll, wie er gelebt und gemalt. Tizian hat beide nicht weitergeführt, er ging seinen eigenen Weg. Er kannte nicht die Antike, an deren Vorbild die florentinischen und römischen Maler sich bilden konnten, er, Tizian, hatte anzufangen.
Er fing an zu malen, und er malte neunzig Jahre lang. Und das ohne Wildheit, ohne Dämonie, ohne Disharmonie, ohne Hunger des Leibes oder der Seele, ohne Zweifel an sich und seinem Können, und er sagte, daß das Malen eine Gabe Gottes sei, dessen Namen er aber nicht unnötig im Munde führte.
Er war allein, und doch war er keiner der ganz großen Einsamen, wie später Tintoretto, denn er wurde verstanden und geliebt und glich dem Spiegel, der das Verständnis und die Liebe zurückgibt. Sein Fundament war alles, was menschlich und darum verständlich ist, und keine ungekannten Gewalten zerrissen sein Herz.
Sein Herz lag offen und nahm die Freude des Tages in sich auf, die Töne der Musik, das Lächeln der Frauen, den Wein, die Freundschaft, Reichtum und Glück.
Unter den Künstlern Venedigs war er der König, und eifersüchtig darauf bedacht, der König zu bleiben; denn er wußte, was er konnte. Schüler und Nachahmer fanden sich. Er lächelte darüber und nahm sie in seine Werkstatt auf. Sie alle malten Tizians.

Einmal aber wies er einem jungen Maler, der bei ihm arbeitete, die Tür. Tintoretto war, er sah es, und es erschreckte ihn, nicht mehr menschlich. Tizian muß das Gefühl gehabt haben, daß dieser Jüngling da vor ihm den Teufel im Leibe hätte, und er war zu sehr ein Sohn der Berge, zu gläubig, um nicht den Teufel in allen seinen Gestalten zu fürchten, der diese Welt zerriß. Er fühlte mehr als er es hätte ausdrücken können die schreiende Disharmonie, die wilde Dämonie, den Streit aller Titanen, ja, das Jüngste Gericht in der Seele des jungen Tintoretto.
Tintoretto war eigenwillig, persönlich, eine andere Welt, und sie war Tizian verschlossen. Er begehrte sie nicht, und sie begehrte ihn

nicht. Tintorettos Welt war unbürgerlich, ihre Gesetze nicht zu brechen, oder: ihre Gesetze brachen mit allem Bisherigen.
Tizian hatte gemalt, aus einem reichen Leben, aus einem großen Leben heraus. Aber er stand hier, und was er malte, stand drüben, wo die Leinwand war. Es war ein Abstand zwischen ihm und seinem Malen, den er brauchte.
Tintoretto stürzte sich, wie ein Verdurstender, auf die Leinwand, auf die Farbe, um wenigstens einen Teil der überreich arbeitenden Phantasie dort zu verausgaben, die ihn zu verzehren drohte. – Das Kolorit Tizians und die Zeichnung Michelangelos – diesen Satz schrieb er über die Tür seines Ateliers. Wenn er nicht malte, so verfertigte er Gliederpuppen und studierte ihre Verkürzungen, ihr Verhältnis zueinander, ihr Licht und ihren Schatten. Sein Auge durchbrach alle malerischen Gesetze, die vor ihm gegolten hatten, und er erkannte die Gesetze der optischen Linse, wußte von der Willkürlichkeit der überlieferten Perspektive und gab ihr eine neue Regel, ein neues Gesetz, das lange nach ihm der photographische Apparat bestätigte.
Er malte, malte, malte. Nie verließ er den Heimatboden, nie sah er eine Wiese, ein Pferd oder einen Bach, aber seine hinreißende Phantasie erdachte Wiese, Pferd und Bach, seine Phantasie erstürmte alle Welten, und seine Hände malten, Leinwände über Leinwände, große und kleine, und man sagt, daß seine Farben flüchtig gemischt waren und ihre Leuchtkraft verloren in den Jahrhunderten, die seinem Tode folgten.
Aber Tintoretto dachte nicht an die Ewigkeit, für die er malte. Er malte, weil er nicht anders konnte, er malte frei schwebend um Kirchtürme, er malte in Refektorien. Er malte, weil es ihn zersprengt hätte, nicht zu malen; er malte aus keinem anderen Grund, als weil er ein Genie war, und so schuf er das gewaltige Kunstwerk: die Scuola di San Rocco.
– Ehe man ihn nicht gesehen hat, hat man keine Vorstellung von der menschlichen Einbildungskraft. Einen solchen Menschen hat man niemals wiedergesehen, einen derartig feurigen, so strotzenden Schmelzofen, mit einem solchen Hervorsprudeln und Flammen-

prasseln, mit einem so hohen Funkenstrahl und so plötzlichen und mannigfachen Blitzen, mit einem solchen unausgesetzten Strahlen von Glutscheinen und Lichtern!

Den inneren Schwung seines Geistes muß man beschreiben: man entdeckt in ihm einen einzigartigen Zustand: das Aufblitzen der einschlagenden Inspiration.

In gewissen äußeren Augenblicken, in einer plötzlichen Erschütterung gewahrt der Mensch wie in einem Blitz in furchtbarer Deutlichkeit Jahre seines Lebens. Die plötzlich verhundertfacht bewegte Kraft des Hirns läßt den Geist in dieser kurzen Sekunde mehr als in seinem ganzen übrigen Leben erleben. Er geht gewöhnlich aus dieser höchsten Halluzination schlaff und krank hervor, aber der Mensch vollendet Werke, die das menschliche Können übersteigen. –

Kein Gassenbubenlied, keinen Choral, aber eine Ovidsche Ode auf den Lippen, durchstreifte der Wandermaler der Terra ferma, der sich Veronese nannte, das Land. Tizian sah seine Bilder, und erschüttert umarmte der Greis den Jüngeren: in Veronese, das erkannte er, wird seine Kunst weiterleben.

Er holte ihn nach Venedig, förderte ihn, und Veronese blieb, wie alle blieben.

— Seine glänzenden, bunten, marmornen Säulenhallen, seine mit schwarzen Arabesken überzogenen Goldnischen, seine großen Treppen, seine vom Himmelsblau sich abhebenden Geländer, die fuchsroten, goldgestreiften Seiden, die weißen, unter ihren Scharlachschabracken sich bäumenden Pferde, seine rot und grün verbrämten Wachen und Neger, seine mit verflochtenen Zweigen und Mustern gestrickten Schleppröcke und vor allem die erstaunliche Mannigfaltigkeit seiner Köpfe und die friedliche Harmonie, die wie Musik aus seinem silbernen Farbton, seinen heiteren Gesichtern und seinen reichen Zieraten strömt! Wenn Tizian der Fürst und Beherrscher der Schule ist, so ist Veronese ihr Verweser und Vizekönig. Wenn der erste die Kraft und schlichte Größe der Gründer hat, so hat der zweite die Gelassenheit und das schöne Lächeln des unbestrittenen Monarchen. Was er sucht und findet, ist nicht das Erhabene oder

Heroische, Gewaltigkeit oder Heiligkeit, Reinheit oder Zartheit. Alle diese Zustände zeigen die Natur nur von einer Seite aus und verraten Läuterung, Anstrengung, Dämpfung oder Spannung, was er liebt, ist blühende Schönheit, die offene, aber unversehrte Blume, in dem Augenblick, in dem sich ihre rosigen Kelchblätter ganz entfaltet haben, ohne daß eine von ihnen schon zu welken beginnt. — Veronese faßte mit Heiterkeit die ganze Fülle um ihn herum zu einem reichen Gastmahl der Freude zusammen. Bei keinem anderen Maler sieht man Venedig so sehr wie bei ihm, und er allein würde genügen, das Venedig des achtzehnten Jahrhunderts zu zeigen, mit seinen Festen, seinen Frauen, seinem Spiel, seinem Reichtum, seinem Glück und seinem aristokratischen Geist.

Tizian muß man bewundern, Tintoretto anbeten; Veronese liebt man. Geht man durch die Räume der Villa Barbaro in Maser, die er ausgemalt hat, so packt einen plötzlich und mit unwiderstehlicher Gewalt das Bewußtsein von der Schönheit und der unvergänglichen Heiterkeit der Welt; Veronese ist der Maler, der uns die zunehmende Versäuerung der Welt immer und immer wieder vergessen lassen kann. Oder anders ausgedrückt: die Bilder von Tizian soll man in den Sälen der Habsburger Länder lassen, für sie gemalt. Tintoretto darf man aus Venedig nicht fortdenken, ohne die Stadt ihres schönsten Schmuckes zu berauben. Veronese möchte man um sich haben, gleich wo man lebt, möchte unter seinen Bildern leben, seine Frauen lieben, seine Stoffe tragen, sein Lächeln um die Lippen haben.

Die Kriege, die Venedig geführt hatte, sind vergessen. Vergessen sind die Helden und Märtyrer, die für Venedig gestorben sind. Geblieben sind:

Venedig, die schönste Stadt des Abendlandes,
Tizian,
Tintoretto,
Veronese,
und alle die Maler und Baumeister, die ihr Leben ausströmten für die Schönheit, für die Ewigkeit der Kunst.

Venedig wußte sein Schicksal, das dem des Menschen gleicht.
Venedig wußte von der Vergänglichkeit alles Tuns.

Es dankte den Menschen, die gekommen waren, die Stadt zur höchsten Vollendung zu führen.
Es gab ihnen Freiheit; Freiheit im Denken, im Tun, im Handeln.
Es betete die Künstler an, damit die Künstler Venedig anbeteten.
Sie waren nicht süchtig nach Ruhm; Venedig war es nicht. Sie waren süchtig nach Unsterblichkeit. Sie wurden unsterblich, und Venedig mit ihnen.
Venedig faltete den ganzen Reichtum seines tausendjährigen Lebens vor ihnen aus und bat: nehmt euch davon!
Und von überall her kamen sie und nahmen sich, was sie brauchten: Geld oder Farben des Himmels, Ruhe oder Unruhe, Trunkenheit oder Räume, die des Schmuckes bedurften.
In Florenz und in Rom waren die Künstler unfrei, von den Launen der schnell wechselnden Herren abhängig.
In Venedig waren sie frei. Sie entfalteten sich frei.
Sie dienten in Freiheit nur ihrer Kunst.

Es waren noch zahlreiche andere, die an einem anderen Ort und zu einer anderen Zeit die Größten gewesen wären und im Pantheon der venezianischen Malerei doch nur die zweite Stelle einnehmen.
Der Schwung aber, der die venezianische Kunst in ihrer Jugend hochgerissen hatte, trug sie über Jahrhunderte weiter, bis sie am Ende mit der Republik jäh herabstürzte und erlosch.

XXI. DIE LETZTE TAT

1571–1573

Während Venedig gegen die Genuesen kämpfte, nahmen die Türken Gallipoli und damit die Herrschaft über die Dardanellen und den Zugang nach Europa.
Als Pietro Loredan im Jahre 1416 die türkische Flotte vor Gallipoli vernichtet hatte, konnte der Sieg nicht ausgenutzt werden, denn Venedigs

Kräfte waren im Dreißigjährigen Krieg gegen Mailand gebunden. Hundertfünfzig Jahre lang hat es im Osten keine Handlungsfreiheit. Hundertfünfzig Jahre lang erficht die venezianische Flotte keinen Sieg.
Die Türken drangen gegen Morea und Albanien vor. Im Jahre 1453 eroberten sie Konstantinopel. Sie schwärmen über die Balkanhalbinsel hinaus bis an die Grenzen von Friaul. Und während Venedig im Cambraikriege gegen ganz Europa kämpft, nehmen die Türken, von ganz Europa unterstützt, das Levantereich fort: Albanien, Euböa, die nordgriechische Küste, die ägäischen Inseln und endlich den Peloponnes, den militärischen Kernpunkt dieses Handelsimperiums.
Noch bleiben den Venezianern zwei Bestandteile des Levantereichs: Kreta und Zypern. Nur noch auf diesem Besitz beruht alle Macht, mit der die Venezianer ihren Levantehandel stützen können.
Doch die beiden Inseln sind der einzige Femdkörper im weiten Raum des ottomanischen Reichs. Die Türken werden sie erobern. Und die Venezianer wissen: das wird das Ende Venedigs sein.

Es ist Herbst. Die ersten Stürme kommen und werfen die Wellen an die Küste von Zypern.
Schweigend sind zwei Männer nebeneinander hergeschritten. Nun teilt sich der Weg.
– Auf Wiedersehen – sagt Bragadin, der Generalkapitän.
– Nein! – antwortete der andere. Er legt ihm die Hand auf die Schulter. – Wir werden uns nicht mehr wiedersehen. –
– Und wenn die Schiffe doch noch kämen? –
Nikolo Dandolo zuckt die Achseln. – Sie kommen nicht –, sagt er dann. So trennen sie sich.
Die Schiffe, denkt Bragadin, Venedig wird sie schicken! Aber als er später auf der Festung Famagosta steht, die Zypern schützen soll, kommt ihm sein Hoffen wie strafbarer Leichtsinn vor. Wohin er auch blickt: alles gehört den Türken. Jede Insel, jedes Eiland, das verschwindend im Horizont steht, jede Welle, die von Minute zu Minute immer mehr Gischt an die Felsen peitscht, alles gehört den Türken.
Auch heute haben die Bauleute und Ingenieure an der Festung gearbeitet, die durch lange Jahre fast verfallen war. Nun ist der

Abend gekommen und Bragadin sieht ihre Fackeln leuchten, die ihnen den Weg zur Stadt hinunterweisen.
Er ist allein. Und empfindet es wie Hoffnungslosigkeit oder auch wie Gnade.

Das Meer trägt außer den Inseln Schiffe, die genügen würden, alle Inseln zu schützen.
Girolamo Zane, der Generalkapitän von Venedig, wartet mit hundertvierzig Galeeren vor Zara, Marco Quirini wartet mit zwanzig Galeeren vor Kreta, sie warten beide auf die Schiffe Spaniens und des Papstes und treffen sich in der Bucht von Suda,
es wartet der päpstliche Gouverneur mit zwölf Galeeren vor Otranto auf die Schiffe der Spanier,
es wartet Gianandrea Doria, der Admiral der Spanier, mit fünfzig Schiffen vor Messina auf den Augenblick, wo sein Herr, König Philipp, sich entschließen könne, ihm den Befehl zur Ausfahrt zu geben.

Eintönig bricht sich das Meer an der Felsenküste von Zypern. Das Jahr ist vergangen. Es kommt der Frühling. Bragadin verirrt sich in den Anblick einer Blume. Dann wacht er auf und hüllt sich fester in den Mantel, frierend in der Sonne.

Girolamo Zane wartet mit seinen Galeeren vor Suda, in der Bucht,
es wartet Marco Quirini mit seinen Galeeren vor Suda, in der Bucht,
es wartet Colonna mit seinen Galeeren vor Suda, in der Bucht,
und abseits von ihnen, voller Verrat, der Feind Venedigs seit eh und je: Doria, mit seinen Schiffen vor Suda.
Venedigs Schiffe sind blutrot angestrichen, und sie tragen tönende Namen.

Aber hört doch, hört! Mit vielen hundert Kriegsschiffen und vielen tausend Soldaten sind die Türken in Zypern gelandet! Das Gras ist verdorrt vor ihrem Tritt und die Plantagen verwüstet.
Sie tragen auf ihren Köpfen einen roten Fes und in der Hand den

Dolch. Und wo der Dolch nicht trifft, weil der Weg zu weit, da nehmen sie ihn in den Mund und stürzen weiter, mit beiden Händen die Fackeln schleudernd in die Dörfer und Städte Zyperns! Und die Sanftmut des nächtlichen Sternenhimmels verblaßt.

– Wir müssen erst unsere Schiffe instand setzen! – sagt Gianandrea Doria.
– Wir müssen warten! – sagt Colonna.
– Wir müssen kämpfen! – sagt Marco Quirini.
– Wir können nicht! – antwortet Girolamo Zane. – Sieh unsere Mannschaft an! –
Von Seuchen zerrüttet und vom langen Warten liegen sie und schlafen, und wenn sie sich erraffen, dann fluchen sie oder speien in das Meer. Und wenn man sie anschreit, verweigern sie den Gehorsam,
und man könnte sie nur noch aufhängen, aber der Tod hat ihre Reihen so gelichtet, daß ohnehin viel zuwenig Matrosen auf einem Schiffe sind.

In Nikosia und Famagosta liegen die Truppen Zyperns und warten auf die venezianischen Schiffe. Um sie herum ist Land und Meer und Fels und Himmel in der Türken Hand.
Auch der Himmel. Bragadin steht auf einem Felsenriff. Er zündet ein Feuer an. Der Rauch kriecht am Boden. Er schreit; sein Schreien kehrt zu ihm zurück.
Bragadin steht auf einem Felsenriff. Felsen im Meer und ein springender Delphin.
Am 9. September 1570 wird Nikosia, die Hauptstadt der Insel Zypern, von den Türken erobert.

Im Hafen von Nikosia liegen türkische Schiffe. Jünglinge und Mädchen Nikosias werden auf ihnen morgen nach der Türkei gebracht und als Sklaven verkauft.
Die Knaben tragen Fesseln. Unter strenger Bewachung sind sie auf Deck zusammengepfercht.

Die Mädchen sind unten verstaut, wo das Pulver liegt.
Eines der Mädchen beugt sich hinaus. – Bist du da? – fragt sie.
Sie sieht den Schatten eines Knabenkopfes. – Ja. –
– Gestern – sagt das Mädchen – blühte der Ginster oben zwischen den Felsen. Weißt du es noch? –
– Ja – sagt der Knabe, – morgen. –
Das Mädchen blickt durch die schmale Luke in die Nacht des Wassers, über der hell der Feuerschein der brennenden Insel steht. Dann tastet sie sich weiter. Sie sucht die Rettung für sich und für alle, noch einmal taucht ihr Köpfchen auf, und man sieht eine Hand, die ein brennendes Holzscheit in die Pulverkammer legt.
Als die Türken die Schiffe voll kostbarer Ladung suchen, finden sie sie nicht mehr.
Aber Tage um Tage kreisen über den Felsenriffen Zyperns schreiende Vögel.

Als die Flotte nun endlich Suda verläßt und die Richtung auf Zypern nimmt, kehrt, wenige Meilen vor Famagosta, Doria um.
Die anderen folgen ihm, weil sie glauben, allein zu schwach zu sein.
Nur Marco Quirini bleibt in der Levante. Was nützt es, daß Venedig seinen Generalkapitän Girolamo Zane absetzt? Sie könnten ihn hängen lassen, aber sie haben ohnehin viel zuwenig Kapitäne für ihre Schiffe.

Es ist wie die Pein des Durstes, die ihn nicht schlafen läßt, neun Tage und Nächte, bis die Türken Famagosta erreicht haben.
Marcantonio Bragadin weiß, er müsse etwas sehr Wichtiges Venedig noch sagen, vor seinem Tode.
Daß es ihm nicht einfällt, peinigt ihn. Er grübelt darüber nach. Es ist wichtiger als sein Leben. Aber es fällt ihm nicht ein.

Nur noch Famagosta steht auf der eroberten Insel, wie ein Hort der Zuflucht oder eine vage Hoffnung auf Rettung.
Sie haben die wenigen aufgenommen, die vor den Türken fliehen konnten.

Am Tage, wenn die Soldaten an den Mauern liegen, arbeiten die Flüchtlinge daran, sich Waffen zu schmieden, nachts, wenn die Soldaten an den Mauern liegen und die Laute der Arbeit schweigen, flieht sie dennoch alle der Schlaf;
denn eintönig, niemals abreißend, schlägt die Brandung des Meeres gegen die Felsenküste Zyperns.

Als er eines Tages, es war noch kein Tag, nur die Nacht war schon entwichen, auf die Mauern steigt, Marcantonio Bragadin, steht ihm gegenüber, aufgepflanzt, Dandolos Haupt, abgeschlagen, ausgestopft, und hat doch einst einem Lebenden gehört; dem Provveditore Nikosias, der es verlor, im Dienste Venedigs.
Hinter ihm steigt aus Gischt und Schaum geboren die Sonne auf.

Die Monde wechseln, und es wechseln die Gezeiten des Meeres. Es bleibt die Brandung, die Türken und Dandolos Haupt vor den Mauern Famagostas.
Es kommt der Herbst, und als er geht, bleibt dennoch die Brandung, die Türken und Dandolos Haupt vor den Mauern.
Es kommt der Winter. Und seine Stürme fegen über die Felsen Zyperns dahin, noch immer steht Famagosta, steil und unbesiegbar, wenn auch der Sturm Dandolos Haare hin und her fegt, hin und her fegt, als reiße ihn jemand und zerre ihn jemand, und wenn auch sein Kopf, der abgeschlagene, ausgestopfte, hin und her schwankt, als sei der Tote betrunken.

Als die Türken die Winterruhe aufsuchen im Hafen von Konstantinopel und kein Schiff mehr die wilde See zu durchfahren sich getraut, bringt Marco Quirini, der in der Levante gewartet hat, zweitausend Mann nach Famagosta und bringt Waffen mit und Pulver; aber, auch er, keinen Trost.

Es ist Abend. In Bragadins Zelle, sie gleicht einem Gefängnis und liegt im Turm von Famagosta, dort, wo man das Meer weit überblicken kann, sitzt Marco Quirini mit Bragadin zusammen.

Marco Quirini: – Wer spricht hier? –
Bragadin, gleichmütig: – Die See. –
– Nein! Ich höre einen Menschen. –
– Es wird unser Bischof sein, er ist wahnsinnig geworden. Aber es ist nicht schlimm. Wir sind es alle. –
– Er predigt. –
– Ja. –
Man hört die Stimme des Geistlichen:
– Die in Fesseln liegen, rufen zu IHM. Doch ER spricht: Ihr geht in das Himmelreich ein.
Die Hunger haben, rufen zu IHM. Doch ER spricht: seid demütig.
Die Reiche der Welt zerfleischen sich. Doch ER heilt einen Bettler.
Als ER mit der Peitsche die Wechsler zum Tempel hinauswarf, traten sie durch die andere Tür wieder ein.
Und als in SEINEM Sterben der Himmel zerriß, schloß er sich bald wieder.
Aber die Fischer auf dem Meere taten einen großen Fang. Aber der Heilige in der Wüste teilte sein Brot mit dem Löwen. Aber sie malen SEIN Abbild riesengroß an die Altäre und zünden Kerzen an für IHN!
ER ist gestorben, und ihr sterbt wie ER.
Vielleicht reicht auch euch jemand einen Essigschwamm, wahrscheinlich aber nicht.
Ihr werdet vergessen sein, auch wenn ihr länger lebt als ER.
Aber auch ER wird einmal vergessen sein; später,
so vollendet sich Geburt, Tod und das Nichts.
Wir sind gebunden auf ein Feuerrad –
– Zu wem sagt er das? –
– Zu Dandolos Haupt. Aber Sie können es auch zu Venedig sagen. –
– Ich möchte ihn mitnehmen! –
– Den Bischof? –
– Nein, den Kopf! –
Da spricht Bragadin mit Leidenschaft: – Lassen Sie ihn hier! Ich danke Ihnen, daß Sie gekommen sind, aber wichtiger als alles ist dieser Kopf. Sie müssen zurück, wir müssen bleiben.

Sehen Sie das Meer an, und die Felsen. Meer und Felsen, Meer und Felsen, graue Masse. Sie zerdrückt uns. Sie hat unseren Bischof wahnsinnig gemacht, sie macht uns alle wahnsinnig.
Da ist nun dieser Kopf. Das einzige, was uns von Venedig geblieben ist. Ein abgeschnittener, ausgestopfter Männerkopf. Ich weiß, daß nachts die Ratten an ihm nagen. Was tut's?
Es ist der einzige Freund, den ich noch habe – setzt er leise hinzu.

Im April kommen die Türken wieder und umschließen von der See her und vom Lande die Festung Famagosta, enger und immer enger, und kämpfen an den Mauern, fallen zu Hunderten, Hunderte erstehen aufs neue, kämpfen, fallen, zerstören die Mauern, werden zurückgedrängt, kämpfen und fallen, fünf Monate lang.
Die eingeschlossenen Helden, deren Köpfe nur noch aus Augen bestehen, die tief in den Löchern der Wangen liegen, verteidigen sich auf verlorenem Posten und nehmen Gift, wenn sie in die Hände der Feinde fallen.
Der Bischof, der nächtens dem Kopfe Dandolos gepredigt hat, und dessen wahnsinnsgesteigerte Worte der Lebenden Trost und der Toten Ruhe waren, fällt als einer der ersten, von einer türkischen Kugel durchbohrt, auf den Mauern Famagostas.
Marcantonio Bragadin aber hißt die weiße Fahne, als das letzte Pulver verschossen war, und das letzte Brot gegessen.
Es hieß, sie sollten geschont werden und frei abziehen dürfen, die in den Mauern Famagostas noch leben.
Bragadin steht neben dem Haupt des Freundes und sieht den Zug zum Tal sich winden und unten die Schiffe besteigen, die die Türken ihnen gewährt.
Da läßt ihn Mustapha, der Wesir, rufen und fragt ihn, wer denn dafür bürge, daß die Schiffe, wenn sie die Ladung abgeliefert hätten, auch wieder zurückkämen.
– Venedig. –
– Venedig? – fragt er. – Warum hat es euch nicht geholfen? –
Bragadin schweigt. Er ist müde.
– Ich brauche Geiseln. –

– Das haben wir nicht vereinbart. –
Marcantonio Bragadin fühlt nichts. Nur daß plötzlich das Rauschen des Meeres aufhört. Aber sein Herz liegt bloß.
– Jesus erbarme dich! –
Und von weit her kommt eine Stimme, und sie sagt:
– Der Weg von Nikosia nach Famagosta ist weiter als die Leidensstraße des Herrn! –
Und er erkennt die Stimme des Bischofs, der predigend auf der Mauer gefallen war.
Marcantonio Bragadin hat Glück. Die Ungeschicklichkeit des Feldschers führt den Tod herbei, ehe man die Haut von seinem Körper ganz abgeschunden hatte.

Wenn die Türken die Getreideausfuhr nach Venedig sperren, wird Venedig verhungern.
Und wenn die Habsburger wollen, gibt es morgen Venedig nicht mehr.
Wenn ihr niemand hilft, ist sie verloren, die Königin der Meere, die Jahr für Jahr dennoch den Ring in den Wellen versenkt. Ach, wir sind alt geworden und müde, und das Brot des Heldentums ist ein armselig verschimmeltes Ding!
Wir haben jahrhundertelang allein gegen die Türken gekämpft, und Europa hat uns nicht geholfen,
nun steht das Wasser allen bis zum Halse,
den Spaniern, die ihre Besitzungen in Afrika bedroht sehen,
dem Papst, dem in jeder Minute seine Gläubigen entrissen werden, bis es Millionen sind, und der sehr fürchtet, daß Gott ihn fragt: warum ließest du das zu?
Das Volk in Venedig liegt auf den Knien und bittet Gott, daß er ihre Herrscher erleuchte.
Friede mit den Türken? Krieg gegen die Türken?
Aber am 20. Mai 1571 unterschreiben Venedig, der Papst und Spanien ein Angriffs- und Abwehrbündnis gegen die Türken, greifen sie nun in der Adria oder in Afrika an.
Don Juan d'Austria, einer von den Männern, die aus den alten

Sagenbüchern sich verirrt haben in die Wirklichkeit, wird den Oberbefehl über die Flotte führen.

Aber das Volk, dieses heitere, freundliche Volk in den Straßen Venedigs flüstert sich zu, daß Nacht für Nacht Marcantonio Bragadin ohne Haut, geschunden, gefoltert, verstümmelt, durch die Säle des Dogenpalastes irre.
Und das Volk weiß noch mehr: Der Geist, so sagen sie, bleibe stehen vor jedem Bild, das die Vergangenheit Venedigs preist, und wer ihm begegne, höre ihn sprechen: – Zu spät. –

Als der Generalkapitän Venier dem Beschlusse folgte, der die Flotte der Verbündeten in den Golf von Messina berief, ließ er die Adria ohne jeden Schutz zurück. Venedig lag dem Zugriff der Türken offen.
Was aber sollte man tun? Dieser Feldzug wurde für Venedig geführt. Venedig war der einzige unter den Verbündeten, der ein direktes Interesse an diesem Krieg hatte. Es ging um Venedigs Existenz.
Aber wenn wir in Messina angekommen sind, dachte Venier, wo die anderen schon versammelt sind, wer hindert uns daran, die Türken sofort anzugreifen?
Als der Papst die Christenheit zu einem neuen Kreuzzug aufgerufen hatte, da die Mohammedaner immer weiter ins Gebiet des Abendlandes vordrangen, hatte Europa nur gelächelt.
Die Idee der Christenheit war schon lange nicht mehr Leitgedanke der Politik, stand überhaupt nicht mehr im Mittelpunkt des öffentlichen Interesses. Die Völkerstämme Europas hatten sich zu Nationen zusammengeschlossen, die eine gemeinsame Sprache sprachen. Und diese Nationen waren jetzt Träger der Politik; ihre Interessen das Ziel.
So verhallten die Rufe des Papstes ungehört. Nur Spanien wartete in Messina, dem Treffpunkt der Christenheit, weil Spanien Interessen auf dem Balkan und in Nordafrika hatte. Und zudem zwölf Galeeren des Papstes und drei Galeeren des Malteserordens.
Das fand Venier in Messina. Aber als er zum Aufbruch drängte, stieß er auf befremdete Gesichter: So war die Sache nicht gemeint!

Der Admiral des Königs von Spanien, Gianandrea Doria, der Verräter von Suda, wollte nicht kämpfen.
Stellte Venier ihn zur Rede, so schwieg er, lächelte, trieb allerhand Heimlichkeiten.
Gerüchte tauchten auf: Spanien verhandle mit den Türken.
König Philipp habe dem Bei von Algier angeboten, ihm Algier als Lehnsgebiet zu geben. Und der Bei sei nicht uninteressiert. Und mehr noch wurde geflüstert: Gianandrea Doria träume davon, Vizekönig von Algier zu werden. Und er hüte sich, diese Möglichkeit durch voreilige Feindseligkeiten zu vereiteln. So fand er, um irgendeine Ausrede zu haben, an den venezianischen Galeeren allerhand auszusetzen. Die venezianischen Schiffe waren nicht voll bemannt worden, darum wurden spanische Landungstruppen darauf gelegt, um die Besatzung vollständig zu machen. Die Spanier waren hochmütig und widerspenstig. Auf dem Admiralsschiff verweigerte ein spanischer Offizier den Gehorsam. Venier ließ ihn aufhängen. Doria aber beschwerte sich bei Don Juan und erklärte, kein Spanier von Ehre könne mehr zusammen mit einem Venezianer kämpfen. Die türkische Flotte aber drang mit zweihundert Galeeren in die Adria ein, fuhr an Korfu und Albanien vorüber, vorbei an Ragusa, glitt immer weiter auf Venedig zu, ohne Widerstand zu finden, kam nach Corcula, eroberte Hvar.
Venedig war bedroht; Venedig hatte keine Flotte. Die Flotte Venedigs lag vor Messina.
Der venezianische Provveditore Barbarigo ging zu Don Juan und sprach von der Ehre Spaniens, die unrettbar verloren sei, wenn er, der Oberbefehlshaber, an der Spitze der stärksten Flotte zusehen würde, wie die Türken die Adria eroberten. Da stellten die Spanier ihre Bedingungen:
Venier dürfe nicht mehr im Kriegsrat erscheinen, Barbarigo solle ihn ersetzen. Venedig! dachte Venier und gab nach.
Die Spanier müssen an Bord der venezianischen Schiffe bleiben. Venedig! dachte Venier und gab nach.
Die spanischen Offiziere waren von unerträglicher Arroganz. Venedig! dachten die Venezianer und steckten es ein.

Endlich, im Herbst des Jahres 1571, nachdem der Fall von Famagosta alle, auch die gleichgültigsten Gemüter erschüttert hatte, hatten die Venezianer unter der letzten Verleugnung ihrer selbst erreicht, daß die Flotte aus Messina auslief, gegen Dorias heftigen Widerstand, und obwohl unter den Spaniern keiner war, der eigentlich hatte ausfahren wollen. So war die Lage vor der Schlacht bei Lepanto, der größten Seeschlacht, die das Mittelmeer erlebt hat. Widerwillig war die Flotte der Christen, müde vom Warten und unzufrieden.

Die Türken kehrten bei der Nachricht von der Ausfahrt der Flotte aus der Adria zurück und stellten ihre Schiffe zur Schlacht vor der Bucht von Lepanto auf.

Es war eine gigantische Schlacht, die in der kurzen Zeit von fünf Stunden ausgetragen wurde, eine Schlacht, in der sich die Menschen bis zum Wahnsinn erhitzten. Sie begann damit, daß die Unzahl von Feuerschlünden von fünfhundert Galeeren aus respektvoller Entfernung Granaten gegeneinander spien, und endete damit, daß die Menschen, die Hände um den Hals des Gegners gekrallt, ersoffen, wenn nur der andere mit unterging. Nach diesen fünf Stunden war die türkische Flotte bis auf vierzehn Schiffe vernichtet, die Verbündeten aber hatten nur sechs Schiffe verloren.

Wer hatte gesiegt?

Die Venezianer. Nein, der Geist Venedigs.

Die venezianischen Kommandanten hatten ohne jede Rücksicht ihre Schiffe in den Feind gejagt, waren ohne Rücksicht in die Schiffe des Feindes gesprungen, hatten um sich geschlagen, gemordet, geschrien, bis ihre Leute ihnen nachdrangen, bis auch die spanischen Soldaten der Blutrausch packte. Sie selbst aber, die Kommandanten, waren alle getötet worden. Aber sie hatten im Sterben gesiegt. Sie hatten die anderen kämpfen gemacht, die nicht hatten kämpfen wollen, und hatten so den Sieg erzwungen.

Jede der venezianischen Adelsfamilien hatte mindestens einen Sproß verloren. Von den achttausend Toten der Verbündeten waren fünftausend Venezianer, von den achttausend Verwundeten waren fünftausend Venezianer.

Von den achtundzwanzigtausend Türken waren fünfundzwanzigtausend getötet worden.
Die Galeeren des linken Flügels, die Doria befehligt hatte, hatten nicht einen Blutflecken. Sie waren nicht im Gefecht gewesen. Auf ihnen konnte man in Gemütlichkeit und Pracht das Siegesfest begehen.
Als der alte Venier kam, umarmte ihn Don Juan d'Austria. Aller Groll war vergessen, als man sich zu Tische setzte. Als erster erhob sich Doria und hielt artig und glatt eine Ansprache an den Sieger Don Juan. Als er geendet hatte, stand Venier auf. Er sagte nur:
– Barbarigo ist gefallen! –
Es folgten Trinkspruch auf Trinkspruch für Don Juan, für Doria, für Spanien, für den Papst und Colonna, auch einmal auf Venedig.
Aber nach jedem Trinkspruch erhob sich Venier und sagte:
– Es fielen Giovanni Loredan und Marcantonio Malipiero! Quirini und Soranzo starben! Bembo und Cornaro! Balbi und Morosini! Marcello und Foscari! –
Das heitere Geplauder hatte einem eisigen Schweigen Platz gemacht. Niemand wagte mehr, einen Trinkspruch auszubringen, um nicht wieder den alten Mann zu seinen Toasten herauszufordern.
Aber der Admiral Venier nannte sie doch.
Als er sie alle aufgezählt hatte, die Namen, die im Goldenen Buche standen, die Namen aller Gefallenen, brach er selbst zusammen, im Gefecht tödlich verwundet.

In Venedig raste die Feier des Sieges tagelang durch die Straßen. Aber in den Nächten sah man Lichter im Dogenpalast, und wieder ging der Geist Marcantonio Bragadins durch die Säle und seufzte:
– Zu spät! –
Kurze Zeit danach brannte der Dogenpalast ab.

Im nächsten Jahr hatten die Türken wieder eine ebenso große Flotte. Die Verbündeten aber konnten sich wieder nicht einigen, ob man Spaniens Interessen in Nordafrika oder Venedigs Existenz auf dem Mittelmeer verteidigen solle.

Frankreich vermittelte zwischen den Türken und Venedig Frieden. Venedig nahm ihn an; es mußte Zypern abtreten und dreihundert Golddukaten an Entschädigung zahlen.
Und was schlimmer war: mit Willen der Türken verdrängten Franzosen, Engländer und Holländer die Venezianer aus ihren letzten Handelsstellungen in der Levante.

VIERTER TEIL

ALTER

XXII. ALTERSSCHWÄCHE

Das 17. Jahrhundert

Mit Venedigs Handel versank Venedigs Politik. Mit dem kaufmännischen Denken verschwand das politische Denken, mit dem Sinn des Handels der Sinn einer aktiven Politik, mit den Möglichkeiten des Handels das politische Interesse, mit dem Geld die politischen Möglichkeiten. Eines ergab sich immer aus dem anderen.

Die Vermögenden unter den Aristokraten hatten nur Interesse daran, daß der Staat Ruhe hielt, um ihr Vermögen zu schonen. Für die vielen unter ihnen, die jetzt völlig verarmten, ohne neues Vermögen auf geradem Wege erwerben zu können, war der Staat nur noch die letzte Möglichkeit, sich auf krummen Wegen zu ernähren.

Venedigs Politik, die jetzt so vorsichtig sein mußte wie noch nie, damit sie den geschwächten Staat nicht der völligen Auflösung anheimgäbe, wurde der Tummelplatz politischer Aasgeier.

Es war nicht mehr möglich, die Außenpolitik vor ihnen zu verhandeln. So wurde dieses wichtige Gebiet zuerst dem Senat, dann dem Rat der Zehn, und als schließlich auch zehn Mitwisser schon zuviel waren, den drei Inquisitoren anvertraut.

Venedigs große Verfassung hatte den Todesstoß erhalten. Seine neue Staatsführung war unregelmäßig, schwankend, nicht besser und nicht schlechter als die anderer Staaten.

Zum ersten Male denkt Venedig an den Tod.

Es ist alt. Und wie ein Mensch, der alt geworden ist, muß es sich vor Aufregungen hüten, daß ihm der Atem nicht verlösche, der seinem Herzen das Blut zuführt. Denn neuen Atem und neues Blut gibt es für den alten Körper nicht mehr. Die Natur fordert ihr Recht.

Die Zeit ist vorbei, wo es das Leben an sich reißen konnte, das blutvolle Leben, das sich immer neu in ihm ersetzte, das die Mauern des Körpers zersprengte und den Tod überwand.
Das rasche Genie der Gedanken ist verflogen, und die Weisheit hat sich statt seiner festgesetzt.
Weisheit ist Resignation.
Es ist immer ein Titanenwerk, einen großen Gedanken zu Ende zu denken. Selten hat ein Mensch den Mut dazu. Aber den Gedanken seines sterbenden Staates zu Ende zu denken, ist mehr als Heldentum, denn es heißt: die Erkenntnis höher stellen als das Leben.
Die Träger des Staates sind Ausdruck des Staates. Als der Staat groß und kräftig gewesen war, war auch die Aristokratie groß und kräftig gewesen.
Nun verfiel sie immer mehr. Seit der Handel zurückgegangen war und kein neuer Reichtum sich bilden konnte, blieb das Geld in den Händen weniger. Und in diese Hände kam auch immer mehr die Macht.
Die Gegensätze wurden krasser; wer nicht steinreich war, war bettelarm. Es schadete dem Ansehen der Aristokratie sehr, daß ein sehr großer Teil von ihr seine Hände in den schmutzigsten Geschäften hatte, als Kuppler und Zuhälter, und die Nachkommen Dandolos, Cornaros, Guistinians und Pisanis Abend für Abend am Pharotisch als Croupiers standen.
Nachdem sie die Kunstwerke ihrer Paläste durch den immer schwungvoller aufblühenden Kunsthandel ins Ausland verkauft hatten, stahlen sie kleine Fische vom Markt und hoben Tabakreste von der Erde auf.
Daß Politik ein Gewerbe sei, das Geld einbringt statt Geld zu kosten, diese für jedes staatsmännische Denken mörderische Auffassung machte sich in immer weiteren Kreisen breit, und bald war es so, daß fremde Staaten, wie Spanien, nur ein paar Dukaten auszugeben brauchten, um sich die ehrenwertesten Nobili als Spione zu kaufen.
Vor wenigen Jahren war Gian Battista Bragadin hingerichtet worden. Er war Haupt der Vierzig gewesen, einer der einflußreichsten

Männer im Staate, und hatte sich für achtzig Dukaten monatlich von Spanien kaufen lassen.
Und er stand nicht allein: Badoer, der noch rechtzeitig fliehen konnte, hatte seine Verrätereien damit zu entschuldigen versucht, daß er auf anderem Wege ja überhaupt nicht erfahren könne, was der Staat plane.

– Aber warum – fragte der Senator Antonio Foscarini, – warum weiß niemand mehr den Weg, den Venedig geht? –
Es war wie eine Reihe nicht abreißender Selbstgespräche, die er an seine Freundin richtete, Lady Arundel, die schön war, aber keine Venezianerin, und die ihn darum nicht verstand. Sie antwortete nicht, aber sie unterbrach ihn auch nicht; denn sie liebte ihn.
– Was wird aus Venedig? – fragte er, – ich weiß es nicht. Meine Gedanken gehen im Kreise herum und finden keinen Ausgang mehr und auch kein Ziel. So geht es jedem – und er lachte bitter, – jeder sieht nur das Ende. Die Verwüstung. Den Untergang. Die Katastrophe. Jeder würde dem anderen nur immer das gleiche mitteilen: wir sind zu Ende, Freund. Mit allem zu Ende. Darum darf niemand mit einem Ausländer sprechen, daß er es dem nicht etwa sage, was doch jeder weiß: wir sind zu Ende. –
Dann schwieg er, und als er wieder sprach, sprach er sanft wie zu einem Kind: – Wir dürfen uns einige Zeit nicht wiedersehen, meine schöne Freundin! Sie empfangen den spanischen und französischen Gesandten. Früher hätte ich kommen müssen, gerade deswegen. Heute aber – er stand auf, – heute aber haben sie Angst, Angst, Angst! Wir wissen es doch alle! –
Und als er später durch die dunklen Wasser der Stadt nach Hause fuhr, war sein Herz schwer, denn er sah die Schönheit und Vollkommenheit ihres Gesichts.
Am nächsten Tage wurde er verhaftet und einen Tag später gehängt. Als er dann hing, zwischen den Säulen, er, der Gesandter gewesen war in Paris und London, nutzte es ihm nichts mehr, daß Lady Arundel das Andenken des Freundes rettete und seine Unschuld vom Staate anerkannt wurde.

Für ihn war es zu spät.
Zu spät aber auch für den Staat, der fiebernd, ins innerste Mark erregt, weiter forschen, weiter finden, weiter hängen wird, die Verräter und die, von denen er denkt, daß sie welche sind.
Nacht für Nacht fährt das Inquisitionsschiff mit roter Laterne die Kanäle entlang, gehen die Sbirren der Republik durch die Straßen, wird jedes Wort belauscht, jeder Brief geöffnet, jede Denunziation bezahlt, jeder Angeber belohnt, jeder Wahnsinn geglaubt.
Venedig, überwach, seiner Schwäche sich bewußt und darum fast immer gerecht, fast immer weise, aber immer so nervös, daß es beim Schein des Feuerwerks erschrickt, erzählt selbst die Legenden von der Grauenhaftigkeit und Unfehlbarkeit seiner geheimen Justiz, von den Kellern und den Dächern, in denen die Gefangenen schmachten, Wasser oder Sonne erliegen oder auch dem Gift, will Schrecken verbreiten und Furcht in der Welt und im Staate vor sich, und weiß doch ganz genau, daß Schreien keine Schwäche überschreit, und daß Schrecken und Furcht, Dunkelheit und Peinigungen einen Staat nicht retten.
Venedig hatte nur sechs Inquisitionsprozesse im Jahr, und seine Gefängnisse waren die humansten in Europa, aber das Gerücht, das es selbst über sich verbreitet hat, war stärker als alles Wissen.

Als sie angeschwemmt wurden, sah man, daß sie erdrosselt waren, und ein panischer Schrecken überfiel die Stadt; denn man erkannte in ihnen Offiziere, die in Diensten der Republik gestanden hatten.
Wenn sie alle zusammen gefunden worden wären, am Rande der Lagune, die blauen Gesichter der Sonne zugekehrt, so wäre der Schrecken ein einmaliger und darum nicht so nachhaltiger gewesen. Aber daß sie einzeln auf den Wellen antrieben, jeden Tag einer, jeden Tag an einer anderen Stelle, machte die Phantasie aller lebendig aus Grauen vor dem, was hier geschehen war, und von dem niemand etwas Genaues wußte.
Niemand glaubte an einen Schiffbruch. Was war geschehen? Die

Männer waren stumm, ihre Seelen schon lange der Heimat zugeflogen, die fern von Venedig lag.
Die Regierung ließ sie beerdigen. Aber kein Priester las die Messe über ihrem Grabe. Ungeweiht, in ungeweihter Erde, wie die schwersten Verbrecher, lagen diese Männer, denen die Republik lange Zeit ihren Schutz anvertraut hatte.
Was hatten sie begangen, daß sie so schrecklich dafür büßen mußten mit dem Leben und im Tode?
Es sei ein Nichts, verkündete der Senat, Mißstimmigkeiten unter den Mietsoldaten, die während der vielen Kriege und der kurzen Friedensunterbrechungen in Venedig lagen.
Aber hatte deshalb der Große Rat in den letzten Tagen bis in die Nachtstunden hinein seine Sitzungen ausgedehnt? Und waren die Ertrunkenen wirklich alle Soldaten Venedigs? Der Senat sagte: – ja –. Aber niemand glaubte es.
Stumm hatte das Meer sie aufgenommen und stumm die Erde. Aber die Luft um Meer und Erde flüsterte und wußte zu erzählen von einer Verschwörung, die diese Männer angezettelt hatten, um Venedig zu erobern. Niemand lachte darüber.
Denn Spanien stand dahinter, Spanien, gold- und ländergierig, dem alles schon gehörte außer Venedig. Spanien hat sie geschickt, jeden einzelnen. Und sie waren jung und wagemutig. Sie saßen überall, im Heer, in der Flotte, im Arsenal.
Es waren nicht ein paar hundert Soldaten, wie der Senat gesagt, es waren ihrer tausend, die daran beteiligt waren. Wurden sie nicht angeschwemmt? Saht ihr sie nicht? Aber sie wurden verraten in der zwölften Stunde und ihre Führer gehängt. Und dann schwammen geheimnisvoll die Boote hinaus auf das Meer und versenkten ihre Leichen.
Es gab nur wenige, die sagten: – Das ist Unsinn, was ihr da erzählt, eine kleine Verschwörung ist keine Gefahr für einen Staat wie Venedig. – Es gab nur wenige, die wußten, daß das Ganze eine Bagatelle war und auch die angeschwemmten Leichen nicht so zahlreich, wie es das Gerücht darstellte. Aber auch diesen wenigen saß eine Angst in der Kehle:

Was wird aus Venedig, das sich zum ersten Male ängstigt?
Was wird aus diesem Staat, der bisher allen Herrschern widerstand und nun durch Worte vernichtet werden kann?
Was wird aus Venedig?

Gianfreddo Pisani gehörte zu den wenigen Aristokraten, die bei der Prozession heute nicht mitgingen. Er stand auf dem Balkon seines Hauses.

Die Prozession sollte am Markusplatz beginnen, und die Glocken des Campanile kündeten sie schon an. Pisani aber und sein Gast sahen die Senatoren in ihren roten Gewändern auf den kleinen Gäßchen hastend vorwärtseilen, als fürchteten sie, zu spät zu kommen. Und als man ihre Gesichter schon nicht mehr sah, wehte auf der Brücke noch der Stoff ihrer Kleider.

Hätte die Rücksicht auf seinen Gast ihn nicht abgehalten, so wäre Pisani in das Zimmer zurückgetreten und hätte sorgsam die Fenster verschlossen, damit auch nicht der eintönige Singsang zu ihm dringe, mit dem Venedig vom Heiligen Markus den Wundermann erflehte, der in der Lage sei, Gold zu machen.

– Was soll das? – fragte der Fremde. – Venedig fleht um ein Wunder? –

– Ja –, antwortete Pisani. – Zum erstenmal seit Venedig besteht, fleht es um ein Wunder. –

Nun hatte sich die Sonne geneigt, und als höre sie das Flehen der Menschen, überzog sie die Mauern der Häuser mit Gold.

– Wenn es wirklich gelänge – sagte Pisani, – Gold zu machen, so würde nur die Währung fallen. Das wäre alles. Aber so sind die Menschen, daß sie bei der Bitte um ein Wunder nie die wirtschaftlichen Folgen bedenken.

Die Menschen beten immer um ein Wunder, wenn sie mit ihrer Kunst zu Ende sind.

Als die Venezianer noch Kaufleute waren, waren sie so nüchtern, daß sie das Ende begriffen hätten. Heute, da sie um Wunder bitten, sind sie keine Kaufleute mehr. Sie können keine Kaufleute mehr sein. –

– Alle Venezianer, die ich kenne, sind Kaufleute. Und überall, wohin ich komme, treffe ich Kaufleute, die Venezianer sind. –
Aber Pisani antwortete ihm bitter: – Ist man noch Kaufmann, wenn man das eigene Kaufhaus ausverkauft?
Die Großmächte haben den gesamten Handel von Venedig genommen. Früher hatte kein Staat, außer uns, Interesse daran, ein Handelsstaat zu sein. Heute, da jeder Staat ein Handelsstaat ist, muß man politische Machtmittel haben, um seinen Handel zu schützen. Aber Venedig ist kein politischer Faktor mehr.
Sie haben sich neulich darüber gewundert, wie klein die Flotte des alten Seestaates Venedig ist. Sie braucht nicht größer zu sein, denn sie hat nichts mehr zu transportieren. Die Waren kommen nicht mehr nach Venedig.
Mein Großvater hat mit Pfeffer gehandelt, mein Vater mit Geld, und ich bin Direktor der Staatsbank. Als mein Vater den Handel mit Pfeffer aufgab, tat er es, weil der Pfeffer in Spanien billiger war als in Venedig. Er gründete das Bankhaus Pisani, eine unserer berühmtesten Privatbanken. Wie alle anderen brach sie noch vor seinem Tode zusammen, weil der Staat, der keine anderen Geldquellen mehr hatte, die Banken übermäßig mit Steuern belastete. Ich habe mein ganzes Geld in toten Werten angelegt und bin Staatsbeamter. –
Hätten die beiden Männer jetzt die Köpfe gehoben, so würden sie die vielen bunten Fahnen der Zünfte und Genossenschaften sehen, die gegen den Himmel standen. Aber sie starrten hinunter, als sei in den wirren Gassen ein Geheimnis gebannt.
– Warum legen Sie Ihr ganzes Vermögen in toten Werten an? Warum liegt das ungeheure Vermögen der Aristokratie fest? – fragte der Gast. – Warum versucht ihr nicht, damit euern Staat zu retten? –
– Die Firma Venedig ist nicht mehr liquid und nicht mehr liquid zu machen – antwortete Pisani. – Die Firma Staat hat die gleichen Ausgaben wie früher. Aber mit dem Levantehandel, der diese Ausgaben früher deckte, ist heute das Volumen unseres Außenhandels zu nichts eingeschrumpft. Heute muß Venedig alles, was in

Wirtschaft und Handel eben noch aufblühen will, derart mit Steuern belasten, daß auch diese wenigen Sprossen im Keime abgetötet werden.
Zu Lebzeiten meines Vaters waren wir noch der Bankier der Welt. Aber da die Einnahmen aus dem Geldgeschäft die einzige Ausflucht des Staates waren, brach es unter der Steuerschraube zusammen.
Ebenso ging es der Industrie. Die Ausfuhr unserer Fertigfabrikate hätte teilweise unseren früheren Außenhandel ersetzen können, aber das überwältigende Geldbedürfnis des Staates zwang ihn dazu, alles, was über den alltäglichen Bedarf hinaus verdient wurde, wegzunehmen und erstickte dadurch jedes Aufblühen. Heute hat uns das Ausland auf allen Gebieten überholt.
So ist es überall: wenn ein Mensch eine Idee hat, die ihm Geld bringt, nimmt es ihm der Staat fort. Wenn ein Bürger tüchtig ist und seine Tüchtigkeit bringt ihm Früchte, nimmt sie ihm der Staat fort. Wenn eine Stadt in der Terra ferma einen neuen Wirtschaftszweig eröffnet, muß er verdorren durch die Zölle, die zwischen Land und Hauptstadt Venedig liegen. Kein noch so tüchtiger Mann kann es hier zu etwas bringen, und darum ist dem Staat nicht mehr zu helfen.
Mein Großvater hat mit Pfeffer gehandelt, mein Vater hat mit Geld gehandelt, ich selbst bin Beamter. Alle wollen Beamte werden, denn der Beamte hat sein sicheres Einkommen und braucht sich nicht über das gewöhnliche Maß hinaus anzustrengen, um zu leben. Und über das Lebensnotwendige hinaus kann es ja niemand bringen, darüber hinaus nimmt der Staat alles weg, und es ist noch viel zuwenig. Wer soll sich da dem Risiko aussetzen? So übernimmt der Staat die ganze Verantwortung. Ob Sie Kaufmann, Bankier, Industrieller oder Landwirt sind, was Sie produzieren, bestimmt der Staat, wieviel Sie einnehmen, wieviel Sie ausgeben, alles.
Und da der Löwe nicht mehr springt, wenn er damit nichts erjagen kann, werden Sie in dieser Beamtenfirma niemand mehr finden, der sich der Mühe und Gefahr eines neuen Unternehmens unterzieht.
Die Aristokratie ist reich, unermeßlich reich, wie Sie sagen. Aber

sie denkt nicht daran, das eigene Vermögen dem Staat in irgendeiner Form zu opfern. Denn unser Staat ist alt und darum nicht mehr wichtig, und darum ist auch der Staatsgedanke nicht mehr wichtig. Durch irgendeine hinreißende Geste kann man solch Gefühl für kurze Zeit wiederaufleben lassen, aber da wir Venezianer uns auf die Dauer nicht mit Phrasen betäuben lassen, würde doch bald wieder die nüchterne Erkenntnis siegen, daß die Firma Staat unrentabel geworden ist.

Im Gegenteil: die Aristokratie schützt ihr Vermögen gegen den Staat, der doch verloren ist. Und da sie selbst die Gesetze erläßt, werden Sie vergeblich unter all den Steuern eine suchen, die das Vermögen der Aristokratie belastet.

Die ungeheuren Leidenschaften, die uns Venezianer zu Opfern hinrissen, aus denen der Staat immer wieder neue Kräfte schöpfte, waren geboren aus dem Erwerbstrieb, der der tiefste aller venezianischen Triebe ist. Der alles für den Staat hingab, wußte, dieser Staat ist gesund, ich oder mein Sohn oder mein Enkel werden das, was ich gab, durch ihn mit Zinsen zurückbekommen durch die immer neuen und vergrößerten Möglichkeiten, die er uns Venezianern gibt.

Aber selbst wenn die gesamte Aristokratie ihr gesamtes Geld Venedig gäbe, würde es nichts helfen. Es kann die Republik nicht größer machen, und sie müßte größer sein, um als Staat und Handelsmacht eine Existenzmöglichkeit zu haben. Denn ein Staat, der keinen Außenhandel mehr hat, ist bankrott. –

Er hatte die letzten Sätze mit erhobener Stimme gesprochen, denn die Prozession war über die schmale Brücke gekommen, und der Klang der Schritte und Gebete hallte in vielfachem Echo von den Mauern der Häuser wider.

Auch den Schein der brennenden Kerzen warfen die Mauern zurück, so daß die Gesichter der Dahinschreitenden in einem flatternden Feuer zu tanzen schienen zu dem Rhythmus der Gebete.

– Diese Prozession –, sagte Pisani, – ist eine Formlosigkeit, aber jeder wird sie begreifen, der weiß, wie schwach die Menschen im Geiste sind und wie lang und bitter der Weg war, der zu ihr führte. –

Und dann sprach er wieder. Die Prozession hatte die Brücke verlassen und schien aufgesogen zu sein von den Gassen, und nur wie die letzten Rufe Versinkender klangen die Gebete. – Noch in diesem Jahr werden wir auch die Staatsbank schließen müssen. Es wird dann wieder eine neue Staatsbank gegründet werden, aber viele Leute werden ihr letztes Geld verloren haben, es wird wieder einige Bettler mehr geben, die auf Staatskosten leben, und die gewaltige Summe der Privatvermögen wird wieder kleiner geworden sein, doch der Staat wird leben. Leben? Wenn das noch Leben ist! Darum bittet Venedig um ein Wunder. –

Wie der Schrei einer Stimme klang durch die Nacht der Ruf: – Marco! Marco! – Dann war alles still.

Man hörte aber, oder war es eine Täuschung und rauschte nur der Nachtwind in den Blättern von Pisanis Garten? den Fluß der Gewänder, die im Niederknien die Steine des Markusplatzes streiften, und jetzt trug der Wind den betäubenden Duft des Weihrauchs zu den beiden Männern, die immer noch, wenn auch jetzt leise fröstelnd, auf dem Balkon standen.

Noch einen Augenblick verharrte die ganze Stadt regungslos, dann fielen alle Glocken in die Stille ein, und Pisani war es, als höre er in ihrem Klang den alten Kampfruf Venedigs, der dem Heiligen galt, dessen geflügelter Löwe die Stadt so lange und kühn geleitet hatte:

– Viva San Marco! –

Und er neigte den Kopf.

– Venedig betet um ein Wunder – sagte er leise. – Sie haben noch nie um ein Wunder gebetet. – Und er schwieg und schaute wieder hinunter, aber jetzt kam ein Lächeln in sein Gesicht, das den Tod besiegt hätte, würde er sich nahen.

Venedig war wieder erwacht aus der Erstarrung des Gebetes, und wie seit eh und je füllte die Menge der lachenden, geschäftigen und heiteren Menschen die engen winkligen Gassen, die schmalen Kanäle und die sanfte Wölbung ihrer Brücken. Das war wieder Venedig! Die Stadt im Leben und im Tode!

– In Formlosigkeit wird sie nicht sterben! – sagte Pisani. – Wenn sie eingesehen haben wird, daß der Tod sich naht, wird sie das Alter mit Würde tragen. Kommen Sie! – sagte er heiter, – der Abend ist kühl. –

– Ehe denn das Jahr vorbeigegangen ist, wirst du sterben. –

Die Alte, die an der Kirche San Salvadore bettelte, sprach mit singendem Tonfall zu jenen, die ihr ein Almosen gaben: – Auch du wirst sterben und auch du, und das alles wird geschehen, ehe das Jahr vorbeigegangen ist. –
Man lachte; aber Frösteln zog den Rücken entlang. Was war das für ein Jahr? Die Hitze war früher gekommen als sonst, und der Sommer war drückend heiß. Rings um die Lagune lagen die Gewitter, aber niemals kam eines kühlend über die Stadt. Die Kanäle schleppten Unrat, aber die Lagune nahm ihn nicht mehr auf. Und auch das Meer hörte man nicht mehr, es war, als sei es zurückgetreten von den Ufern.
Es fing an in den ärmeren Vierteln, und eigentlich wußte so niemand recht, wann es begonnen hatte. Denn als man das Grauen erfuhr, ging der Tod schon nächtens durch die Straßen und zeichnete mit seinen hageren Fingern die Häuser ab. Dann trat er ein, und wenn er das Haus wieder verließ, war sein ewiger Gegner nicht mehr darin, der: Leben hieß.
Venedig, das Kapitalien in den Frieden investieren mußte, hatte kein Geld mehr, das Leben seiner Bürger zu erhalten. Es verbot den Ärzten, die Krankheit zu erkennen, und wenn die Todgeweihten flüsterten:
– Pest! –
so hörte es niemand, außer den anderen Todgeweihten.
Niemand arbeitete mehr; niemand sprach mehr. Es war wie jenes Gefühl vor welterschütternden Kriegen, vielleicht kann der einzelne sich retten, ich mich, du dich, aber wahrscheinlich gehen wir zugrunde, du und ich, und es geht mehr zugrunde, das, was die Menschen erdachten und schufen und woraus sie leben: der Staat. So war es auch hier. Venedig hatte oft und oft die Pest gehabt und

hatte sich doch immer wieder davon erholt. Heute aber weiß die Stadt, daß sie sich nie wieder davon erholen wird.
Und was übrigblieb, dann, als der Tod müde und satt selbst die Stadt verließ, dem Leben nachhastend, daß er es noch träfe, irgendwo, das, was übrigblieb, war so wenig, so kraftlos, so durchaus müde, daß selbst Gott es verschmähte, der seinen Thron jahrhundertelang über der Kirche des Markus aufgeschlagen hatte.

Als ER die Stadt verließ nach jenem großen Sterben, das sechzehnhundert Jahre nach der Geburt SEINES Sohnes zwei Drittel von den Bewohnern hinwegraffte, zog sich dahin der müde Fluß des Geschehens, der jenseits von Leben und Tod und Gott in einem Grabe münden wird, auf dessen verfallenen Steinen niemand mehr weinen kann.
Leben! Ach, Leben, komm wieder!
Aber die zugemauerten Häuser bargen kein Leben mehr, und in den Kontoren lagen die Bücher, mit Staub bedeckt. Die Alten der Aristokratie fehlten in den Ratsversammlungen und auf den Schiffen die jungen Matrosen.
Der Staat Venedig wehrte sich nicht mehr gegen den Tod. Aus den Trümmern seiner Weltherrschaft rettete er ein einziges Gut, und das heißt, sein Schicksal erkennen und die Erkenntnis seines Schicksals tragen.
Venedig trug lächelnd das seine.
Das Herz voller Anmut und auf den Lippen Musik, wird Venedig eingehen in sein letztes Jahrhundert,
dessen Ende auch sein Ende werden wird.

Mit der Politik beschäftigten sich nur noch die Frauen, die sich davon eine Bereicherung des Klatsches versprachen. Und mit dem Handel nur noch die Gewürzkrämer
– Seht, wieviel Arbeit die Serenissima in weniger als einem Vierteljahrhundert geleistet hat:
sie hat Vorschriften erlassen betreffs der Stiere, Hunde, Ballspiele, Ver-

kaufsläden, Rendezvous, Wohnungen, Versammlungen, Weine, Plätze, Städte, Feste, Heiligen, Karten, das Basettspiel, das Pharospiel, den Ridotto –, schreibt Ange Goudar.

Niemand wollte mehr Doge werden, niemand mehr Mitglied des Rates der Zehn. Die Senatoren zahlten lieber Strafe, als daß sie zu den Sitzungen kamen.

Doch am Ende baute man die Murazzi, welche die Lidi gegen jeden Ansturm des Meeres für Jahrhunderte schützen sollten, zur Erinnerung daran, daß die Republik Venedig des gewaltigsten Grabmonumentes der Welt würdig sei.

XXIII. VERFALL

1572–1718

Habsburg heiratete. Es erheiratete ganz Europa und schließlich die halbe Welt. Habsburg war der Herr der Ozeane, nur die Adria gehörte ihm nicht. Aber die Adria war die einzige Seeverbindung zwischen den östlichen und westlichen Gebieten Habsburgs, wie Venedigs Terra ferma deren einzige Landverbindung war.

Und die Adria war außerdem Österreichs einziger Zugang zum Meer. So war Venedig von habsburgischem Gebiet umgeben und von habsburgischen Interessen eingekreist.

Die Türken waren Herr in der ganzen Levante, in die nur noch Kreta und ein paar kleine venezianische Inselchen eingesprengt waren. Es nutzte Venedig nichts, daß Türken und Habsburg, die sein Gebiet umschnürten, Todfeinde waren.

Doch das Schlimmste war:

Venedigs Handel war seinen beiden Feinden nicht mehr notwendig. Venedig war ihnen auf Gnade und Ungnade ausgeliefert.

Lepanto, letzter und schönster Sieg und doch vollkommene Niederlage. Alles, was in Venedig Klang hatte, hatte hier gekämpft und war hier gefallen. Für nichts.

Venedig hatte gesiegt und war doch unterlegen. Als sei die Anstrengung zu groß gewesen, so fiel die Kraft des Staates zusammen.
Und so schließt sich der Kreis. Als Venedig jung war, lag die Welt in zwei Hälften geteilt, diesseits und jenseits von ihr: Abendland und Morgenland.
Heute heißen die beiden Hälften: Habsburg und die Türken. Aber es sind dazwischen tausend Jahre vergangen.
Venedig ist am Ende eines langen Weges angekommen. Jeder Weg geht einmal zu Ende, und nur Toren glauben, daß man ihn wieder zurückgehen könnte oder daß ein neuer Weg sich finden ließe. Venedig besaß die seltene Einsicht in sein Schicksal. Seine ganze Geschichte ist ein Gedanke. Aber auch ein Gedanke geht zu Ende, wie ein Weg.
Venedig war am Ende mit beidem.
Erst dann, wenn ein Staat weiß, daß er dem Tode sich naht, zeigt sich seine geistige Kraft. Alles findet im Leben seinen Sinn. Den Sinn im Sterben zu finden, ist schwerer.
Venedig vollbrachte das Schwerste. Es wurde auch im Sterben sich selbst nicht untreu und ging voller Würde die letzten Schritte seiner politischen Laufbahn, klar, ruhig und überlegt.

Habsburg, das war Spanien, Deutschland und Österreich, Habsburg saß in Mailand wie in Neapel, in Graubünden wie in Friaul, in Istrien wie in Toskana.
Habsburg war der ozeanische Handel, Habsburg nutzte den Seeweg nach Indien, Habsburgs Lebensmittel waren die Lebensmittel Venedigs, Habsburgs Rohstoffe waren die Rohstoffe der venezianischen Industrie.
Das Gold des Kontinents Amerika floß in Habsburgs Tasche, und von Habsburgs Tasche lebten die Päpste, wurden die Nobili bestochen, Venedig eingekreist, Generäle und Diplomaten bezahlt, zu dem Zweck, Venedig zu vernichten.
Bei den Habsburgern ging politischer Sinn und Weltanschauung immer bunt durcheinander. Daß Venedig eine Republik war, genügte, um es zu hassen. Daß Venedig reich war, genügte, um es

besitzen zu wollen, und daß Venedig noch immer Herrin der Adria war, war Grund, es zu erobern.
Das Recht der Adria wurde zum Ausgangspunkt des Kampfes zwischen Habsburg und Venedig.
Die Adria war so von Seeräubern bevölkert, daß Venedig ihrer nicht mehr Herr wurde. Diese Seeräuber waren die Uskokken, Südserben, die vor den Türken nach Norden geflohen waren und jetzt als Untertanen Österreichs in Fiume, Triest und Zengg angesiedelt wurden, um die einheimische schwache Miliz zu verstärken.
Österreich waren die Untaten seiner Untertanen äußerst peinlich, aber es hütete sich wohl, etwas dagegen zu unternehmen, denn die Uskokken waren Habsburgs Hand, die schon die Adria packte.
Es wurde in den Kriegen, die Venedig und Österreich der Uskokken wegen gegeneinander führten, wenig gekämpft, es wurde gar nicht gesiegt, und man schloß mit einem Frieden, bei dem alles so blieb wie vorher: Venedig besaß die Adriaherrschaft, und die Uskokken waren weiterhin Seeräuber.
Aber warum kämpfte das Weltreich der Habsburger so zurückhaltend? Fürchtete es den Dreimillionenstaat mit den anerkannt schlechten Soldaten und seinen Nobili, über deren Bestechlichkeit sie Bücher führten?
Das ist der Triumph der venezianischen Diplomatie, die niemals so kalt und überlegen geleuchtet hat wie in diesem, dem siebzehnten Jahrhundert. Sie war nun in jenes Bereich der geistigen Möglichkeiten getreten, in dem der Schein das Wesentliche ist, und nicht die Tatsache. Venedig tat so, als seien hinter der Neutralität, in die es sich immer gerne zurückzog, noch ungeheure Kräfte vorhanden, die zu wecken für den Gegner gefährlich werden könnten.
Und da die Republik Venedig noch immer der reichste Staat Europas war, stand ja tatsächlich hinter seiner Politik die Reserve des Geldes. Und dieses Geld mußte Österreich fürchten, als sich alle Konflikte politischer, sozialer und religiöser Art im Dreißigjährigen Krieg in Deutschland entluden.
Wer nicht Habsburg war, war Habsburgs Feind. Wer nicht von Habsburg bedroht war, rang mit Habsburg um die Vor-

herrschaft. Sie alle boten Venedig Bündnisse an, um Habsburg zu beseitigen.
Es kamen Holland und die Schweiz, Schweden, Dänemark und Frankreich. Venedig stand mit allen in Verhandlung.
Venedig aber mußte dafür sorgen, daß Habsburgs Hände möglichst lange und intensiv im Norden Europas gebunden blieben.
Es mußte sein Geld auf den Stärksten konzentrieren und die Verbindung schaffen, die die größtmögliche Erfolgschance hatte. Der französische Minister Richelieu wurde der Vermittler: als die Habsburger das Veltlin und die Alpenpässe besetzten, war Venedigs Terra ferma von Norden her nicht mehr geschützt. Wallenstein rüstete schon zum Zuge auf Venedig, da erschien, von Venedig bezahlt, Gustaf Adolf auf deutschem Boden und zwang alle Kräfte dorthin.
Dreißig Jahre hielt das Geld Venedigs den Krieg in Deutschland im Gange.
Für Venedig bedeutete das den Frieden, und es war die höchste Zeit. Der Staat stand vor seinem pekuniären Ruin. Er löste alle Verbindungen und Verträge mit den fremden Mächten und zog sich aus den Händeln der Welt in eine völlige und streng bewachte Neutralität zurück. Nie wieder griff Venedig in die Geschehnisse des Abendlandes ein. Oft noch wurden ihm verlockende und hoffnungsreiche Bündnisanträge gemacht. Es hat alle abgelehnt. An ihren beiden mächtigen Feinden: Habsburg und den Türken, sollte die Republik zugrunde gehen. Aber auch die beiden mächtigen Feinde werden an ihr verbluten.

Jahrzehntelang hatte der Friede zwischen Venedig und den Türken gedauert. Erkauft mit vielen Geschenken und noch mehr Diplomatie, glich er dennoch einem bodenlosen Abgrund, der in sich hineinzerrt, was rings um ihn lag.
Hatte Venedig im Westen immer Verbündete gegen Habsburg gehabt, so stand die Republik im Osten einsam da. Um sie herum machten sich die Handelsrivalen breit: Holland, England und Frankreich, und gönnten ihr kaum einen Platz unter den Strahlen des Halbmondes.
Venedig hielt seinen letzten Levantebesitz: Kreta, die Insel, ein-

gebettet im Meer der Osmanen, früher einmal wichtig als Handelsstation, heute sinnlos, arm, von inneren Parteikämpfen zerrissen.
Als die Wirren des Dreißigjährigen Krieges über Europa hereinbrachen und keine Nation in der Lage war, Venedig zu helfen, gingen die Türken daran, Kreta zu erobern.
Fünfundzwanzig Jahre kämpfte Venedig um seinen letzten Besitz. Es siegte nicht mehr. Aber es unterlag auch nicht.

Sucht man das Grab Venedigs, so soll man es nicht in den Kirchen suchen, sondern in den Bergen und Meeren Griechenlands. Dort starb Venedig. Dort wurde es begraben.

Die Türken waren in der Überzahl. Ihre Menschenmassen unbegrenzt. Venedig war allein. Das Abendland verhandelte in Münster und Osnabrück und war froh, daß die Republik die Stürme im Osten aufhielt.
Venedig hatte keine Hoffnung auf den Sieg; und doch fuhr jedes Jahr eine Flotte ins Ägäische Meer, um die Dardanellen zu sperren, und kam jeden Herbst als Sieger ohne Hoffnung zurück. Denn die Türken brachten über Land Truppen, Kriegsgerät und Nahrungsmittel heran und durch die Enge von Chios nach Kreta.
Es war ein sinnloser, aussichtsloser Kampf, dessen Ende nicht abzusehen war, und der doch durchgekämpft werden mußte, der wichtiger war als je ein Krieg vorher. Kanea wird von den Türken erobert, die Türken liegen vor der Hauptstadt Kandia. In Kandia herrscht die Pest. Pest und Hunger lichten die Reihen, finden den Ausgang aus der Stadt, kommen zu den Türken.
Die Türken halten stand.
Venedig hält stand.
Fünfundzwanzig Jahre lang.
Es kommen viertausend französische Aristokraten, um Kanea wiederzugewinnen und Kandia zu verteidigen. Ihr Führer stirbt. Die andern fliehen.
Es kommen zweitausend kaiserliche Söldner und verfangen sich im Karst, in der Pest, im sinnlosen Heldentod. Die noch leben, gehen fort.

Es kommen sechstausend Kriegsleute aus aller Welt unter Marquis de Ville. Aber Marquis de Ville verläßt nach einigen Wochen mit ihnen die Stadt.
Kreta ist ein Grab aus Mord und Blut und Pest, und über allem dörrt die Sonne im Sommer, schneiden die Stürme im Winter, kämpfen die Türken, ohne zu fragen, kämpfen die Venezianer, ohne zu fragen, sterben, bleiben.
Aber alle anderen, die den Venezianern zu Hilfe kommen, packt das Grauen, und sie verlassen die hoffnungslose Walstatt des Todes, kaum daß sie sie erblickt haben.
Aus Frankreich kommen fünfhundert Ritter, sie machen einen Ausfall, bei dem die Hälfte stirbt, die anderen fliehen fort von der verfluchten Insel.
Es kommen Kriegsleute aus Braunschweig, es kommen Hannoveraner, und wieder Franzosen. Sie alle fahren nach wenigen Tagen fort.
Es fallen in den Jahren vor Kandia dreißigtausend Abendländer und hundertzwanzigtausend Türken. Sechzig Stürme erlebt die Stadt, achtzig Ausfälle, und dreizehnhundert Minen springen:
da übergibt Francesco Morosini, ohne den Senat zu fragen, auf eigene Verantwortung die Insel Kreta den Türken, übergibt das Resultat eines ewigen Krieges dem Frieden, wenn das der Friede würde.
Es wurde Friede. Und das geschah im Oktober des Jahres 1661.

Aber Jahre später kommt wieder ein Krieg, die gemeinsame Aktion Venedigs und Österreichs. Das Generalkapitanat bekommt der sechsundsechzigjährige Letzte der großen venezianischen Krieger, ein Mann, in dem noch einmal der uralte Haß gegen die Todfeindin im Osten aufgelebt ist und dessen Name wie der eines Heiligen über dem sterbenden Staate leuchtet:
Francesco Morosini.
Er erobert Modon und Koron, die beiden Augen der Republik in der Levante, die schon so lange verlöscht sind, er erobert den ganzen Peloponnes, der Markuslöwe weht über Athen. Ja, der Löwe weht über Griechenland, aber auch ein Löwe kann müde werden.

Nach vierzehn Jahren besetzen die Türken den Peloponnes, ohne Widerstand zu finden, und sie gehen daran, Korfu zu erobern, die letzte Insel Venedigs im Mittelmeer.

Tapferkeit, wieder und wieder, Seuchen, springende Minen, es ist das gleiche Grauen der ewig sich wiedergebärenden, ewig sich erneuernden, ewig jungen Gestalt des Krieges, gegen den ein Mittel zu finden selbst die Götter versagen.

Und Venedig ist doch nur alt und will doch nur eines: Ruhe! Und ebenso geht es der Goldenen Pforte.

Als die Österreicher eingreifen, bittet die Türkei um Frieden. Venedig behält Korfu. Sonst nichts.

Zwischen den beiden ewigen Feinden herrscht von nun an Friede. Friede darum, weil keine Differenzen mehr da sind, Friede, weil beide aneinander zugrunde gegangen sind.

In einer goldenen Wiege, die an den Pfosten des Himmels angebunden ist, ruht Venedig. Und da die Stadt immer einen Sinn gehabt hat, inmitten der ganzen Sinnlosigkeit der Welt, braucht sie die Würde des Todes nicht zu suchen.

Venedig lacht

und schleudert die ganze unbändige Heiterkeit seines Geistes dem mürrischen Europa ins Gesicht,

wie früher seinen Ernst.

Venedigs Levantereich bestand nicht mehr. In der Adria fuhren fremde Kriegsschiffe. Der Kaiser erhob Triest zum Freihafen und der Papst Ancona.

Noch einmal führte Venedig Krieg. Angelo Emo fährt mit der Flotte gegen den kleinen Raubstaat Tunis, dessen Piraten als Erben der großen türkischen Tradition das Mittelmeer gefährden.

Aber die letzten Kanonenschüsse Venedigs verhallen sinnlos an der afrikanischen Küste unter dem Hohn der Barbaresken.

Und der letzte venezianische Admiral wird von einem Condulmer ermordet, einem der Träger jenes Namens, der zum Hohn des venezianischen Staates in seiner Sterbestunde wie aus der Hölle aufsteigt.

XXIV. DER SALON EUROPAS

Das 18. Jahrhundert

Gebt mir einen Wald am Flusse,
oder Venedig,
das Leben zu vergessen! *Taine*

Da die Verhältnisse Venedig nicht mehr gestatten, seine Größe auf dem Gebiet der Politik zu beweisen, schafft es sich selbst ein neues Gebiet, auf dem es noch einmal ganz Europa überstrahlt.
Der großen Vergangenheit widmet es Bibliotheken, Museen, Akademien. Und die wissenschaftliche Blüte des 18. Jahrhunderts kann sich, gepflegt von dem Vermögen Venedigs, hier voll entfalten.
Venedigs neues Gebiet ist die Kultur des gesellschaftlichen Lebens, die nirgends eine so gleichmäßig entwickelte Höhe erreicht hat. Architektur, Malerei, Wissenschaft, Theater, Oper, Konzerte, Tanz.
Wieder ist die Stadt, zum letztenmal, der Mittelpunkt der Welt. Und die es früher mit seinen Waffen, seinem Handel, seiner Politik erobert hat, unterwirft es sich heute mit seinen unwiderstehlichen Waffen: seiner Schönheit, seinem Geist und seinem Lachen.

Das Rokoko besteht ganz aus Geist und ist zart wie ein Spinnenweb. Es hat gar keinen Hintergrund; es flieht die Tiefe.
Aber große Kunst braucht nicht monumental zu sein, und das Rokoko ist kein Kunstgewerbe.
Das Rokoko ist der Feind des Vorurteils:
bitterer Ernst hat mit Denken nichts zu tun. Es wurde niemals mehr gedacht als im Rokoko. Aber damals gab man zu, es nicht so wichtig zu finden.
Wichtig war nur eines: Glücklich sein. Man wollte es, und man war es.
Aus dem Glücklichsein des Rokoko entsprang eine wunderschöne Kulturblüte.
Ein einziges Mal hat Europa ein freundliches Gesicht gezeigt: im Rokoko.

Und wieder, und zum letzten Male, ist Venedig die Führerin. Die Formen, in denen der Tod sich zeigt, sind verschieden.
Als die Aristokratie abtreten mußte, tanzte sie Menuett.
Dann kam die Französische Revolution und köpfte die Heiterkeit auf der Guillotine.
Sie wurde dann im Massengrab eingescharrt.
Seitdem war es nie mehr Mode, zu lachen. Aber die Welt ist dadurch nicht besser geworden.
Aber in den Zeiten, in denen wir leben, da uns die grazilen Spinnweben des Geistes gefangenhalten, weiß man noch nichts von einer Guillotine, ahnt man noch nichts von der zunehmenden Versäuerung der Welt.
Die Mütter gebären ihre Kinder ohne Schmerzen, und niemand weint, wenn er zur Welt kommt.
Geht aber der Tag zur Neige, so nahen sie dem Tode zerstreut, so wie der Mensch am Abend der Tür seines Hauses naht.
Sie machen keine Persiflagen über Leben und Tod. Sondern sie dichten: zum Beispiel ein Sonett auf ein Hündchen, und schenken es einer Hebamme. Und sie dichten schon mit neun Jahren.
Manchmal vergessen sie alles um sich herum. Und riechen an einer Rose.
Alles um sich herum vergessen zu können, um Zeit zu haben für ein klein wenig Schönheit. Das ist: Rokoko!
Das war alles. Alles zusammen wog kein Gramm. Aber man soll nicht denken, daß alles Frühere und alles Spätere, nur weil es schwerer war, mehr wog.
Das Rokoko ist der Traum. Das Rokoko ist das Märchen. Es kennt keine Schatten; es ist voller Licht. Die Götter weilen in ihm.
Ständig in sich selbst verliebt, spielt es ständig sich selbst. Das Rokoko spielt Komödie!
Die Komödianten und ihr Geist sind auf dem Jahrmarkt geboren, auf den staubigen Straßen der Länder, fahrendes Volk, von irgendwoher gekommen, ohne Ahnen, ohne Vergangenheit, ohne Ziel.
Aber den Kopf voll von Phantasie,
bevölkern sie Italien, und nun werden sie ein Jahrhundert lang Vene-

dig beherrschen, einfach dadurch, daß sie da sind, und daß es nur ihnen vergönnt ist, immer neue und farbigere Welten zu schaffen, in denen die Menschen gut sind und böse, genau wie in unserer Welt; dadurch also gleichen sie den Göttern und werden verehrt wie sie.
Abend für Abend sitzt Venedig zu ihren Füßen und lauscht ihrem Spiel. Sie haben sich ihre Masken selbst erdacht, die für Generationen die einzig möglichen wurden: Harlekin und Pulcinella, Don Pasquale und Pantalone, Brighella und die kleine süße Colombine, die nun durch dieses Leben der Liebe, der Intrige, des streng getrennten Gut und Böse lachen und weinen, bis zum beseligenden Ende.
Die Pforten der Theater und der Paläste sind weit geöffnet. Durch die Reihen der Lakaien ziehen sie ein: die Komödianten und ihr Geist.
Das ist Theater, am Fluidum des Augenblicks entzündet, hinreißendes Spiel, und die es spielen, sind Künstler, Genies des Theaters, bewundert von der Welt, von Königen geehrt, mit Glockenläuten empfangen.
– Seht euch den Rücken Carlinos an, er ist ausdrucksvoller als all unsere Gesichter! – sagt Garrick von einem Comedia dell' arte-Spieler.
Doch in einem heldischen Zeitalter gibt es viele falsche Helden, in einem der Götter gibt es viele falsche Götter, im Zeitalter der Komödianten gibt es viele falsche Komödianten. Die den Geist nicht haben; und nicht das Genie. Die entsetzlich platt sind, weil ihnen nichts einfällt. Die improvisieren; aber ohne Phantasie.
Da taucht Carlo Goldoni auf, lächelnd, munter, die Hände auf dem Rücken gefaltet, gutmütig, witzig, den Dreispitz ein wenig schief auf dem Kopf, und schreibt Komödien.
Carlo Goldonis Leben ist sein allerlustigstes Lustspiel.
Es war Nacht, als seine Mutter ihn gebar. Der eine Stern, der in das Zimmer leuchtete, wurde von solch unwiderstehlichem Lachreiz gepackt, daß er vom Himmel gefallen wäre, hätten ihn nicht ein paar pausbackige Engel noch gerade rechtzeitig gehalten. Seither aber liebt der heitere Stern:

Carlo Goldoni.
Er hat in seinem Leben unendliche Prozesse geführt, denn er war Rechtsanwalt. Er hat Duelle ausgetragen, Liebesabenteuer gehabt; er hat sich immer betrügen lassen, denn er war verblüffend gutgläubig. Und er war immer heiter. Kein Unglück vermochte seinen Schlaf oder seinen Appetit einzuschränken. Er ist hinreißend leichtsinnig, und er nimmt nichts ernst. Vor allen Dingen nicht sich selbst. Sein Geist gleicht einem Schaumwölkchen, da oben am Himmel. Sein Geist muß immer fliegen; nicht so hoch hinaus, daß er keine Luft mehr hat; aber auch nicht so tief, daß die Tragik ihn berührte.
Carlo Goldoni ist Enkel und Ahnherr des Rokoko.
Er trägt die Zeit in seinem lächelnden Herzen. Und seine Füße müssen immer eilen, die Zeit zu durchstreifen, und seine Augen immer sehen.
Carlo Goldoni hat das buntschillernde Rokoko in alle seine Poren eingesogen.
Und als er anfing, Komödien zu schreiben, tat er es nicht, um das Theater zu retten oder weil er sich irgend etwas dabei dachte oder weil er irgend etwas wollte, sondern weil er ein Dichter war und schreiben mußte.
Er ersetzt die Masken der Comedia dell' arte durch lebendige Menschen, die ihm heute begegnet sind, oder damals, oder auf irgendeiner Reise oder in irgendeinem Abenteuer.
– Ich gehe, um mich auf dem Markusplatz zu unterhalten. Ich schaue, ob mir nicht einige Gaukler den Stoff zu einem Lustspiel für die letzten Karnevalstage liefern können. Ich begegne unter den Arkaden des Uhrturms einem Mann, der sofort meine Aufmerksamkeit erregt und mir den Stoff liefert, den ich suche.
Ich komme heim und beginne. Ich brauche viel Intrige, Überraschungen, Wunderbares, Interessantes, Drolliges, Hochtrabendes. Eine Heldin würde wohl mehr Anklang finden als ein Held. Woher nehmen? Nehmen wir einstweilen eine Unbekannte.
Ich schreibe: die Unbekannte. Erster Akt. Erste Szene.
Die Frau muß aber auch einen Namen haben, ja, geben wir ihr den den Namen Rosaura. Lassen wir sie auftreten mit ... auftreten

mit ... Florindo. So begann ich, und wußte nicht, ob ein Tempel daraus würde oder eine Halle. –
In jedem Winkel, in jeder Gasse, auf allen Kanälen und Brücken steckt Carlo Goldoni, sieht, hört, beobachtet, lächelt, schreibt, schreibt vierundvierzig Bände Theaterstücke voller Köstlichkeiten über die heitere Anmut des venezianischen Volkes.
Carlo Goldoni sprengt den Rahmen des Theaters. Für ihn ist der Hintergrund nicht mehr der Salon oder die Piazza, sondern er holt die ganze Stadt herbei, alle Hinterhöfe, Treppchen, alle Säle und Kammern, und alles Licht, von der Sonne bis zur Öllampe.
Seine Phantasie sprudelt. Aber sie sprudelt Wirklichkeiten, Charaktere, Typen, die in diesem lustigen Venedig wohnen, sprechen und immer wieder geboren werden.
Er ist der Dichter des Alltags, den er besonnt durch seine Fröhlichkeit.

Neben ihm steht mürrisch, verbittert: Carlo Gozzi.
Er ist der Dichter der Anmut, des Märchens, der wundervollen Unwahrscheinlichkeiten, des:
es war einmal.
Die Gegnerschaft zwischen diesen beiden strahlendsten Geistern, die Italiens Theater hervorgebracht hat, beide Venezianer, stellt zwei Parteien auf die Beine, teilt die Stadt in zwei Heerlager, bewaffnet die Damen, die Kavaliere, die Bürgerinnen, die Bürger, die Plebs, die Handwerker, die Gondoliere, die gebildeten Konkubinen.
Früher einmal war Carlo Gozzi Offizier. Dann war er eigentlich nur noch verbittert. Gegen alles und wegen allem. Er kann sich nicht freuen. Aber weil es Mode ist, glücklich zu sein, dankt er täglich Gott für sein fröhliches Gemüt. Immer muß es regnen, wenn er auf die Straße geht. Er ist Reaktionär durch und durch und träumt nur von früheren Zeiten, wo alles besser war.
Vor allen Dingen moralischer. Er haßt die Flatterhaftigkeit.
Er kann überhaupt hassen; gründlich und tief. Er haßt das Rokoko.
Er rechnet aus, daß der Stich eines Schusters besser bezahlt wird als

ein Vers. Und Kalbshirn billiger ist als Gedanken. Jeder weiß das; ihn aber ärgert es.
Was soll er in dieser Welt? Die Tränen laufen ihm über die verhärmten Wangen. Er ist zutiefst traurig. Er ist so unglücklich, daß er das Sprechen vergißt.
Carlo Goldoni ist immer in der Gegenwart, die er munter trinkt.
Carlo Gozzi flieht, flieht immer, entweicht, versteckt sich hinter den Blättern eines vergilbten Buches. Er träumt. Und so sind seine Träume: es war einmal – ein Kind – eine Blume – ein reiner Himmel – ein freundlicher Lufthauch – liebliche Vergangenheit. –
Es war einmal –
Carlo Gozzi flieht in das Märchen. Es war einmal ein Traum.
Man muß leben. In dieser Welt kann es Gozzi nicht. So baut er sich eine neue.
Und sie ist reizend. Keine Hagestolze, wie er einer ist. Keine Sonderlinge, keine verführten Mädchen, keine flatterhafte Liebe. Nein! Alles ist schön und rein.
Seine „Fiabe“ gleichen den Gärten in Venedig. Da man sie nicht betreten kann und selten einmal einen Blick über die Mauer erhaschen, träumt man von ihrer Größe, ihrer Romantik, ihren stillen Winkeln und Blüten, die immer geheimnisvoller und zauberhafter werden, je länger man vor der Mauer stehenbleibt.
Vielleicht ist gar nichts dahinter? Wer weiß.
Es ist ein Märchen. Carlo Gozzi dichtet Märchen, in denen alle Prinzessinnen und Prinzen, verzauberte Schlösser, Kobolde und Irrlichter erscheinen, die schon immer die Kinder entzückt haben. Der verbitterte, widerwärtige Carlo Gozzi ist ein Kind, das nichts anderes will, als den Menschen seiner Zeit und seiner Stadt Märchen erzählen, so wie die Großmutter im Bilderbuch. Großer Goldoni und zauberhafter Gozzi! Welche Zeit, in der diese beiden Menschen dichten konnten,
und man versteht sie, man lebt in ihren Welten, so verschieden sie auch sind, die Gegnerschaft zwischen ihnen teilt eine Stadt, und warum, nur weil der eine, Goldoni, das Comedia dell' arte-Theater ersetzen will und das herrlichste Comedia dell' arte-Theater schreibt,

und der andere, Gozzi, das Comedia dell'arte-Theater mit seinen Harlekinen retten will und das herrlichste Comedia dell'arte-Theater schreibt.
Und die Stadt und die Aristokratie und das Volk, die Abend für Abend die sieben Theater füllen, die für sie gebaut, welche Mode, Theater zu gründen! Lauschen, Abend für Abend Goldoni und Gozzi.
Seliges Rokoko! Zeit, in der man spielen konnte! Wie lange ist sie vorbei.
Es war Leidenschaft, das Theater, und was auf der Bühne vor sich ging, war Leben.
Man war zufrieden oder nicht. Und äußerte es vollkommen unverblümt.
Als Goethe im Theater war, sah er ein Stück, in dem der Tyrann seinem Sohn das Schwert reicht und ihm befiehlt, er solle seine Frau töten. Das Volk war darüber so böse, daß die Schauspieler nicht weiterspielen konnten, bis der bedrängte Sohn demütig bat, sie möchten sich doch einen Augenblick gedulden, die Sache würde ganz nach Wunsch ablaufen.
Tragödien aber mögen sie nicht. Und wenn doch eine gespielt wird, klatschen sie die Gestorbenen nachher vor den Vorhang: – Gut gestorben! – rufen sie und lachen.
Einen Abbé ärgert dieser Leichtsinn. Er dichtet ebenfalls ein Trauerspiel, das unerhört spannend ist. Die Angelegenheit steigert sich zum Krieg hinter der Bühne. Die Bühne ist leer. Das Publikum fängt an zu murren: Weiter! Weiter! Nichts erfolgt. Nach einer langen Zeit tritt der Souffleur aus seinem Kasten und sagt sehr ernst: – Zuhörer, ich merke, ihr wartet, daß euch jemand über den Verlauf der Schlacht berichte. Ihr wartet vergebens: sie sind alle tot. –

Jeder dichtet. Es ist schrecklich. Bücher werden an allen Straßenecken nach Gewicht verkauft. Ganz Venedig ist betupft von Druckerschwärze, und die Vignetten fliegen wie Tauben über die Stadt.
Alle dichten: Sonette, Gedichte, Erzählungen, Theaterstücke,

Fabeln, Romane, Erörterungen über Moral, über Liebe, über Heroismus und über Geschichte. Aus allen Sprachen wird alles übersetzt. Bei jeder Taufe, Dogenwahl, Senatorenwahl, Hochzeit und Tod bestellt man Gedichte. Meist bei Gasparo Gozzi, Carlos Bruder, der genau so sonderbar ist, aber freundlicher und auch ein ganz klein wenig vergnügter.

Carlo meint, im Hause seines Bruders sei die Literatur epidemisch. Sie dichten alle: die Elten, die neun Geschwister, die Frau, die Kinder, die Enkel, die Nichten, die Neffen und die Untermieterin.

Aber Gasparo Gozzi faßt in seinem zarten Herzen und seinem überströmenden Geist die ganze Literatur seiner Zeit zusammen, und all die Narretei und Freundlichkeit seiner Zeit.

Gozzis Erzählungen, die in der Gazetta stehen, der meistgelesenen Zeitung Venedigs, die auch noch heute das gleiche Häuschen bewohnt, sind Kunstwerke und gehen von Hand zu Hand, von Mund zu Mund:

Im Fornogäßchen bei San Polo sitzen mehrere Klatschbasen auf der Straße. Eine strickt, eine spult, eine häkelt, eine näht. Sie haben alle ihre besondere Beschäftigung, und in dieser Hinsicht sind sie verschieden, aber alle sprechen gleichzeitig von Tagesanbruch bis Sonnenuntergang, und darin gleichen sie einander. Zu ihrem Geschwätz gesellt sich noch eine Schullehrerin, die nicht weiß, welches Wissen sie den Kindern beibringen soll, und sie daher an den Ohren zieht, Kopfnüsse austeilt, mit der Hand auf den kleinen Podex klopft, daß sie aus vollem Halse schreien, so daß man gleichzeitig einen Chor von weinenden Kindern hört, und von Frauen, die der Lehrerin ihre Grausamkeit vorhalten, während sie die Lehrerin verteidigt. Weder Sophokles noch Euripides haben je in der Tragödie einen Chor erfunden, der diesem gleicht.

Aber der zart geschlungene Reigen des Rokoko wäre unvollendet ohne die vielen Meister des Pinsels, die ihm diesen entzückenden Farbton geben, den wir noch heute lieben.

Rosalba Carriera, die in den dünnen, hauchfeinen Strichen des Pastells alle die Damen und Herren ihrer Zeit auf Elfenbein malt,

und deren Kunst weit in Europa Nachahmer und Anerkennung findet,
Piazetta, Guardi, Longhi und vor allem: Tiepolo und sein Sohn Domenico.
Das ist Zauber schlechthin, was sie malen. Weit über die ganze Welt des Rokoko spannen sie den Himmel, der alles überdeckt und alles einhüllt.
Ein Himmel, in den man eingehen möchte, lieber heute als morgen.
Ein Rokokohimmel, in dem der letzte irdische Hauch, der auch dieser Zeit anhaftet wie jeder, völlig aufgehoben ist im zartrosa Duft.
Gianbattista Tiepolo und sein Sohn Domenico, der dämonischer ist als sein Vater, kennen nicht die Worte: Schwierigkeit oder Unmöglichkeit. Sie beherrschen alle Techniken, und sie beherrschen allen Geist, der aus ihrem spritzigen, übervollen und überlustigen Herzen quillt.
Kirchen, Paläste und Treppenhäuser in Venedig, in Würzburg, in Spanien, in Italien sind voll von ihnen. Sie sind das Gegenteil von bieder, sie sind völlig unbürgerlich und ganz und gar nicht vernünftig.
Pferde bäumen sich in der Luft, nackte Engelpopos glänzen, Nymphen baden, die ganze griechische Götterwelt wird heruntergeholt, in Rokoko gekleidet und wieder im Himmel eingesetzt als König und als Herr.
Es gibt Liebesgötter und pfeiferauchende Heilige, es gibt sanfte Stiere und Marien, die charmant und kokett die Kunde empfangen, daß sie den Heiland gebären sollen.
Und sie, die Venezianer, holen mit beiden Händen das Licht, das einmalige Licht ihrer Stadt heran und tauchen den Pinsel hinein, sie holen den Charme, den einmaligen Charme ihrer Stadt heran und tauchen den Pinsel hinein.
Tiepolo und sein Sohn Domenico sind die letzten großen Künder der großartigen Stadt Venedig.
Tiepolo malt, es singen und geigen und jubilieren die Waisenmädchen der Stadt so wunderbar, daß niemand etwas Ähnliches hörte, dreihundert neue Opern erscheinen in wenigen Jahren, man ist begierig

nach allem, was Kunst ist, von weither strömen die Fremden dieser Stadt zu, die wie versunken in traumhafter Schönheit liegt.
Venedig wird der Magnet, der alles anzieht, die strahlendsten Geister dieses überreichen achtzehnten Jahrhunderts.
Und alle, die kommen, kommen um der Stadt willen,
um des Rokoko willen, aber doch wegen der Frauen, die geistvoll genug waren, die geistvollsten Männer zu fesseln, unter dem Himmel des Rokoko: den Tiepolo malte.

Am Canal Grande steht eine seltsame Ruine: die Mauern sind von immergrünen Pflanzen überrankt, und hohe Bäume wachsen aus den Räumen. Es ist ein Palazzo, in den letzten Jahren des Staates begonnen. Als jener aufhörte zu bestehen, blieb auch die Arbeit an diesem, seinem letzten Bau stehen. Im gleichen Augenblick erloschen alle Lichter der Republik Venedig.

XXV. KARNEVAL

18. Jahrhundert

Ich bin die Tochter des Wassers,
die Mutter des Feuers,
doch um die Liebe zu löschen,
ist der Ozean wenig.
Villa Barbaro, Maser
(am Standbild der Venus)

Der Ausverkauf der Kunstwerke geht weiter, und das heimische Kapital ist durch kein Verbot an seiner Flucht ins Ausland zu hindern. Das Geld ist rar.
Die Aufnahme in das Goldene Buch, die Nobilität, die früher mehr wog als der Reichsfürstenstand, wird heute vierzig Familien gegen eine Zahlung von hunderttausend Dukaten angeboten. Aber nur zehn Familien können das Angebot annehmen.

Venedigs Bilanz ist passiv. Die Zölle sind so hoch, daß fremde Schiffe nicht mehr kommen, und Venezianer fahren sowieso nicht mehr auf Schiffen. Sie machen Experimente mit der unrettbar verlorenen Wirtschaft: ein Jahr versuchen sie es mit dem Freihandel, im nächsten Jahr mit Schutzzöllen. Man versucht die Verfassung zu reformieren, man versucht alles zu reformieren. Aber es ist nichts mehr zu reformieren da. Der Staat Venedig besteht nur noch auf dem Papier.
Doch wer fragt schon danach?
Der Staat ist nicht mehr wichtig, und die Politik ist nicht mehr wichtig; wichtig ist nur noch:
der Karneval.

Es war so, daß Venedig das seltene Glück zuteil wurde, bis zu seinem Tode vollkommen zu sein. Als es zu alt zum Heldentum geworden war, und auch zu der Dämonie seiner Kunst, schuf es in seiner Sterbestunde die Glückseligkeit des Lebens, füllte es sich selbst so ganz mit Heiterkeit an, als habe es in den Jahrhunderten vorher zu wenig davon gehabt und müsse, um die ganze Skala des Lebens durchkostet zu haben, auch dieses noch kennen, ehe es stürbe.
Und wie Venedig alles, was es tat, mit der ganzen Intensität seines Geistes tat, so wurde sein Sterben durchleuchtet von Heiterkeit und Glück, von Frohsinn und Lachen und einer nicht endenwollenden Maskerade der Scherze.
Ein süßes Gesichtchen, zwei blitzende Augen, eine Maske, ein wenig zur Seite gerutscht, zwei Füße, die nur darauf warten, daß man sie auffordert zu tanzen, und ungeduldig mit den Zehen wippen, das ist die Frau, die diese Maskerade anführt. Alles ist zugeschnitten auf den kleinen und schnellen Tritt ihrer Füße. Alles ist klein, zierlich und heiter. Sie kann es fassen, in ihre Hände nehmen, streicheln, zausen, zupfen und darüber lachen.
Und ihr Lachen hüllt die ganze Welt in einen rosigen Schein. Ihr Lachen ist bezaubernd. Dank ihrem Lachen verschwindet die Wirklichkeit und das Märchen taucht auf.
Kein Gesetz gilt mehr. Vor allem das Gesetz der Schwere ist aufgehoben. Kein Gewicht ist klein genug, um das Rokoko zu wiegen.

Immer wird es wie eine Feder in die Höhe schnellen. Um sie zu greifen, muß man tanzen.
Ein Jahrhundert lang tanzt Venedig hinter der bunt schillernden Feder her.
Ein Jahrhundert lang beherrscht der Charme die Welt, der Geist, die Spitzbübereien, die Maske, die erlaubte Sinnlosigkeit, die wunderschöne Liebe, das Abenteuer, alles, was leicht ist, alles, was heiter ist.
Einmal wird sich diese Welt verdunkeln, um sich nie mehr zu erhellen,
aber bis dahin scheint ein Jahrhundert lang immer die Sonne, gaukelt immer der Mond auf den Wassern des Kanals. Ein Jahrhundert lang ist der Esprit Herr der Gespräche. Ein Jahrhundert lang schnäbeln sich die Tauben wie auf den Besuchskarten des letzten Dogen Manin.
Amor, der Lausejunge, hat nichts anderes zu tun, als sich ständig die Augen zuzuhalten, denn er kann ihr nicht entfliehen, dieser Atmosphäre der Liebe. Wohin auch sollte er gehen?
Meidet er die Häuser der Zentildonne, so muß er auch die Gondeln meiden, deren schützende Umhüllung doch nicht vermag, die zarten Worte aufzuhalten: – Caro te! –
Und die Inseln bergen die Gärten, und in den Gärten duften die Blüten zu berauschend für den kleinen Göttersohn. Venedig zieht sich weiter das freundliche Tal der Brenta entlang, und überall blühen und wuchern und duften die Parks, in deren verschwiegener Stille die Putten und Götter ein wunderbares Leben führen, bis die heitere Schar lachender Rokokodamen und Rokokoherren sie stört.
In den Palästen, die Longhena baute und Tiepolo schmückte, tanzt in den goldenen Sälen die Aristokratie, blicken über die Irrgärten und Tempelchen hinweg die Schlösser in den heiteren Abend, Schlösser des Märchens, des Luxus, unwirklich in ihrer Pracht.
– Und wenn ihr kommt, werden euch zehn bis zwölf in einer Hecke verborgene Nachtigallen willkommen heißen, und nie werdet ihr einen lieblicheren Gesang hören. Ich werde auf der Schwelle stehen und euch ein Halleluja singen, mit offenen Armen euch empfangen.

Ihr werdet sofort von Kapaunen, Enten, Hühnern und Indianern in Empfang genommen werden, und Pfauen werden um euch ein Rad schlagen. Vielleicht wird euch das langweilen, aber ihr werdet schon Geduld haben müssen, denn diese Tiere können euch nicht gut erklären, daß sie euch ergeben sind und daß sie sich für euch mit Vergnügen kochen, braten und in Stücke schneiden lassen werden! – schreibt Gasparo Gozzi, der Dichter der Nobili, die Einladung. Und sie lassen sich nicht lange bitten:
Antonio Longo hat dreiundfünfzig Bekannte zu einer Landpartie geladen, die auf der Brenta vor sich gehen soll:
in den hell erleuchteten Barken fahren sie durch die Nacht,
– als wir aber an dem Haus des Senators Gianbattista Corner vorüberfuhren, waren wir überrascht, die Loggien, Fenster und Statuen von Wachsfackeln und den Garten von Pechfackeln ganz erhellt zu sehen. Bei diesem Anblick begann unsere Musik zu spielen, und aus dem Inneren des Palastes antwortete ihr Musik. Wir stiegen an Land, der Herr des Hauses empfing uns, umgeben von einer zahlreichen und vornehmen Gesellschaft, und nun begannen die Tänze, die erst endeten, als der Tag nahte. Der Kavalier lud mich und alle meine Gefährten ein, bei ihm zu speisen. Der Glanz, mit dem man uns bewirtete, läßt sich nicht vorstellen und nicht beschreiben. Der Nachtisch stellte die Personen der Maskerade dar, und die Nebenpersonen spielten gleichfalls darauf an.
Unter den Braten des Mahls befanden sich auch einige Fasane. Da aber der Magen der Gäste schon genug hatte, gab der Hauswirt dem Truchseß ein Zeichen, man möge sie für den folgenden Tag aufbewahren. Der Senator Marco Gradenigo tadelte ihn laut wegen solcher Knauserei. Darüber ärgerte sich Corner, und er begann, jenen zu necken und ihm vorzuhalten, daß er sich wohl von den anderen einladen ließe, aber keinem Menschen je auch nur ein Glas Wasser anbiete.
Da wurde Gradenigo, der als freigebig und edel bekannt war, zornig. Er lud die Anwesenden für den nächsten Tag ein, wobei er versicherte, daß die auf den Tisch gebrachten Speisen entweder gegessen oder überhaupt nicht mehr auftauchen würden.

Dieser edle Wettstreit dauerte zehn Tage, so daß Gradenigo und Corner uns jeder sechs Mahlzeiten der Reihe nach gaben. –
– Und wer wird schlafen? Schlafen ist Tod. Scheint nicht der Vollmond draußen? Laßt uns nach ihm sehen! Wir sind ganz allein in den Laubengängen, nur ein Springbrunnen plätschert. Hör ihm zu: Amor, kleiner Amor, halt die Augen zu! Blinzle nicht. Erröte nicht! Liebe! Liebe: Sinn und Inhalt des schnell verfliegenden Lebens.
– Es gibt hier keinen alten Schmuck und keine alte Liebe –, schreibt eine Venezianerin.
Immer finden sich vier Lippen, immer treten die Spitzen zweier Schuhe zart aufeinander. Immer schreibt irgendwo irgendein Dichter ein Sonett, und immer seufzt irgendwo irgendeine Frau.
Ihr Bild hängt in den Salons. Ein Hauch von Pastell. Ein zartes Gesichtchen, etwas verträumt, etwas lustig. Sie haben den Teufel im Leibe und denken nicht daran, ihn auszutreiben. Alles liegt zu ihren Füßen. Man zählt dreißigtausend Fremde in Venedig. Sie kommen der Frauen wegen.
Da ist Guistiniana Renier-Michiel, die die Langeweile schlimmer findet als den Schmerz, und ein bedeutendes Werk schrieb über die venezianischen Feste, die sie so liebte.
Da ist Cecilia Tron-Dolfin, die ungekrönte Königin der Stadt, die zum Erfolg verhelfen kann, wem sie will, und als man ihr vorwirft, sie verkaufe die Loge ihres Theaters teurer als ihre Person, sagen darf: – Meine Person, ja, sehen Sie, die schenke ich her! –
Ihre Schwägerin Caterina Tron, geistreich und männlich, dichtet und liest lateinische und griechische Werke, hält die Politik Venedigs jahrelang in Atem dadurch, daß sie den Staatssekretär Gratrol in die Verbannung schicken läßt.
Das sind nur wenige, wer aber könnte sie zählen, all diese reizenden Gestalten, die Rosalba Carriera malte?
Sie sind der Mittelpunkt; und sie wissen es.
Ihre Seele ist hauptsächlich zum lieben da, wie ihre Hände zum streicheln und ihr Mund zum küssen.
An der Hand des Cicisbeo haben sie die klösterliche Zurückgezogenheit ihres bisherigen Lebens verlassen. Und man muß zu-

geben, daß die Welt dadurch sehr viel gewonnen hat. Wie war sie langweilig, als nur die Männer in ihr eine Rolle spielten!
Wenn sie Besuche macht und ihre Karten vergessen hat, hat der Cicisbeo schon vorgesorgt. Er muß ihre Launen ertragen, er muß sie begleiten, er muß sie, wenn sie sich in der Oper langweilt, zu einer Landpartie einladen, von der sie erst morgens zurückkommen. Er ist bei ihr am Tage und bei ihr in der Nacht. Er darf ihr das Strumpfband lösen und ihre Briefe lesen. Ihm allein sagt sie die Wahrheit. Er darf, er darf alles, nur eines darf er nicht: sie lieben.
– Ich bin es nicht gewohnt, mich vor den Kavalieren an- und auszukleiden – sagt die Neuvermählte schüchtern zu ihrem Cicisbeo.
– Oh –, entgegnet der Marquis, – das ist doch gang und gäbe, und es vergeht kein Tag, an dem ich nicht die Ehre habe, irgendein Mieder zuzuschnüren! –

Der Ehemann ist die Witzfigur. Kein Mensch nimmt ihn ernst. Und wenn er selbst es tut, so findet Goldoni das so originell, daß er eine Komödie darüber schreibt.
Casanova besucht eine verheiratete Frau, die ihm ihren Gatten und ihre Knaben vorstellt. – Ich fand, daß keiner ihrem Gatten ähnlich sieht, und sprach es aus. – Wie könnte es anders sein? – entgegnete die Dame, – dieses ist der Sohn des Conte X, dieses der Sohn des Fürsten Y und dieses –, sie zeigte auf den Jüngsten, – der Sohn des Herzogs Z. – Ich sah den Ehemann an –, erzählt Casanova weiter, – er lächelte –.
Aber da wir im rosigen Jahrhundert der Liebe leben, ist der Held dieses Jahrhunderts nicht der Ehemann, sondern der Liebhaber. Und deren gibt es genug. Es wimmelt in Venedig von Liebhabern. Nie vorher und nie nachher haben sie es so gut gehabt.
Der Liebhaber ist das ewige Abenteuer, das die Frauen suchen, dem sie nachgehen, dessentwegen sie sieben Paar Halbschuhe und zwei Paar Stiefeletten im Monat zertreten, auf den Platten der Riva, der Piazza und der Merceria, ohne auf dem Lande oder bei einem Fest gewesen zu sein.
Der Liebhaber, das ist der ewige Casanova, den alle Männer hassen

und alle Frauen lieben. Casanova, bunt und schillernden Geistes, beweglich, kühn, ständig hungrig und doch niemals gierig, immer ein Lächeln im Herzen und die göttliche Überlegenheit, Casanova, immer in anderer Gestalt, immer wieder aufs neue jung, ganz lebendig und erfüllt von der Aktualität des Lebens, tollt mit den Frauen Venedigs im Narrentanz durch alle Winkelchen und Gäßchen und Plätze dieser Stadt, schont kein Geheimnis und kein Versteck und auch kein Fleckchen der rosa getönten, zart parfümierten Haut.

Bei der Brücke San Felice steckt ein Briefchen in der Mauer: – Ich erwarte dich um vier, Casanova! –

An den Sockel Colleonis schleicht die Nonne, als Offizier verkleidet, und wartet auf Casanova.

In die fahrende Gondel zu der unbekannten Schönen springt Casanova.

– Ich liebe dich, Casanova! – flüstert ein Sänger der päpstlichen Kapelle, und langsam entkleidet er sich, und siehe, er ist eine Frau.

Die Barke wartet am Markusplatz, er aber ist längst mit seiner Schönen im Gewühl der Straßen verschwunden. Niemand weiß die Orte, in denen man sich trifft. Nicht einmal die Polizei.

Strickleitern baumeln von den Fenstern, nächtliche Serenaden auf den Kanälen, heimlich zugesteckte Briefchen, ein paar Worte bei der Messe. Irgendeine Tür wird aufgebrochen, irgendein Fenster sehr leise geschlossen. Und immer verlöscht dann das Licht.

Ade, Prüderie! Ade, Tugend! Für euch ist hier kein Platz!

Das Leben ist so wunderschön, und irgendwie ahnt man ja auch, daß es nicht ewig dauere.

Und da nun jeder dieser tausend Menschen den Mut hat, so zu sein, wie er ist, kommt man aus dem Lachen nicht heraus. Man lacht über jeden, den man sieht. Aber das Lachen ist zärtlich.

Der Abbé Tessa ist ein Philosoph, um den sich die Salons raufen. Merkwürdigerweise ist er in Spinnweben verliebt, zum Zynismus geneigt und schläft in einem schmutzigen Loch mit vier Fenstern, ohne Scheiben, daß der Wind durchfegt. Er lebt mit einer Ratte, die er in seinem Bett schlafen läßt. Er nährt sich auf pythagoräische Art von Kräutern und läßt es sich nicht nehmen, sie im Hintergrund des Kaffees, wo er Stammgast ist, mit eigener Hand zu putzen und zu waschen. Seine Serinität der Doge Manin und die erlauchten Senatoren Alvise Emo und Bernardo Memmo helfen ihm bei dieser Arbeit.

Oder:

Der Conte Alessandro Pepoli enthüllt sich am gleichen Tag als tragischer und komischer Dichter, als Epiker, als klassischer und Grotesktänzer, als Seilkünstler, Kutscher, Ruderer, Musiker, Flötenspieler, Deklamator, Lakai, Billardkünstler, und er kann auch mit den Fahnen jonglieren.

Venedig ist die Zentrale des Vergnügens, der Hort des Amüsements, das Schoßkind der heidnischen Götter, so wie sie Tiepolo malt. Es gibt keine Nacht, ein ewiger Tag leuchtet. Sie nehmen die Sonne in beide Hände und drehen sie um. Sie stoßen die Zeiger der Uhr vorwärts, immer schneller, immer schneller, und halten dann die Zeiger plötzlich fest. Mitternacht ist vorüber.

Tausende von Menschen auf dem Markusplatz, auf den Gassen, in den Kaffees, lachend, schwatzend, kokettierend. Der schönste Zeitpunkt, eine Unterhaltung zu beginnen, ist um zwei Uhr nach Mitternacht, und man zieht sich in Venedig erst an, wenn man woanders daran geht, sich niederzulegen.

Mitternacht macht man seine Besuche, geht in eines der hundertsechsunddreißig Casini, aus denen, den Strahlen der Sonne vergleichbar, Klatsch und Intrigen, Liebe und Lustigkeit sich über die Stadt ausbreiten.

Man besucht eine der fünftausend Familien, die jeden Abend in ihren Palazzi empfangen, trifft sich dort mit Schnorrern, Geschäftsleuten, Weltreisenden, Bummlern, Prinzen, Huren, Damen, Tänzern, Kardinälen, Abbaten, Gesandten, Kupplern, Schwindlern, Malern und Dichtern, hört zwanzig verschiedene Sprachen und sechs italienische Dialekte in einem Saale. Keiner hat Geduld, auch nur einen Augenblick zu schweigen, es gibt weder Fragen noch Antworten, sondern nur eine einzige Stimme, und alle Münder werden

ein einziger Mund, und es plätschert, wie wenn Wasser aus einem Kanalrohr ausströmt. Und dieses Plätschern, dieser scherzhafte Dialekt, den Aretino so liebte und so gerne zur Sprache Italiens gemacht hätte, schwingt wie der Flug eines Vogels oder ein heller jauchzender Geigenton ununterbrochen über der Stadt.
Und wenn man ihm nachfolgt, ist es, als würde man sich verirren in den tausend Gäßchen und Häuschen und Fenstern und Türen und Höfchen und Winkelchen, aber man verirrt sich nur in den Schoß Venedigs, der Sprache und Musik zusammen geboren hat.
Denn auch das Volk ist glücklich. Es singt bei der Arbeit. Unter seinen Händen entstehen die wunderbaren Kunstgegenstände: Spitzen, Möbel, Gärten, Bücher, die alle entzücken. Das Volk ist altmodisch: es weiß nicht, was Klassenhaß ist. Es weiß überhaupt nicht, was Haß ist. Es ist liebenswert. Es nimmt niemand etwas übel. Es amüsiert sich still auf seine Weise. Aber einmal stürzt sich auch das Volk:
in den Karneval!

Alle Kerzen am Götterhimmel Venedigs sind entzündet.
Der Platz, der schönste Europas, mit Steinplatten belegt, von Rokokolöwen geschützt, ist das großartige Bühnenbild, um darin zu spielen, zu feiern, all die tausendfachen Feste der erlauchten Republik, die in einem einzigen gipfeln, dem Karneval, dem Fest aller Feste, das das ganze Jahr währt, bis auf wenige Wochen ein Jahrhundert lang und vierundzwanzig Stunden des Tages.
Alles andere versinkt: denn Venedig feiert den Karneval!
Jeder Stern am Himmel hat eine Kerze neben sich, und wenn der Himmel weint, dann weint er Wachs, und seine Tränen duften nach Honig und den Blüten des Sommers.
Doch Tränen, Stern und Kerze spiegeln sich in den gläsernen Schalen, die die Farben des Himmels tragen, blau und violett und manchmal auch ein wenig rötlich: alles in der Nacht und auf der Bühne des Markusplatzes, befestigt an den Säulen der Prokuratien und zu nichts anderem da, als die lachenden Gesichter zu spiegeln,

die zu ihm hinaufsehen, etwas schief im Glase, durchstrichen von Kerze und Stern, betupft von lauwarmem Honigwachs.
Aber alles ist so in Gold getaucht, in silbergoldenes Gold, wie das Wasser in den etwas nebligen Nächten, wenn trotzdem der Mond scheint. Und da die Fliesen des Platzes so weiß sind und weiß die Wände der Häuser, so gibt es ein ganz helles und doch sehr zartes Licht, wie der Klang einer Geige. Aber mit dem Eisenhammer zerschlägt der Riese auf dem Uhrturm die Nacht des Dienstags, die letzte Nacht des Karnevals. Der Eisenhammer wird zwölfmal an die Glocke schlagen. Dann wird das Fest beendet sein. Schon schwingt der Riese den Arm,
und ehe er ihn wieder sinken lassen wird, wird der Karneval die letzte und seligste Sekunde erleben!
Der erste Schlag:
Zweihunderttausend Füße gehen auf dem Marmor. Es klingt wie ein strömender Fluß. Darüber liegt, wie ein tiefer Orgelton, das Brausen der hunderttausend Stimmen. Es ist ein melodisches Brausen, mit unzähligen Nuancen, weil es melodische Stimmen sind.
Eine ganz verrückte Karnevalssymphonie! Spiralenförmig dreht sich ein Lacher in die Höhe, tanzt ein paarmal über den Markusplatz, bis von allen Ecken das Echo widerklingt, und schwingt sich über die Lagune hinüber auf das Meer, auf dem es verklingt wie ein ganz fernes Seufzen.
Der zweite Schlag:
Er ist in einen Domino aus graublauer Seide gehüllt und gleicht darum ein wenig den Tauben. Er trägt keine Maske vor dem Gesicht, aber bei jedem Schritt schwankt eine ellenlange, glutrote Papiernase hin und her, hin und her, auf und ab.
– Euern Segen! – Die Nase hat aufgehört zu schwanken.
Unter ihr kniet ein Mann. Ein Mann aus dem Volke. – Euern Segen! – wiederholt er dringlicher.
Mit einer unnachahmlichen Würde segnet der Besitzer der Pappnase, Nuntius des Papstes, den noch immer vor ihm Knienden.
Noch ein Schlag:

Barken voll Liebe und Barken voll Zärtlichkeit. Barken voller Küsse und Barken voller Rosen.

Und die Gondeln sind schwarz und gleiten sanft über das mitternächtliche Wasser. Sie warten an der Riva auf neue Fracht. Immer sind es zwei, die einsteigen. Sie tragen die Maske. Sie lachen leise. Sie flüstern. Und wenn das Flüstern verklungen ist, bleibt nur das Plätschern des Kanals.

Nur eine kleine Ampel glimmt. Der große Kanal ist belebt von solchen Ampeln. Manchmal singt der Gondoliere; es klingt etwas traurig. Dann stehen die großen Paläste noch stummer als vorher. Aber manchmal wird in ihnen ein Licht angezündet und Schatten erscheinen am Fenster. Immer sind es zwei.

Wieder ein Schlag:

Der Dichter Carlo Gozzi kommt von der Reise heim und möchte gerne in seinem Palazzo schlafengehen. Er biegt in die Gasse ein, in der das Haus steht. Es ist hell erleuchtet und fröhliche Musik klingt daraus, und die Stimmen vieler Menschen. Was ist das? Carlo Gozzi klopft. Ein Haushofmeister öffnet ihm; ein fremdes Gesicht blickt ihn erstaunt an: – Nur für geladene Gäste! – Die Haustür wird wieder geschlossen.

Der Dichter betrachtet eine Weile ihr braunes Holz. Dann geht er leise lächelnd weiter. Irgendwo wird ihn ein Bett erwarten. Er lächelt wieder.

Ein Schlag:

Auf dem Campiello San Thoma spielt ein Junge auf dem Dudelsack. Ausgehöhlte Kürbisse sind Leuchter. Sie werfen Fratzen auf das Pflaster.

Irgendwo steht ein Weinfaß. Und dann trinken sie. Manchmal bewegt der Wind die lachenden Fratzengesichter.

Die Pforte zur Kirche ist offen. Am Altar steht der Priester und schmückt ihn für den Gottesdienst morgen früh.

Er summt die Melodie mit, die der Dudelsack draußen spielt. Am Himmel ist etwas Mond.

Der elfte Schlag:

Sieh sie noch einmal an, die Gestalten der Freude, ehe sie entschwin-

den für immer: alle die Männer und Frauen, Senatoren und Wassermädchen, Dienerinnen und Fürstinnen, Fremde aus aller Welt, Orientalen, Matrosen.
Doktoren disputierten, Ärzte sprechen lateinischen Blödsinn, Advokaten schreien und jammern, dieser ist ein Harlekin, jener ein Schurke, der kann Gold machen und der die Zähne ziehen, eine Grimani will seiltanzen, eine Sängerin singt auf dem Wunderbau eines Tierbändigers, eine Reihe alter Frauen veranstaltet ein Schubkarrenrennen;
ein Patrizier muß niesen, ein junges Mädchen hat einen Schnurrbart, der Löwe der Republik tanzt auf dem Markusplatz die Furlana, die kleinen Malteserhündchen springen auf seinen Rücken, die sieben Todsünden drängen die sieben tugendhaften Weiber zur Seite, Türken haben Turbane auf, Frauen Schleier vorm Gesicht, Engländer, Deutsche, es ist zum Totlachen!
Es heißt, der Doge sei gestorben in dieser Nacht, aber niemand will es wissen, auch die Regierung nicht.
Immer wieder knallen Feuerwerke in den Himmel, das letzte trockne Pulver der Republik wird abgebrannt, jeder redet, lacht, macht Witze.
Der zwölfte Schlag:
Der gehörnte Teufel rührt in dem reizenden Hexenkessel des Karnevals noch einmal ordentlich um. Ach, wie er diesen Geruch liebt, der ihm von da in die Nase steigt: Stoffe und Farben und Freude, Puder und Lächeln, ohrenbetäubender Krach und rosige Wangen, Witz, Galanterie, Rosen, Naschwerk, Briefe, Sonette und Küsse und ein wenig Pastellfarbe. Nur noch diese Sekunde wird er es genießen können, dann hüllt der Weihrauch des morgigen Tages alles in Nebel ein, färbt alles grau, alle die Küsse und Rosen, und es ist auch vollendet der zwölfte Schlag, Mitternacht, der Kessel fliegt um, und sie fliehen, fliehen, fliehen, mitten unter ihnen der lachende Teufel.
Von fern her schon fangen die Kirchen an, den Bußtag einzuläuten, ganz heimlich schlägt ein Mädchen das Kreuz, und ein anderes sucht verstohlen nach dem Rosenkranz.

Der Markusplatz leert sich, ganz in der Ferne verhallen die Stimmen, erstaunt guckt der Mond über die Prokuratien herab und findet nichts mehr als ein paar Scheuerweiber, die darangehen, den Festplatz der Freude zu reinigen:
Von den Küssen und Blüten und Bändern, den Gedichten und Scherzen und Zärtlichkeiten, von der Heiterkeit und dem Frohsinn:
eines Jahrhunderts.

Am 3. Dezember 1779 sprach Carlo Contarini im Großen Rat:
– Die Wirtschaft ist vernichtet. Die Zukunft ist so hoffnungslos wie die Gegenwart trostlos. Das Volk ist arbeitslos, die Reichen auch. Und auch die festbesoldeten Beamten arbeiten nicht, nicht einmal so viel, wie es ihren Gehältern entsprechen würde.
Der venezianische Adel geht unter in der bequemen Gemeinschaft des Maskenspiels. Der Grundgedanke der venezianischen Verfassung ist hinfällig. Die Festungen verfallen. Und das Volk ist nicht mehr gewillt, sich gegen einen Feind zu wehren. Venedig ist verloren. –

FÜNFTER TEIL

DER TOD

XXVI. DAS ENDE

1796–1797

– Soll ich Ihnen eine Nachricht mitteilen,
die mir nahegeht?
Ich bin mit meinem Schnupftabak fertig. –
(Brief aus Venedig.)

Die Französische Revolution stellte den nationalen Gedanken gegen den dynastischen Gedanken, die persönliche Tüchtigkeit gegen ererbte Privilegien.
Napoleon Bonaparte riß alle Tore Europas für diese beiden Ideen auf und beseitigte das ganze alte Gerümpel, das mit ihnen nichts zu tun hatte: Staaten, Einrichtungen, Gesetze, Ansichten und Gedanken.
Er begann als junger General in Oberitalien, wo er auf seinen Urfeind traf: Habsburg, den grundsätzlichen Gegner alles dessen, was Napoleon vertrat. Zwischen ihnen stand Venedig, das seiner Eigenart nach zur österreichischen Partei gehörte, aber doch zu klug war, um nicht in weiser Resignation zu erkennen, daß den anderen die Zukunft gehörte.

In der Militärschule zu Toulon sitzt ein gelbhäutiger Knabe und lernt Strategie. Und wenn er träumt, träumt er von Schlachten, und wenn er wünscht, dann wünscht er Krieg. Später dann, auf dem Grèveplatz, sieht er, wie die Köpfe der Aristokraten fallen. Die Revolution steckt sie auf die Pike.
Er haßt die Revolution.
Er haßt noch mehr die Aristokratie.
Napoleon Bonaparte, der fast noch ein Knabe ist, wird von der Französischen Revolution zum Obergeneral der italienischen Armee von Frankreich bestellt.

Und so bricht Napoleon Bonaparte in das Land Italien ein: mit einer Armee, zerlumpt und ohne Schuhe, mit nacktem Oberkörper und Knüppeln in der Hand, mit wilden Gesellen, von den Stürmen der Alpen gebräunt, von Hunger und Entbehrungen ausgemergelt, so daß nur noch Haut und Muskeln an ihnen sind.
Mit diesen Soldaten, die ihn vergöttern, kämpft er gegen die Österreicher, zwingt sie, nach Osten zu weichen, drängt ihnen nach, überschreitet die Flüsse und Grenzen, plündert und raubt und stiehlt, und gönnt ihnen und sich keine Minute der Rast und der Ruhe, hastet weiter, getrieben vom Geist der Vernichtung, der in ihm wohnt und in seiner Armee, ist Herr und Gebieter in Mailand, in Brescia, in Mantua und in Verona.
Wo er hintritt, züngelt die Flamme empor, er sieht nicht die Schönheit des Eroberten, er ist wie ein Gericht Gottes, ausgesandt, Venedig zu zerstören.
Viermal versuchen die Österreicher, das feindliche Heer zu schlagen. Es gelingt ihnen nicht. Aber sie klammern sich fest im Osten der Terra ferma, wie Frankreich im Westen. Beide, Österreich und Frankreich, werben um ein Bündnis mit Venedig. Beide warten einen Atemzug lang: wie wird Venedig sich entscheiden, dessen Neutralität sie beide verletzt haben?
In Venedig liegen fünfzehntausend wohlbewaffnete Dalmatiner und warten auf den Befehl, zu kämpfen.
Im Arsenal liegen Munition und Waffen genug.
Die Kriegsanleihe des Senats ist von der Bevölkerung dreimal überzeichnet.
Am Neujahrstage des Jahres 1797 tagt der Große Rat. Einer steht auf und spricht:
– Kämpfen wir gegen Frankreich, so verpflichten wir uns Österreich. Kämpfen wir gegen Österreich, so verpflichten wir uns Frankreich. Was geschieht, ist gleich. Wichtig ist nur: es muß gehandelt werden. Leben ist nur in der Bewegung. Die Ruhe ist der Tod. Wenn die anderen es nicht verscharren sollen, muß Venedig sein Leben zeigen. Noch haben wir unser Schicksal in der Hand. Noch haben wir Waffen und Männer genug, die auf jeder Waagschale das

Schicksal Europas entscheiden. Was wir auch tun, es ist immer wohlgetan. Nur das Nichtstun ist verderblich! –
Er sieht, wie ein Senator aus der Tür schlüpft, den Kittel des Harlekins in der Hand.
– Ich sage euch, wenn wir heute ohne Entscheidung bleiben, werden wir unseren Staat nicht in einer Schlacht, sondern in einem Augenblick verlieren. –

Und der Große Rat faßt den Entschluß, trotz des Ernstes der Lage, den Karneval auch dieses Jahr zu feiern.

Napoleon ist düster und schweigsam. Er ist achtundzwanzig Jahre alt und geht daran, die Welt umzuformen.
Er will Belgien und die Rheinprovinzen wiederhaben. Er will aber auch die Lombardei, um die französische Vormachtstellung in Italien zu sichern. Alles aber, was er haben will, gehört Österreich.
Napoleon Bonaparte hat eine kleine Armee. Die Regierung in Paris unterstützt ihn nicht in seinem Kampf in Italien, denn sie will, daß er im Norden kämpft. So ist er allein mit seinen paar Soldaten in einem Lande, in dem jeder ihn haßt. Er weiß: wenn sich Österreich und Venedig vereinigen, werden sie ihn schlagen. Dann ist er verloren, denn er hat keine Deckung, keinen Nachschub, keine Hilfe.
Napoleon Bonaparte, der Sieger in Italien, ist der Gefangene Italiens, wenn Venedig es will.
Venedig aber feiert den Karneval.

Der Karneval treibt alle Venezianer auf die Straßen, die Menge quillt aus der Piazza in die entlegensten Seitenstraßen, treibt die Riva entlang, füllt die Kais bis zum Rande, als wolle sie auch noch die Lagune füllen. Die Tage sind grau, aber am frühen Nachmittag schon reißt das künstliche Licht Fetzen von grellem Bunt aus der drückenden Dunkelheit. Schrille Lacher überschlagen sich.

Napoleon Bonaparte braucht nur eines: den Frieden mit Österreich. Er muß ihn erzwingen. Und er erzwingt ihn.
Österreich ist kriegsmüde. Es nimmt den Waffenstillstand an, den Napoleon ihm bietet.
Österreich und Napoleon verhandeln in Leoben über den Frieden.
Venedig aber feiert den Karneval.
Beim Arsenal hat ein Leichter festgemacht. Dunkle Gestalten tragen stille Männer vorbei, Verwundete von der Terra ferma. Vor ihnen bahnt sich eine Gasse des Schweigens, aber hinter ihnen schlägt der Lärm wieder zusammen.
Ganz Venedig sucht, jagt, findet nicht, unermüdlich, hetzt, wird selbst gehetzt, wovon, wer fragt danach? Ein Betrunkener steht an der Merceria und stößt mit unwahrscheinlicher Stimme erschreckend wahrscheinliche Prophezeiungen über den Lauf der Welt aus. Sie schieben ihn beiseite.
Da steht ein Mädchen und sieht wehmütig, wie der Karneval keinen Blick für ihre Jugend hat. Das Gedränge reißt ihr einen Fetzen nach dem anderen herunter, sie läßt es geschehen, bis auch das letzte heruntergerissen ist, aber kein Blick streift sie, keine Hand.
Denn Venedig muß suchen.

Napoleon Bonaparte ist nicht knauserig. Der Frieden kann kosten; der Krieg kostet immer mehr.
Er bietet Österreich an: für Belgien, für die Rheinlande und die Lombardei: die Terra ferma Veneziens und Dalmatien.
Die Österreicher wollen es nicht glauben. Die Erfüllung eines Traums wird ihnen angeboten, das, worum sie immer gekämpft, die Adria, soll ihnen gehören?
– Sie nehmen das Angebot an; was aber wird Venedig sagen? – fragen sie.
– Venedig – antwortet der General – Venedig feiert den Karneval –.

Eine fremde Maske beherrscht den Karneval, eine junge Frau, als Göttin des Glücks verkleidet. Niemand kennt sie; aber alle möchten sie fangen.

Doch ihr Lachen ist überall und nirgends, zerrt die Menschen hin und her über alle Gassen und Plätze, unermüdlich, in ewiger Hast.

Da Napoleon Bonaparte das venezianische Reich besetzen muß, um es zu verschachern, ist es wichtig, einen Kriegsgrund gegen Venedig zu finden.
Venedig aber feiert den Karneval.

Jeder möchte die Göttin des Glücks fangen.
Aber auf einmal ist sie verschwunden, und niemand konnte sie halten.

Warum ist die Sonne fortgezogen aus dem schönen reichen Land der Terra ferma? Warum ist die stille Landschaft plötzlich so laut geworden und befiehlt und schreit mit einer fremden Zunge? Die Revolutionszentrale in Mailand arbeitet Tag und Nacht. Unaufhörlich rotieren die Druckerwalzen, und eine Flugschrift nach der anderen verläßt das Haus. Sie sprechen von Freiheit, aber die Freiheit hat ein gar gewalttätiges Wollen, und die herrlichen Zeiten, zu denen Napoleon Bonaparte das Land hinführen will, künden sich schrecklich genug an.
Napoleon Bonaparte weiß die Revolution zu benutzen. Er wirft die Phrase vom Selbstbestimmungsrecht der Völker in die Luft, fängt sie selbst wieder auf und hält sie fest. Er fragt das Volk und gibt selbst die Antwort.
Napoleon Bonaparte hat beschlossen, daß das Volk der Terra ferma mit seiner bisherigen Regierung unzufrieden sei und eine andere wünscht.
Und also geschieht, daß in den Städten nächtliche Ruhestörer das demokratische Regime ausrufen und die Kanonen auf den Festungen dazu ihren Segen geben.
Napoleon Bonaparte, im Namen des Volkes von Venedig, setzt die Regierung von Venedig ab.
Ach, und es ist viel zu spät für Venedig, das allzu lange den Karneval gefeiert hat.

Die Göttin des Glücks ist an der Riva in ein Boot gestiegen, und ganz in der Ferne verschwand das Boot und sie.
Und nichts bleibt als das trübe Lagerfeuer der dalmatinischen Soldaten, die nächtens auf dem Markusplatz die Wache halten. In den Tälern des Landes aber und in den Bergen, den blaugrünen Bergen der Terra ferma, stehen die Bauern auf. Sie rotten sich zusammen und ziehen auf die Städte zu. Die Tore schließen sich vor ihnen. So warten sie draußen auf ihre Stunde. Sie schlafen auf der Erde.
Venedig schickt ihnen Kanonen. Aber die Kanonen schießen nicht. In den Städten wird die Markusfahne heruntergeholt. Und dann grölen irgendwo ein paar Burschen. Auf dem Hauptplatz wird der Freiheitsbaum errichtet, und er trägt die Farben der französischen Trikolore.
Die Bürger sind stumm und dumpf. Die Geistlichkeit schwört dem neuen Regime Treue. Niemand aber weiß so recht, was das neue Regime ist.
Die Bauern warten.

Napoleon Bonaparte ist klein. Darum ist sein Adjutant groß, nein, er ist gewaltig. Er trägt Kanonenstiefel und Sporen, und wenn er auftritt, zittert die Erde, und wenn er spricht, dröhnt die Luft. Monsieur Junot betritt am heiligen Karfreitagvormittag, just zu der Stunde des großen Gottesdienstes im Dom, den Boden der Stadt Venedig.
Es hat ihn niemand herbeigesehnt, und darum holt ihn niemand ab. Drinnen in der Kirche betet die Aristokratie. Draußen in den Nischen schlafen die Tauben.
Als aber Monsieur Junot an Land gestiegen ist und, vom weiten Mantel wehend umhüllt, die Piazetta durchmißt, wachen die Tauben auf und fliegen erschreckt in großen dunklen Schwärmen tief über den Platten des Markusplatzes. Junot scheucht sie zur Seite. Die Tauben werfen schwarze Schatten. Und die Schattentauben fangen sich im Schatten von Junots weitem Mantel.
Junot steht am Dom.
– Ehre sei Gott, dem Herren! –

Da reißt der überlebensgroße, gewaltige Adjutant Junot die roten Vorhänge zur Seite und steigt die Marmorfliesen hinab, und die aufreizende Härte seiner Sporen zerreißt die feierliche Handlung.

Mit einer erschreckten Gebärde will ihn der Schweizer zurückhalten. Junot sieht ihn an; der Schweizer läßt die Hand fallen.

– Der Doge – sagt Junot, – der Senat, ich warte im Palast, meine Zeit ist knapp – und geht.

Dem Patriarchen zittern die Hände. Er vergießt einen Tropfen von Christi Blut.

– Ehre sei Gott, dem Herren! – singt er.

Bleich und verstört verläßt ein Nobile nach dem anderen den Dom.

Die Tauben schlafen schon wieder. Der Chorknabe schwingt das Glöckchen.

Der Senat wartet im Sitzungssaal. Keiner spricht. Monsieur Junot ist nicht da.

Der Markusdom läutet. Die Messe ist zu Ende.

Monsieur Junot kommt nicht.

Nachdem sie zwei Stunden gewartet haben, kündet ein Klirren auf den Treppen, daß Monsieur Junot den Palast betreten hat. Er öffnet die Tür.

Der dunkelrote Samt der Togen fällt weich über den Körper der Sitzenden, der Schweigenden, der Aristokraten. Die schmalen Gesichter des lebensmüden Geistes leuchten ihm entgegen, umrahmt von weißen Perücken.

Monsieur Junot geht in seinen Kanonenstiefeln klirrend durch den Saal und setzt sich neben den Dogen auf den Platz des Patriarchen, er, ein Bürgerlicher, bewaffnet, im Sitzungssaal!

Ludovico Manin wendet nur etwas den Kopf. Dann blickt er wieder geradeaus. Jeder weiß, was der andere denkt. Monsieur Junot hat seine helle Freude daran, daß er sich schlecht benommen hat.

Auch Monsieur Junot haßt die Aristokratie.

Sitzend liest er eine Botschaft Bonapartes an die Regierung von Venedig vor.

Wie seine Sporen auf dem Marmorboden, knallen die Worte:
– Venedig hat das Volk zu Mord und Aufruhr aufgewiegelt — Sühnezahlung von zwei Millionen Golddukaten — Befreiung der politischen Gefangenen — die für das demokratische System kämpften ... binnen vierundzwanzig Stunden hat die Ruhe in der Terra ferma wiederhergestellt zu werden ... andernfalls ziehen die Truppen in die Hauptstadt ein ... die Regierung von Venedig ist nicht fähig, den gerechten Wünschen des Volkes zu entsprechen ... es ist eine Regierung von Lügnern ... von Mördern ... und –
Junot bricht ab. Sie werden aufbegehren, mich verhaften, erschießen, ich bin allein in Venedig, sie werden sich wehren —
Aber der Senat von Venedig sagt: – Ja, Monsieur Junot. –

Drei Tage und drei Nächte blieb Jesus im Grabe liegen. Dann konnte er die Stille, die ihn umgab, nicht mehr ertragen. Doch als die Platten des Sarges sich hoben, erschraken die Wächter sehr und liefen davon und blickten sich noch manchmal um, ob er ihnen folge, der sich von der Last der Erde selbst befreit. Aber Jesus folgte ihnen nicht, sondern stieg auf zum Himmel. Alle Glocken Veronas läuten die Ostern ein: siehe, Jesus hat sich selbst befreit von der Last der Erde!
Ein allzu leidenschaftliches Gesicht beugt sich von der Kanzel.
– Und darum, meine Freunde, gehet hin und folget ihm nach! –
Und es hört nicht auf, und es reißt nicht ab das Schreien der Glocken!
Und es darf nicht aufhören, solange noch ein Veroneser nicht das Messer in die Hand genommen hat, um gegen die Fremden zu kämpfen für Venedig!
Der Priester betet. Dann hebt er den Kopf! Die Kirche ist leer. Aber die Samtvorhänge am Portal heben und senken sich, als fege der Sturm draußen auf der Straße vorbei. Wie im Abriß eines Blitzes sieht er im Rahmen des Rot Menschen, vom Sturm getriebene Menschen, die alle laufen, den Kopf vorgestreckt, alle in einer Richtung. Immer mehr werden sie und laufen immer schneller,

ein Kopf verdrängt im Laufen den anderen, ein Kopf verschmilzt mit dem anderen, eine Gestalt wächst aus dieser Jagd an der offenen Tür der Kirche vorbei, aus den Gestalten der vielen, die Straße ist ein Mensch, die Masse ist ein Mensch, ein Wille treibt sie weiter und löst endlich ihre Lippen: O wie inbrünstig hatte der Priester darum gebetet: – Viva San Marco! –

Die venezianischen Provveditori Veronas fliehen. Die französischen Kommandanten und Generäle verschanzen sich in der uneinnehmbaren Burg und sehen von dort aus die Scharen der Bauern von allen Tälern heranströmen in die offenen Stadttore, und die venezianischen Soldaten, die hier stationiert sind, verteilen unter sie Waffen und Munition.

Der Priester weht überall dort heran, wo Menschenmassen sind.

– Freiheit! – sagt er leise, – wie wir sie hatten! – flüstert er. – Ihr müßt töten! – sagt er, – Franzosen! – schreit er auf.

Der General der venezianischen Truppen versucht die Empörung zu lenken, daß sie zur aktiven Kraft werde. Aber es geht nicht mehr. Verona, die reichste und stolzeste der venezianischen Städte, hat mehr geduldet, als man erdulden kann.

Und als jetzt noch, von der uneinnehmbaren Burg, der französische Kommandant mit Kanonenkugeln in die Stadt schießt, stürmen sie ziellos und nach allen Richtungen hin, Rache zu nehmen für alles.

Der Priester in ihrer Mitte, immer und immer wieder in den Schrei ausbrechend:

– Viva San Marco! Viva Venezia! –

Aber dieser Ruf, der Ruf eines einzelnen Mannes, taucht unter im Schreien eines Volkes. Und als der erste sein Messer in den Körper eines Franzosen stößt, ist der Bann gebrochen, der Menschen vom Morden abhält. So, wie sie eben in der Kirche noch gebetet hatten, im Sonntagsstaat, stürmen sie die Wohnungen der Franzosen und Demokraten, morden alles, was sie dort finden, werfen die Leichen zum Fenster hinaus, daß sie überall liegen, die Augen gebrochen, und stumm.

Ununterbrochen schreien die Glocken, dröhnen die Kanonen von

der Festung der Burg herunter, knallen die Gewehrschüsse, hallen die Todesschreie durch die sonst so stillen Straßen.
Ergebung auf Gnade und Ungnade verlangt der französische Kommandant.
Vollständiger Abzug der Franzosen, verlangen die Veroneser. Zwischen beiden Parteien eilen hin und her die venezianischen Provveditori, die noch einmal zurückgekommen sind, sie versuchen zu vermitteln, Ruhe zu schaffen, aber sie verschaffen sich nicht einmal Gehör.
Da fliehen sie abermals und geben Verona verloren.
Drei Tage und drei Nächte hat das Gemetzel gedauert. Dann kommt Hilfe, für die Franzosen. Für Verona kommt das Ende.
Das Ende ist immer einfacher als der Anfang.
Das Ende heißt: Militär rückt heran und schießt.
Gott ist immer bei den stärkeren Bataillonen.
Und die Waage der Gerechtigkeit ist immer schief.
Der Priester krallt seine Zähne in den Leib des Erlösers. Dann schießt man ihn nieder. Man erschießt noch mehr Menschen.
Ganz bestimmt war es so, daß der Tod diesmal Hunger hatte. Die gleiche Ordnung schaffen die Franzosen in der kürzesten Zeit überall in der Terra ferma, wo überall der gleiche Aufstand ausgebrochen war.
Und ganz von der Ferne kommt das Gerücht über die blaugrünen Berge, daß venezianisches Land an Österreich vergeben sei.
– Morto San Marco. –

Napoleon Bonaparte ist über die blutigen Veroneser Ostern sehr erfreut. Er hat immer seine eigene Logik. So auch hier.
Und in dieser Logik wird der Aufstand ein von Venedig angezettelter, bezahlter Widerstand gegen die göttliche Einrichtung vom Selbstbestimmungsrecht der Völker.
Napoleon Bonaparte war der erste Staatsmann, der einen Geschichtsschreiber dafür bezahlte, daß er die Lüge schrieb. Dieser Mann hieß Daru.
Und Napoleon gab ihm viel Stoff.

Venedig, durch den Veroneser Aufstand zutiefst erschreckt und empört, schickt Entschuldigungsschreiben und Entlastungsschreiben an den General.
Napoleon lacht.
Am nächsten Tage stehen die Franzosen rings um die Lagune und richten die offenen Mäuler ihrer Kanonen gegen das Herz der Welt.
Die Stadt ist vom Festland abgeschnitten.

Die Adria war seit jenen Tagen nicht mehr venezianisches Hoheitsgebiet, als der Papst Ancona und Österreich Triest zu Freihäfen erhoben und Venedig keine Machtmittel mehr hatte, sie daran zu hindern. Seitdem fuhren und landeten fremde Kriegsschiffe, wo sie wollten.
Nur die Lagune gehört noch Venedig. Und in diesen Wochen erneuert die Regierung das Verbot, daß ohne ihre Einwilligung kein fremdes Schiff dort einfahren dürfe.
Jeder weiß es. Napoleon weiß es auch.
Aber am Donnerstag in der Osterwoche beobachtet der Hafenkommandant des Lido, Domenico Pizzamano, drei Schiffe im Meer, die Kurs auf die Lagune nehmen. Er wartet. Die Schiffe kommen näher; es sind französische Kriegsschiffe. Pizzamano schießt die Warnungssignale ab. Die drüben haben verstanden, denn sie kehren um. Einer, der zweite, aber der dritte kommt näher.
In der Überlegung einiger Minuten ist das ganze Schicksal des Staates in seine, des Kommandanten, Hände gelegt.
Was soll er tun?
Der Befehl lautet zu schießen. Hätte er den Senat gefragt, so würde der geantwortet haben: nein, um Gottes willen, nicht schießen! Er, Pizzamano, ist Soldat: der Befehl heißt zu schießen. Er ist Venezianer, und das heißt, kämpfen für die Dauer und Freiheit und Unabhängigkeit seines Staates; das heißt: schießen. Der Senat zittert davor, Napoleon einen Grund zu geben, gegen Venedig vorzugehen. Schießt Pizzamano, so hat Napoleon Grund.
Schießt er aber nicht, so gibt er zu, daß Venedig sich selbst aufgege-

ben hat, so gibt er zu, daß Venedig nicht mehr lebt: so heißt das, daß Venedig bereit ist, erobert zu werden.
Das Schiff fährt langsam, aufreizend langsam, an den Forts des Lido vorbei.
Wenn er nicht schießt, handelt er treulos gegen die Stadt und gegen den Befehl.
Wenn er schießt, erfüllt er den Befehl Venedigs; aber er wird selbst erschossen werden.
Nichts kann Venedig retten.
Nur die Ehre kann man retten.
– Feuer! –

Laugier, der Kommandant des französischen Schiffes, ist gefallen. Napoleon hat es so gewollt; er hat jetzt seinen Grund zum Krieg.

Wieder schickt Venedig Gesandtschaften zu Napoleon. Wieder entschuldigt sich Venedig dafür, daß es noch auf der Welt sei. Napoleon hört sie an. Er hat sein Gesicht vollkommen in Düsternis gehüllt.
– Ich werde für Venedig ein Attila sein! nicht die Schätze Perus werden mich daran hindern, Blutrache zu nehmen.
Ihr und der Senat trieft von Franzosenblut ... ich werde eure Bleikammern zerbrechen ... ich werde Gesetze diktieren ... ich will keine Inquisition ... ich verlange Bestrafung Pizzamanos ... er muß gehängt werden ... ich werde Venedig niederbrennen ... ich werde es vom Angesicht der Erde löschen ... ich dulde die Regierung Venedigs nicht länger –
Auf dem Wege, den sie bei Dunkelheit auf ihren Pferden zurücklegen, vorbei an den wunderschönen Landhäusern der Brenta, flüstern die Venezianer leise miteinander, während die Köpfe der Pferde im Rhythmus eines Wortes dazu nicken:
– Das Ende – das Ende – das Ende –

Konferenz im Zimmer des Dogen. Es ist Nacht. Und es ist kalt in diesem Frühling. Ein Kamin brennt. Er ist die einzige Lichtquelle.

Die Kerzen sind schon lange verlöscht. Niemand hat es bemerkt. Um den Tisch sitzen zweiundvierzig Männer. Unter ihnen der Doge. Sie haben die Köpfe gesenkt und schweigen.
Nur einer, der Militärgouverneur Nicolo Morosini, sitzt nicht. Er geht immer vor dem Kamin auf und ab. Und jedesmal fällt sein Schatten auf den Tisch.
Plötzlich bleibt er stehen. Daß sein Schatten auf dem Tisch fehlt, ist so ungewohnt, daß alle zweiundvierzig Männer aufsehen. Aber Morosinis Gesicht ist im Dunkel. So sehen sie nur seine Hände, rot durchglüht vom Kaminfeuer. Ganz lebendige Hände. Alle, die hier sind, die wichtigsten Vertreter der Behörden, haben gesprochen. Nur Morosini, der Militärgouverneur, hat beharrlich geschwiegen. Jetzt endlich spricht er:
– Darum – sagt er leise – darum müssen wir Napoleon gehorchen. Wir haben eine Flotte von zweihundert Schiffen. Napoleon hat keine Flotte. Venedig ist uneinnehmbar vom Lande her, geschützt zur See. Wir haben das Arsenal! Wir haben Munition, Geld.
Das Volk in der Terra ferma schwört auf die Fahne des Heiligen. Überall brechen Aufstände gegen die Franzosen aus. In unserer Stadt warten dreißigtausend Dalmatiner auf den Befehl, gegen Frankreich zu kämpfen. Napoleon hat kein Arsenal, kein Geld, nichts. –
Er schweigt und sieht die Gesichter zu sich emporgewandt. Der Doge Manin fragt: – Können wir Widerstand leisten? –
– Nein! – antwortet Morosini, und abermals: – Nein!
Tod und Leben liegen nicht mehr in unserer Hand. Es ist Schicksal. Wir sind alt; wir sind müde; wir sind nichts mehr auf der Karte der Welt als ein überflüssiger und störender Punkt.
Ich kann schreien – spricht er lauter –, das Volk von Venedig zum Widerstand aufrufen, die Aristokratie zum Opfern. Sie werden mich anhören und dann fragen: Wozu? Wir haben den Pinsel in der Hand gehalten oder den Taktstock. Wir haben Bücher geschrieben und Gedanken gedacht. Wir haben die Welt in einen Glanz von Schönheit gehüllt. Und jetzt sollen wir wieder Soldaten werden? Unsere Hände, werden sie sagen, sind nicht kräftig genug dazu und unser Geist zu schade.

So sterben wir. –
Fern vom Festland hört man Geschützfeuer.
– Diese Nacht – flüstert der Doge Manin – wird man nicht einmal in seinem Bett Ruhe haben. –
Die Nacht ist lang.
Die Konferenz beschließt, daß morgen, am ersten Mai, der Doge den Großen Rat bitten solle, mit Napoleon über eine Verfassungsänderung zu beraten.
Morosinis Hände, vor dem Kamin gehalten, erlöschen ganz plötzlich.
In zwölf Tagen rast das Schicksal weiter. Es vergißt keinen einzigen Tag.
Und es ist doch Mai, der Monat des Himmelfahrtstages, der Monat, in dem Orseolo auszog, ein Weltreich zu gründen, der Monat der Blüten und des zauberhaften Lichtes!
1. Mai: Der Große Rat nimmt den Beschluß an, daß Lodovico Manin mit Napoleon über eine Verfassungsänderung zu beraten habe.
2. Mai: Napoleon erklärt Venedig den Krieg, froh, in den Ostern von Verona und in Laugiers Tod den Grund gefunden zu haben.
3. Mai: Napoleon bietet einen Waffenstillstand an, wenn Venedig seine Forderungen erfüllt.
4. Mai: Venedig nimmt die Forderungen an:
Es rächt den Tod Laugiers an Pizzamano.
Es setzt die Inquisitoren ab und bestraft sie.
Es öffnet die Bleikammern, in denen kein Gefangener sitzt.
Es öffnet die Gefängnisse, in denen sieben Gefangene sind.
Es beseitigt den Obersten Gerichtshof.
Es öffnet den Hafen für fremde Kriegsschiffe.
Das sind die Forderungen Napoleons.
5. Mai: Die Franzosen besetzen die Inseln der Lagune.
6. Mai: General Condulmer weigert sich, die Hauptstadt zu verteidigen.
7. Mai: Napoleon empfängt die venezianischen Gesandten und sagt ihnen, sie sollten doch ihre Adelsherrschaft behalten. Noch ist

er mit Österreich nicht ganz einig und scheut sich deshalb, sich zu sehr in Venedig zu binden.
8. Mai: Da die Inquisition es nicht mehr verhindern kann, hat sich in Venedig ein Jakobinerklub gegründet.
9. Mai: Die Jakobiner sprechen von Revolution und von dem einzigen Heilmittel dagegen:
Entwaffnung der Dalmatiner,
Besetzung des Arsenals mit Franzosen,
Einsetzung einer neuen demokratischen Regierung.
10. Mai: Die Konferenz des Dogen nimmt den Antrag an.
11. Mai: General Viktor aus Padua schreibt an Napoleon: Condulmer sei bei ihm gewesen. Er und seine Mitbürger wünschen, französische Soldaten möchten ihnen zu Hilfe kommen, um sie vor Unheil, das sich vorbereite, zu erretten. Sie schicken Schiffe.
12. Mai: Der Große Rat tagt zum letzten Male.
Weit über die Hälfte der Mitglieder fehlt. Der Raum ist wie ein Kleid, das dem Träger zu weit geworden ist. Sie haben sich nichts mehr zu sagen. Einzelne Nobili stehen auf und sprechen. Jeder Satz beginnt: Es war einmal – Jeder hütet sich, zu fragen: Was wird sein?

An der Riva liegen Schiffe. Sie sollen die Dalmatiner in die Heimat bringen. Kopf an Kopf steht die Menge, schweigend und düster. Ein Soldat nach dem anderen betritt das Schiff.
– So sind wir hier das letztemal versammelt –, beginnt der Doge.
Auf dem Markusplatz grellen ein paar Lacher.
Der Doge zuckt zusammen. Hinter ihm schweben Tintorettos Engel in einen blaßblauen Himmel. Freundlich empfängt sie Gott.
Ein Nobile steht am Fenster, das zur Riva geht. Die Tränen laufen ihm über das alte Gesicht.
Von den Wänden starren die Augen aller Männer, die vor ihm Dogen gewesen sind, auf Ludovico Manin.
Er schließt die Augen.
– Der Große Rat von Venedig ist aufgelöst –, sagt er.
Aus der Menge an der Riva hebt sich eine Stimme und steigt auf wie eine Rakete:

– San Marco! –
Und nun hört man nicht mehr, was der Doge spricht.
Das Volk von Venedig grüßt die heimkehrenden Dalmatiner. Der Doge setzt sich.
Im Saal schreit einer auf: – Wir wollen nicht sterben! Wir wollen leben! – Dann, wie erschreckt, schweigt er und verhüllt sein Gesicht.
Gesichter, Gesichter, Gott, der die Engel freundlich empfing, sieht sie alle. Welch ein langer Weg, denkt er, welch eine lange Nacht! Summe von Müdigkeit und Qual, das ist Venedig heute.

Nicolo Morosini steigt mit den Soldaten aufs Schiff. Was soll er noch hier? Aber er kann nicht atmen.
Diese Stadt ist schön! Er sieht es zum ersten Male. Er würde nur so gern noch einmal, ja, was? Er weiß es nicht.
– Nur einmal noch! Nur einmal noch! – sagt er immer wieder.
Die Soldaten weichen ihm aus. Sein Gesicht ist verzerrt.
Auf dem Markusplatz singen sie die Marseillaise.
– Nein! – bricht eine Stimme aus dem Schweigen des Saales los.
– Nein! Wir werden kämpfen! Keine Macht der Welt kann uns zur Unterwerfung zwingen! – Der Sprecher sieht in kalkigweiße Gesichter.
Da knallen Schüsse dicht an ihren Ohren und zerreißen jedes Wort, jeden Ruf. Ununterbrochen hageln die Schüsse.
– Wir werden kämpfen! – schreit er noch einmal auf.
Aber sie reißen die Türen auseinander und stürzen die Treppen hinunter.
Es ist nichts.
Die Dalmatiner hatten ihre Gewehre entladen, als letzten Gruß an die Stadt.
Nicolo Morosini hebt die Hand, das Zeichen zur Abfahrt.
– Marco! Marco! – stöhnt die Menge an der Riva.
Auf dem Markusplatz singen sie die Marseillaise.
Als der Nobile, der am Fenster gestanden hatte, sich umwendet, ist der Saal leer. Da geht auch er.
Ganz in der Ferne fahren die Schiffe.

Als das Volk erfahren hat, daß die Regierung abgedankt habe, bricht die Erstarrung, die sie alle umklammert hält, und von der Riva stürmt der Zug in die Stadt, und mit dem Takt ihrer Schritte hallt ihr Ruf:
– Marco! Marco! –
Wenn ein paar Männer die Marseillaise singen, klingt es, als sänge eine ganze Stadt. Aber wenn die ganze Stadt: San Marco ruft, hört man die Marseillaise nicht mehr. Sie stürmen die Häuser der Feinde der Aristokratie, die Häuser der Franzosen und Demokraten:
– Viva San Marco! –
Die Aristokratie verschließt die Fenster ihrer Paläste und hört dennoch den Ruf:
– Marco! Marco! –
Das Volk rottet sich vor ihren Häusern zusammen, und wie ein Klageschrei klingt es:
– Marco! Marco! –
Nichts antwortet ihnen. Da hämmern Tausende von Fäusten an die Türen, und jeder Faustschlag grellt wie ein Verzweiflungsschrei:
– Marco! Marco! –
Da ließ die Aristokratie Venedigs Artillerie auf dem Rialto auffahren und schoß das Volk zusammen, das ihr zu treu gewesen war.

In der Nacht vom 14. zum 15. Mai 1797 besetzte der französische General Baraguay D'Hilliers mit 3231 Mann die Inseln und Plätze Venedigs.

Napoleon hatte ein klares Programm: Venedigs Bank richten wir zugrunde, räumen das Arsenal, nehmen uns die Schiffe und behalten Korfu.
Venedig mußte das letzte Vermögen einziehen, um Kriegssteuern und Kriegsschulden zu bezahlen.
Die Franzosen nahmen: die wertvollsten Gemälde, die vier Rosse vom Markusdom, die Handschriften der Markusbibliothek und das Gold vom Bucintauro. Der Rest des Prunkschiffes wurde zerstört, wie alles, was im Arsenal gefunden wurde.
Von dem, was sie gelassen hatten, zerstörte der Pöbel der Stadt, als demokra-

tischer Klub konstituiert: das Goldene Buch, die Abzeichen der Dogenwürde, die Plastiken Grittis und Foscaris am Dogenpalast und die Markusfahne. Dann konnten die Österreicher kommen.
Am 18. Januar 1798 zogen die neuen Herren in Vendig ein, das von den Franzosen geräumt wurde.

XXVII. UND DU WIRST POLENTA BEKOMMEN UND WASSER, SOVIEL DU WILLST

1798

Ich klage nicht!
Und wenn ich falle, so
falle ich nicht auf die Knie!
Caterina Tron

Am 17. Oktober 1797 schloß Napoleon mit Österreich den Frieden von Campo Formio. Die Terra ferma wurde aufgeteilt. Der südliche und westliche Teil fiel an die zisalpinische Republik, das übrige an Österreich, ebenso Istrien und Dalmatien –
ebenso die Hauptstadt: Venedig.
Das venezianische Reich war für immer von der Karte getilgt.

Ein Heiliger hat ausgedient. Ein Heiliger kann sterben.
Die Fahne eines Heiligen hing über der Welt. Sie wurde eingezogen.

In Venedig wird die Fahne verbrannt; in der Terra ferma fressen die Motten sie auf.

In Dalmatien aber: dort, wo das Land nur besteht aus nackten Felsen, die steil abfallen zum Meere, holten sie die Markusfahne herunter, die auf der einsamen Festung wehte.
Männer und Frauen stehen und warten, bis der Löwe, der fern im Blau geschwebt, die Erde wieder beträte. Unter ihnen rauscht

das Meer. Sie nehmen den Stoff und gehen weiter hinein, in die Farblosigkeit des ewigen Graus, fort vom Meer und der Küste und gehen mit ihr viele Stunden lang, und immer ist Fels und Grau und Einsamkeit über ihnen und um sie herum.
Über die Berge naht der Priester, und sie gehen zusammen weiter, weiter hinein in den Stein.
Und von überall her kommen Menschen, und sie gehen zusammen weiter, schweigend, über die schwindelnden Pfade des Steins.
Als der Abend naht, entzünden sie Kerzen, und eine leuchtende Schlange gleitet über die Felsen, deren Grau erloschen ist in der Nacht.
Und als wieder der Morgen ersteht, leuchtet seine Sonne über ein Grab aus Steinen, in dem die Menschen geborgen haben die Fahne des Heiligen, die Fahne Venedigs, daß niemand sie fände außer Gott, der sie erwecken soll am Jüngsten Tage:
Amen!

– Und du wirst Polenta bekommen und Wasser, soviel du willst! – Sterbend schreibt Longhi, dessen Pinsel das heitere Leben entschwundener Tage so oft und so gerne gemalt hat, diesen Trost an die Tür seiner elenden Kammer, in der er frierend und krank den Tod herbeisehnt.
Polenta und Wasser, soviel du willst! Da Ponte, übersprudelnder Laune voll, der die Textbücher zu Mozarts Opern schrieb, fährt, verarmt, mit einem Kasten Schnürsenkel über das Meer, um in Amerika Hausierer zu werden.
Polenta und Wasser, soviel du willst! Der strahlendste Geist des sterbenden Venedig, Goldoni, wartet in Paris auf den Tod. Er hatte früher einen Palast; heute hat er Hunger. Er ist vergessen. Beim Wohlfahrtsausschuß setzt der Dichter André Chenier für ihn eine Rente durch, sie wird bewilligt an jenem Tag, an dem Goldoni verhungert.
Polenta und Wasser, soviel du willst! Rosalba Carriera, die Schöpferin des ewig anmutigen Frauenkopfes und der zarten Farben, muß zwölf Jahre lang blind sein, ehe sie sterben darf. Polenta und Wasser, soviel du willst! In Böhmen gibt ein reicher Mann Casa-

nova das Gnadenbrot. Aber sein Bild hängt in der Toilette, und die Mägde lachen über ihn.
Polenta und Wasser, soviel du willst! Caterina Tron, die ungekrönte Königin des alten Europas, stirbt allein, vergessen, arm. Ihr Feind Graterol wird in der Verbannung ermordet.

Ludovico Manin, der der letzte Doge gewesen war, stand dem Statthalter Österreichs gegenüber.
Sein Kopf dachte: ich muß den Treueid leisten! – Venedig! – sagte er. Aber sein Herz tat ihm weh. Er krampfte die Hände zusammen. Er wußte nicht mehr, was er hier sollte. Er senkte die Augen zu Boden.
– Venedig – sagte er.
Es ist doch nicht möglich ... ich habe doch gewußt, daß es nicht möglich ist ...
Ich kann doch nicht schwören. Warum antwortet mir niemand? Ich schreie doch. Aber meine Lippen sind ganz trocken.
– Venedig! – stöhnte er.
Wenn Gott am Jüngsten Tage Venedig auferweckt, wird er mich vielleicht vergessen. Venedig aber vergißt er nicht.
Die um ihn standen, sahen, daß seine Augen strahlten.
Venedig vergißt er nicht!
Und ich werde sein ein steinerner Kandelaber, darauf der Republik letzte Kerzen brennen! Ich schwöre nicht.
– Venedig ! – Er sank zu Boden.
Als man ihn beerdigte, fielen alle Glocken ein.

Österreichische Soldaten sperrten den Markusplatz ab. Das Volk verharrte schweigend auf der Riva.
In seiner Gondel fuhr der letzte Doge der Stadt. Die Blüten überwucherten den Sarg. Man sah sein Gesicht. Des unbedeutenden Mannes Züge waren groß geworden im Sterben.
Schwarzgekleidete Gondoliere fuhren den Sarg durch den großen Kanal.
Es dämmerte.

Wenn die Ruder das Wasser berührten, zog es dunkle Kreise. Die österreichischen Soldaten sperrten den Markusplatz.
Das Volk verharrte schweigend auf der Riva.
Die Giebel der Paläste berührten sich im Schattenspiel des Wassers.
Die Sonne sank.
Da breitete der große Kanal seine Arme auseinander und ließ das Boot des Toten zur Riva gleiten.
Als sie ihn an Land trugen, salutierten die Offiziere. Ihre weißen Uniformen blitzten für einen Augenblick.
Zwischen den Säulen der Piazetta wurde der Sarg weitergetragen.
Der leuchtende Kegel der Sonne versank dort hinten im Meer.
Der Löwe des Heiligen, auf seiner Säule, breitete die Flügel aus.
Alles Gold des Himmels stand hinter ihm.
Der Löwe des Heiligen übersah die Stadt, und das Gold, das ihn umgab, wurde tiefer und leuchtender.
Der Heilige nahm Abschied von seiner Stadt, und Venedig sah es und begriff, daß er alles mit sich nahm, was sein gewesen war. Da brach das Volk noch einmal aus in den alten Gruß:
– Viva San Marco! –

DANKSAGUNG

Ich möchte für ihre Hilfe an diesem Buch danken: Doktor Marcello Forsellini, Direktor des ‚Enit' in Venedig, Major Mastrella, dem zu früh verstorbenen Delegierten des ‚Enit' in Berlin, seinem Nachfolger Doktor Severio Pasquale, Frankfurt, sowie der gesamten Organisation des ‚Enit', die in ihrer steten und klugen Hilfsbereitschaft selbst den schwierigsten Aufgaben gegenüber meine Arbeit unterstützte und förderte. Danken möchte ich auch der venezianischen Schiffahrtsgesellschaft ‚Adriatica'. M. L.

MATERIALNACHWEIS

Benutzt wurden unter anderem:
Jakob Burckhardt: Die Kultur der Renaissance in Italien (Berlin 1928 u.ö.); *Giacomo Casanova:* Erinnerungen (München und Leipzig 1907–1913); *Johann Wolfgang von Goethe:* Italienische Reise (zuerst 1817); *Carlo Goldini:* Erinnerungen (deutsch zuerst 1788); *Heinrich Kretschmayr:* Geschichte von Venedig (Gotha und Stuttgart 1905–1934); *Niccolò Machiavelli:* Geschichte von Florenz (Wien 1934); *Pompeo Molmenti:* Venedig und die Venetianer (Frankfurt a.M. o.J.); *Philippe Monnier:* Venedig im 18. Jahrhundert (München 1927); *Leopold von Ranke:* Die Verschwörung gegen Venedig im Jahre 1618 (Berlin 1831); *Samuele Romanin:* Lezioni di storia Veneta (Florenz 1875); *L. Schmidt:* Die Renaissance in Briefen (Leipzig 1909); *Friedrich August Steger:* Geschichte Francesco Sforzas und der italienischen Condottieri (Leipzig 1874); *Hippolyte Taine:* Reise in Italien (deutsch zuerst 1906); *Hans Tietze:* Tizian – Leben und Werk (Wien 1936); *Hans von Zwiedineck-Südenhorst:* Venedig als Weltmacht und Weltstadt (Bielefeld und Leipzig 1925).

Die Briefe von Aretino stammen aus dem Werk von L. Schmidt: „Die Renaissance in Briefen". – Im Kapitel „Tizian – Tintoretto – Veronese" sind Zitate aus Taines „Reise in Italien" entnommen. In den Kapiteln „Salon Europas" und „Karneval" sind Zitate in den Text eingeflochten, die fast alle Monniers „Venedig im 18. Jahrhundert" entnommen sind. – Die schönste Darstellung der Situation des späten Venedig schrieb Julien Gracq in seinem Roman „Das Ufer der Syrten" (Düsseldorf 1952).

NACHWORT ZUR NEUAUSGABE 1984

Marianne Langewiesches Venedig-Roman *Königin der Meere* wurde vor sechsundvierzig Jahren geplant und entworfen, vor vierundvierzig Jahren, also im Jahr 1940, fertiggeschrieben und gedruckt. Das Buch ist sehr rasch ein literarischer Erfolg geworden, es wurde, in wechselnder Gestalt, gut verkauft – in zahlreichen Ausgaben und Auflagen, bei verschiedenen Buchklubs, zuletzt als Taschenbuch, im ganzen in etwas mehr als einer Million Exemplaren. Sein Publikum rekrutierte sich zum großen Teil aus Venedigbesuchern, die sich zusätzlich zum Reiseführer über Herkunft und Schicksal der „Serenissima" orientieren wollten.
Es war die große Zeit historischer Biographien und Monographien von Rang. Die Skala reichte von einem so eigenwilligen Werk in höchst subjektiver Gestaltung wie Ranke-Graves' *Ich, Claudius, Kaiser und Gott* (gefolgt von der Hadrian-Biographie der Französin Marguerite Yourcenar: *Ich zähmte die Wölfin*) über die Bücher von Hackett, Duff-Cooper, Saint-René Taillandier, Carl Jacob Burckhardt bis hin zu Brandis *Karl V.* und zu Pfandls *Philipp II.* All diesen Werken war gemein, daß sie bei meist deutlicher wissenschaftlicher Redlichkeit doch aus dem wissenschaftlichen Getto auszubrechen suchten. Nach angelsächsischem Modell wollten sie ein breites Publikum ansprechen, nicht Fachliteratur bleiben und fast ausschließlich dem Fachhistoriker vorbehalten.
Innerhalb dieses breiten Spektrums nimmt Marianne Langewiesches Werk wieder eine Sonderstellung ein, nach Konzeption wie formaler Ausgestaltung. Von der Konzeption: Die *Königin der Meere* wollte nicht Monographie im herkömmlichen Sinne sein, Abfolge und Analyse von Ereignissen also, die sich auf einen bestimmten Gegenstand beziehen, sondern die Biographie eines Lebewesens, des Organismus Stadt und Staat in einer sehr individuell ausgeprägten Erscheinung.
Auf den Plan zum Buch kam die Autorin auf ihrer ersten Auslandsreise, in den dalmatinischen Inselstädtchen Korcula und

Hvar, überzeugenden Sprößlingen aus dalmatinisch-venezianischer Elternschaft. Eine gewichtige Rolle spielte bei ihrem Vorhaben dazu die Absicht, Hitlers Gewaltstaat, seinem Entwurf, einem zweimal mißglückten Imperium ein drittes hinzuzufügen, das Bild von Venedigs geglücktem *emporion* entgegenzustellen: einer elastischen, klug gelenkten Partnerschaft im Interesse aller Beteiligten. Überlegenheit statt Vergewaltigung, Zusammenspiel – alles in allem – statt Unterwerfung und Herrschaft.

Marianne Langewiesches Art war es, zu einer Zusammenschau zu kommen, freilich nicht durch einen möglichst distanzierten Überblick über ein komplexes Bedingungsfeld, sondern durch das fast bohrende Bemühen, den Erscheinungen auf Grund und Ursache nachzugehen, eine langsame, auch mühsame Form des Gestaltens. Entsprechend auch Aufbau und Sprache: Da es darum ging, Architektur und Persönlichkeit von Stadt und Staat als lebenden Organismus sichtbar zu machen, eine organische Einheit, die mit der Zeit sich wandelt und dabei doch eine Einheit bleibt, die *persona,* mußte dieser Aufgabe, der Substanz dazu des Gegenstandes, auch die äußere Form der Gestaltung entsprechen: der verdichtenden Zusammenschau auch die verdichtende Gestaltung. Die Autorin kam dabei zu einem bewegten Duktus mit Frage- und Ausrufezeichen, zur Beschwörung historischer Szenen und gewiß auch zu Idealisierungen – bewußt nicht zu Historiographie.

So wurde das Buch sogleich bei seinem Erscheinen vom Publikum aufgenommen und blieb durch die Jahrzehnte (bis etwa 1965) ein beständiger Erfolg. Auch in den vergangenen Jahren wurde sehr oft nach diesem Klassiker seiner besonderen Art gefragt von einem Publikum, das nicht recht begreifen konnte, warum Buch und Stadt, die hierzulande so lange zusammengehörten, nicht mehr zusammen zu haben waren.

So ist es erfreulich, daß die Deutsche Verlags-Anstalt sich zu einer Neuausgabe entschlossen hat, bevor diese Dreiheit aus Stadt, Buch und Publikum sich aufgelöst hat.

Ebenhausen, im März 1984 *Heinz Coubier*

INHALT